Beastmode
Gegen die Zeit

Weitere Titel von Rainer Wekwerth bei Planet!:

Beastmode
Bd. 1: Es beginnt

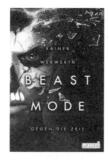

Beastmode
Bd. 2: Gegen die Zeit

Pheromon
Bd. 1: Sie riechen dich

Pheromon
Bd. 2: Sie sehen dich

Pheromon
Bd. 3: Sie jagen dich

Mehr über unsere Bücher, Autoren und Illustratoren auf:
www.planet-verlag.de

RAINER
WEKWERTH

GEGEN DIE ZEIT

1

2003

»Kennen wir uns?«, fragte die Frau vor ihm. Emma Floyd. Seine Mutter. Sie sah aus wie in seinen frühesten Kindheitserinnerungen. Braunes, lockiges Haar. Weiche Gesichtszüge. Ein strahlendes Lächeln um die Lippen, das aber erlosch, als sie ihn weiter betrachtete.
Sie sieht mir an, dass ich durcheinander bin.
Malcom hatte das Haus seiner Eltern in der Hoffnung beobachtet, dass einer der beiden irgendwann herauskommen und sich auf den Weg zur Arbeit am Institut machen würde. Nun aber stand seine Mutter plötzlich wie aus dem Boden gewachsen vor ihm, und er hatte nicht gesehen, wie sie sich genähert hatte.
Was mache ich jetzt?
»Und?«, hakte Emma Floyd nach. Falten bildeten sich auf ihrer Stirn. Sie betrachtete ihn misstrauisch.
»Ich ... ich denke nicht«, stammelte Malcom.
»Sie beobachten unser Haus«, stellte Emma fest.
»Äh nein, ich ... warte auf jemanden.«
»Jemanden aus der Nachbarschaft?« Sie blickte nach links und rechts. »Ich sehe niemanden.«
»Eine Freundin«, sagte er hastig. »Ich warte auf eine Freundin. Amanda.«
»Wohnt sie in der Nähe?«
»Nein.«
Emma hob eine Augenbraue.
»Wir treffen uns hier jeden Tag, um gemeinsam zur Schule zu gehen.«

»Ich habe dich noch nie gesehen.«
»Normalerweise bin ich früher dran, aber heute haben wir erst zur zweiten Stunde Unterricht.«
Diese Antwort schien seine Mutter zu beruhigen, denn Malcom konnte sehen, wie ihre Schultern nach unten fielen und ihre Gesichtszüge sich entspannten.
»Wohnst du hier in der Gegend?«
»Ein ganzes Stück die Straße runter.«
Emma legte den Kopf schief und sah ihn nachdenklich an. »Du erinnerst mich an jemanden.«
O Fuck! Fuck! Fuck!
Er ahnte, was jetzt folgen würde. Wäre er doch bloß nicht hierhergekommen und hätte die Sache Amanda überlassen, aber der Drang, seine Eltern lebend zu sehen, war übermächtig gewesen.

Letzte Nacht waren sie in einer verlassenen Fabrik aufgewacht, in der alte Eisenfässer vor sich hin rotteten und vom Rost zerfressen wurden. Ein Schild hatte ihnen verraten, dass es sich um eine stillgelegte Getränkeabfüllanlage handelte.

Malcom und die anderen hatten nicht lange gebraucht, um herauszufinden, dass sie sich in Genf befanden und im Jahr 2003 gelandet waren. Er selbst hatte schon in Frankreich, im Jahr 1789, geahnt, wohin es sie als Nächstes verschlagen würde, und recht behalten.

»Ich habe es gewusst«, sagte er zu den anderen.
»Was gewusst?«, fragte Amanda.
»Das Portal oder besser gesagt das Energiefeld oder noch besser gesagt, die Wurmlöcher, die wir benutzen, um durch die Zeit zu reisen, führen uns an relevante Stellen in unse-

rer Vergangenheit, damit wir das werden können, was wir sind.«

Wilbur verzog den Mund. »Versteht einer den Scheiß, den Malcom da labert?«

Jenny schüttelte den Kopf, Amanda schwieg und Damon sah durch ein zerbrochenes Fenster in die Nacht hinaus und bestaunte die Straßenlichter. Ganz offensichtlich gab es so etwas nicht in der Welt, aus der er stammte.

»Da bewegt sich ein glimmender Punkt am Himmel. Sehr schnell«, sagte er.

»Das ist ein Flugzeug«, knurrte Wilbur. »Oder ein Satellit.«

»Was ist ein Flugzeug oder ein Satellit?«

»Jetzt nicht, Damon«, sagte der tätowierte Junge. »Ich erkläre es dir später. Jetzt will ich erst mal wissen, was Malcom da wieder für einen Mist raushaut.«

»Es ist kein Mist.« Malcom verzog verärgert den Mund.

»Nun sag schon.«

Er holte tief Luft. Nach all den Abenteuern, die sie schon gemeinsam erlebt hatten, brachten ihm die anderen noch immer kaum Respekt entgegen. Einmal Nerd, immer Nerd.

»Ich verstehe es selbst noch nicht ganz, aber …« Er machte eine dramatische Pause. »Es sieht so aus, als kämen wir immer an einem Punkt in der Zeit an, der für unser Leben entscheidend ist. In Ägypten mussten wir Nianch-Hathor vor den Silbergöttern retten, damit Amanda geboren werden konnte. In Frankreich … hey Damon, hörst du überhaupt zu?«

»Wo kommen all die Lichter her?«, fragte Grey.

»Lass ihn«, meinte Jenny. »Wir reden später mit ihm darüber.«

»Also in Frankreich ging es darum, Damon aus seiner Dimension in unsere Welt zu bringen. Ohne uns und vor allem ohne die Deutung von Wilburs Tätowierungen hätte es Louis Fortane niemals geschafft, den Dämon zu beschwören.«

Alle starrten ihn an.

»Versteht ihr«, fuhr Malcom fort, »die Energiefelder bringen uns dorthin, *wo wir werden können, was wir sind.*«

»Ich kapier's nicht«, stöhnte Wilbur. »Noch mal langsam, wir sind im Jahr 2003 gelandet, um was zu tun?«

Malcom räusperte sich. »Ich habe euch auf Attu Island davon erzählt, dass meine Mutter als Physikerin am Europäischen Kernforschungszentrum CERN gearbeitet hat. Sie war Leiterin einer Versuchsanordnung, die mit dem *Large Electron-Positron Collider*, einem Teilchenbeschleuniger, dem *Higgs-Bosom-Teilchen* auf der Spur war. Dem Gottesteilchen, wie es in den Medien später genannt wurde. Man hatte dessen Existenz bereits vermutet, aber es konnte in Versuchen noch nicht nachgewiesen werden.«

»Habe nur ich das Gefühl, dass Malcom in einer fremden Sprache spricht?«, meckerte Wilbur. »Jetzt lass mal den ganzen hochtrabenden Scheiß weg und sag, was Sache ist.«

Malcom stöhnte innerlich auf. »Meine Mutter wurde von einem Gottesteilchen getroffen, das aus dem Teilchenbeschleuniger entwichen war. Das Ganze passierte im Jahr 2003 bei einem dieser Versuche. Sie war zu diesem Zeitpunkt mit mir und meinem Bruder schwanger. Das Teilchen zerstörte den zweiten Fötus, nur ich überlebte und wurde geboren. Mein Bruder existierte fortan nur als Geisteswesen ...«

»Und dieses Wesen hat dich beschützt, damit du in der Zukunft, oder in unserem Fall in der Vergangenheit, deine

Aufgabe in diesem Team wahrnehmen konntest«, ergänzte Jenny aufgeregt. »Denkt mal an Ägypten. Als wir den unterirdischen Tunnel verließen und ans Tageslicht kamen, stolperte Malcom und fiel gegen Nianch-Hathor, sodass die auf sie geschossenen Pfeile ihr Ziel verfehlten. Das war kein Zufall oder Ungeschicklichkeit, Malcoms Geistesbruder hatte eingegriffen.«

Malcom nickte. Dass da noch mehr war, sagte er nicht.

»Okay, klingt einleuchtend«, sagte Wilbur. »Das würde bedeuten, dass wir beim nächsten Mal im Jahr 2017 landen, zu dem Zeitpunkt, an dem ich meine Tätowierungen erhalten habe. Von Damon selbst, nehme ich an, denn sein Name steht auf meinem Körper. Der Name, mit dem er beschworen wurde.«

»Und ich …« Jenny setzte an, sprach dann aber nicht weiter.

Malcom trat zu ihr. »Wir werden das Rätsel um deine Existenz lösen.«

»Wenn wir lange genug überleben und die Portale uns wirklich immer dorthin bringen, wo wir hinmüssen«, fügte Amanda hinzu. »Genug davon. Schaut euch an. Mit den Klamotten aus dem 18. Jahrhundert können wir nicht auf die Straße, wir würden sofort auffallen. Wir müssen uns anständige Kleidung besorgen.«

»Dann mal los«, sagte Wilbur. »Einer muss auf Damon aufpassen, der kommt mir grad vor wie ein kleines Kind beim Lichterfest. Wenn er den ersten Luftballon sieht, ist er weg.«

Amanda seufzte hörbar. »Ich kümmere mich um ihn.«

Malcom lächelte bei der Erinnerung, dann schaute er auf und blickte in Emma Floyds zusammengekniffene Augen.

»Sie hören mir nicht zu!«, sagte sie.

Verdammt! Was hatte seine Mutter zuletzt gesagt?

»Sie meinten, ich erinnere Sie an jemanden.«

»Ja, warten Sie einen Moment. Ich komme gleich drauf.« Sie zog die Stirn in Falten, dann lächelte sie. »Ach ja, an meinen Vater. Sie sind ihm wie aus dem Gesicht geschnitten. Auf Fotos aus seiner Jugendzeit sieht er aus wie Sie, ihr könntet glatt Zwillinge sein.«

Herr im Himmel, warum bin ich nur hierhergekommen? Amanda hätte die Sache wesentlich besser im Griff gehabt.

In seiner Familie war stets ein beliebtes Thema gewesen, wie sehr sich Opa und Enkel ähnelten, und nun stand er vor seiner Mutter und natürlich war ihr das sofort aufgefallen.

»Was ... soll ... ich ... dazu sagen ...«, stotterte Malcom.

»Ich kenne Ihren Vater ja nicht.«

Irgendwie schien dieser Satz Emma zu beruhigen, denn sie entspannte sich wieder.

»Wie heißt du?«

»Malcom.«

»Ein schöner Name.« Sie reichte ihm die Hand. »Ich bin Emma. Emma Floyd.«

Das weiß ich.

Er schüttelte ihre Hand.

»Ich bin schwanger ...«

Warum erzählt sie mir das?

»... und mein Mann und ich suchen nach Namen. Malcom hat einen guten Klang. Klingt vor allem nach einem klugen Jungen. Bist du klug?«

Du Heiliger!

»Ich denke schon ... so richtig ...«

Einmal Nerd, immer Nerd.
»Was möchtest du später mal werden?«
»Ich ... ich weiß nicht.«
Vielleicht Soldat! Volldepp und Weltenretter! Was halt so anliegt!
»Interessiert dich Physik?«
»Ein wenig.«
»Ich bin ...«

Emma wurde durch Amanda unterbrochen, die langsam auf sie zuschlenderte. Für einen Moment überlegte Malcom, wie ihn die Göttin gefunden hatte, denn früh am Morgen war er davongeschlichen, als alle noch auf alten Holzpaletten gepennt hatten, aber jetzt war er dankbar für ihr Auftauchen.

»Oh, da kommt meine Freundin.«

»Du meine Güte ...«, meinte Emma erstaunt. »Ich glaube, ich habe noch nie so ein schönes Mädchen gesehen.«

Amanda trat heran. Sie wandte sich an Emma und begann leise zu singen. Malcom verstand kein Wort, konnte nicht mal sagen, ob es englische oder ägyptische Worte waren, die zart ihren Mund verließen und seine Mutter umwoben.

In Emma Floyds Augen trat ein verklärter Blick, als wäre sie vollkommen high.

»Du gehst jetzt besser«, flüsterte Amanda ihm zu. »Ich mache das.«

»Was hast du vor?«

»Geh!«

Widerstrebend trottete er zur nächsten Ecke und beobachtete, wie die Göttin eindringlich auf seine Mutter einsprach. Dabei legte sie beide Hände auf ihre Schultern.

Schließlich nickte Emma und Amanda löste sich von ihr. Dann kam sie zu ihm.

»Was hast du zu ihr gesagt?«, fragte er.

»Viel wichtiger ist, was sie mir gesagt hat. Ich weiß jetzt, wie wir ins Institut kommen und was wir dort zu tun haben.«

»Bist du dir sicher? Das ist komplizierter Scheiß.«

»Ich bin nicht blöd.«

»Das habe ich auch nicht behauptet, aber bisher hatte ich nicht den Eindruck, dass du ein großer Physikfan bist.«

»Malcom, halt einfach mal die Klappe. Du gehst mir auf den Geist. Du hast die Sache verbockt und uns noch nicht mal gesagt, was du vorhast, also spiel dich jetzt nicht auf.«

»Meine Güte, ich wollte doch nur …«

Sie ließ ihn nicht ausreden. »Wir gehen jetzt zurück zu den anderen und besprechen alles, da kannst du dann deinen Senf immer noch dazugeben. Wir sollten jetzt von hier verschwinden.«

Malcom schaute zu seiner Mutter hinüber, die irgendwie verloren wirkte. Ihr Kinn ruhte auf der Brust und ihre Hände baumelten neben dem Körper nach unten.

Tränen traten in seine Augen. Emma Floyd hatte noch ein paar Jahre zu leben, schöne Jahre, aber diese Zeit würde eines Tages durch einen tragischen Unfall beendet werden. Sie würde ihn nicht aufwachsen sehen, ihm keinen Trost spenden können. In einer Welt, die ihn verwirrte, würde sie nicht bei ihm sein. Wären seine Eltern an diesem Tag nicht in ihr Auto gestiegen, hätten sie ihm vielleicht sagen können, warum andere Jugendliche ihn nicht mochten und Erwachsene ihn ansahen, als hätte er nicht alle Tassen im Schrank.

Sie hätten ihn getröstet und ihm erklärt, dass alles in Ordnung mit ihm sei und sie ihn so liebten, wie er war. Es war schlimm, dass sie ihm diesen Halt nicht hatten geben können. Noch viel schlimmer war jedoch, dass er seinen Eltern nicht mehr sagen konnte, wie sehr er sie liebte und dass sie die Sterne an seinem Himmel der Einsamkeit waren. Er schniefte.

»Was ist mit dir?«, fragte Amanda. »Weinst du?«

»Ja.«

Ihre Stimme war weich, als sie sagte: »Ich kann dich gut verstehen. Es ist nicht leicht, seine Mutter zu sehen und zu wissen, dass es das letzte Mal für alle Ewigkeit ist. Man möchte sie in den Arm nehmen und nie mehr loslassen, aber das Schicksal lässt uns keine Wahl.«

Sie trat näher und legte ihre Hand auf seinen Arm. Malcom war so verblüfft über diese Geste, dass er für einen Moment seine Trauer vergaß. Amanda hatte ihn noch nie berührt, und eigentlich war er davon ausgegangen, dass sie ihn hasste, und seit Ägypten wusste er auch, warum. Immer wieder war er seitdem versucht gewesen, es ihr zu sagen. Aber wie konnte man Worte finden, um jemandem zu erklären, dass sie seine …

Plötzlich öffnete sich die Tür seines Elternhauses. Sein Vater trat heraus. Er schaute sich um und entdeckte seine Frau. Sorge überzog sein Gesicht.

»Emma!«, rief er.

Malcom starrte ihn an. Unbewusst machte er einen Schritt nach vorn, auf seinen Vater zu. Amanda jedoch fasste nach seiner Hand und zog ihn mit sich.

2

2003

»Wo war er?« Wilburs Stimme klang hart, kompromisslos.
»Er wollte seine Eltern sehen.«
»Und da haut er einfach ab, ohne was zu sagen?«
Jenny blickte zwischen Malcom und Wilbur hin und her. Sie sah, dass Malcom geweint hatte, die geröteten Augen sprachen deutlich davon, und sie erkannte Wilburs berechtigten Zorn.
Sie alle hatten sich Sorgen um den verrückten Jungen gemacht. Trotzdem ...
»Wilbur!«
»Was?«
»Halt mal für zwei Minuten den Mund.«
»Ich ...«, setzte er an, dann schwieg er.
Jenny ging zu Malcom hinüber und nahm ihn in den Arm. Stocksteif hing der Junge in ihrer Umarmung, und verlegen ließ Jenny ihn wieder los.
»Was ist mit Damon?«, fragte Amanda.
Grey saß auf einer alten Holzkiste und starrte durch das trübe Fenster.
»So sitzt er seit Stunden da«, sagte Wilbur. »Alles dort draußen ist fremd für ihn. Keine Ahnung, was passiert, wenn wir mit ihm rausgehen. Wahrscheinlich wird er vollkommen durchdrehen.«
Amanda stöhnte auf, selbst Malcom quälte ein Lächeln auf seinen verkniffenen Mund. Dann wandte er sich um und ging zu Damon.
»Was ist passiert?«, fragte Jenny leise.

»Malcom wollte seine Eltern sehen. Ich bin ihm heimlich nachgegangen. Er hat mit seiner Mutter gesprochen.«
»Hat er etwas herausgefunden?«
»Nein, er war vollkommen mit der Situation überfordert. Als ich bemerkt habe, dass die Sache aus dem Ruder läuft, bin ich eingeschritten. Ich habe Emma Floyd unter meinen Einfluss gebracht und weiß nun, wo wir hinmüssen.«
»Das klingt ziemlich einfach.«
»Wird es aber nicht werden. Die Versuchsanlage ist schwer bewacht, und ich habe keine Ahnung, wie wir es hinbekommen sollen, ein Gottesteilchen aus dem Teilchenbeschleuniger abzulenken.«
»Irgendwie muss es gehen«, meinte Jenny.
»Ja, irgendwie. Aber jetzt habe ich erst mal Hunger. Ist noch etwas von unserem gestrigen Beutezug übrig?«
Jenny lächelte. In der Nacht zuvor waren sie in ein großes Kaufhaus eingebrochen, hatten Kleidung und Lebensmittel gestohlen. Damon war in der Elektronikabteilung hängen geblieben und hatte die flimmernden TV-Geräte angestarrt. Er war erst wieder bereit gewesen sich zu bewegen, als Malcom ihm erklärt hatte, wie derartige Geräte funktionierten. Ob er alles verstanden hatte, war fraglich.

Damon saß auf dem Boden und glotzte auf den Schokoriegel in seiner Hand.
»Warum muss ich das essen?«, fragte er.
»Fuck, Damon, das habe ich dir schon gestern erklärt«, knurrte Wilbur. »Du hast jetzt einen Körper, und dieser Körper braucht Energie, die du aus Nahrungsmitteln gewinnst. Alter, ...«
»Wieso sagst du Alter zu mir? In meiner Dimension

existiert Zeit nicht. Aber so, wie es mir Malcom erklärt hat, ist ihr in dieser Welt alles Leben unterworfen. Er sprach von Bewegung der Planeten, von einem Hier und Dort und der Zeit, die man messen kann, wenn man sich von einem Punkt zum anderen bewegt. Ich habe es nicht verstanden.«

»Iss den Schokoriegel.« Wilbur beugte sich vor, nahm den Riegel in die Hand und zog das Papier ab. »Die haben Bananen reingetan, die sind gut für deinen Kopf, und jetzt hör auf, mich zu nerven.« Er gab ihm den Riegel zurück.

Damon schaute ihn an, dann hob er seine rechte Hand. Ein gleißender Energiestrahl schoss daraus hervor, jagte auf eine alte Betonwand zu, die mit Graffiti überzogen war, und schlug ein mannsgroßes Loch hinein. Die Ränder des Einschlags glühten unheilvoll.

»Nur, damit du nicht vergisst, mit wem du redest«, sagte er zu Wilbur. Dem stand der Mund offen.

Amanda sprang auf. »Was soll der Mist?«, fluchte sie. »Damon, wir müssen jede Aufmerksamkeit vermeiden. Niemand darf uns finden! Aber das funktioniert natürlich nicht, wenn du die halbe Fabrik in Schutt und Asche legst.«

»Er war respektlos zu mir«, sagte der Dämon.

»Ach ja? Du weißt einen Scheiß von gar nichts, aber das Wort *Respekt* kennst du?«, zischte Wilbur.

»Sprich so nicht mit mir«, grollte Damon.

»Was sonst? Noch ein Loch in der Wand?«

»Ein Loch in dir.«

»Alle Heiligen, könnt ihr mal damit aufhören«, sagte Jenny. »Wir müssen über unser Vorhaben sprechen. Uns bleibt nicht viel Zeit.«

»Aaah Zeit.« Grey lächelte. »Ich –«

»Jetzt nicht, Damon. Jetzt nicht. Später, okay?«

»Ja.«

»Also dann soll Amanda uns erzählen, was sie herausgefunden hat.« Jenny bedeutete ihr mit einer Geste, sich wieder zu setzen.

Die Göttin ließ sich einen Moment Zeit, dann sagte sie: »Von Malcom wissen wir, was damals geschehen ist. Also, was heute Abend geschehen muss. Ein Teilchen aus dem Beschleuniger soll abgeleitet werden, damit er in Emma Floyds Körper dringen kann. Ich weiß nicht, wie das gehen soll, aber durch Malcoms Mutter habe ich erfahren, wie wir ungesehen in die Versuchsanlage eindringen können. Der LEP-Beschleuniger ist stillgelegt, derzeit wird die ganze Anlage für den *Large Hadron Collider* umgebaut, allerdings gibt es einen kleineren Beschleuniger, mit dem Malcoms Mutter gerade arbeitet und forscht.«

»Wie kommen wir rein?«, fragte Jenny.

»Der Teilchenbeschleuniger befindet sich fast einhundert Meter unter der Erde. Emma sprach von Gebäuden an der Oberfläche, die dazu genutzt werden, die großen Teile der Detektoren in die Tiefe zu lassen. Das ist für uns der einzig mögliche Zugang. Alles andere ist streng überwacht, und einfach so mit einem gefälschten Ausweis hineinzuspazieren, ist unmöglich.«

»Was ist ein Detektor?«, fragte Wilbur.

Malcom wandte sich ihm zu. »Damit beobachtet man die Vorgänge im Beschleuniger. Starke Magneten halten die …«

Wilbur hob abwehrend die Hände. »Das reicht als Erklärung, glaube ich.«

»Klingt machbar«, meinte Jenny.

»Es gibt ein Problem«, fuhr Amanda fort. »Die Röhre, in die die schweren Maschinenteile abgelassen werden, ist von einer Betonplatte bedeckt, die man nicht ohne schweres Gerät bewegen kann. Das Ding wiegt Tonnen.«

Für einen Moment schwiegen alle. Dann schaute Jenny erst auf das noch immer glimmende Loch in der Wand und dann auf Damon. Sie lächelte. »Ich glaube, ich weiß, wie wir das Problem lösen.«

»Okay, Damon pustet die Betonplatte weg und was dann?«, fragte Wilbur.

»Das weiß ich nicht«, sagte Amanda. »Wir standen auf offener Straße, ich konnte Emma Floyd nicht lang und breit erklären, wer wir sind, woher wir kommen und was wir hier wollen. Außerdem hätte sie das in diesem Zustand gar nicht aufnehmen können.«

»Dann wissen wir zwar, wie wir reinkommen, aber was zu tun ist, davon haben wir keine Ahnung.«

Amanda zuckte mit den Schultern. »Ich habe Malcoms Mutter befohlen, das Gespräch mit mir zu vergessen, damit sie nichts ihrem Mann erzählen kann. Darüber hinaus denkt sie jetzt, ich wäre eine Kollegin, die heute Abend mit weiteren Wissenschaftlern zu ihr in die Anlage kommt, um ihre Forschung zu beobachten. Emma wird uns in dem Gebäude erwarten. Sie hat mir ganz genau beschrieben, wo es liegt und wie wir dorthin gelangen.«

»Sind da nicht auch andere Leute?«, fragte Wilbur.

»Nicht an der Oberfläche, die sind alle unter der Erde. Wenn Versuche laufen, wird alles hermetisch abgeriegelt.«

»Dann muss Malcoms Mom auch da unten sein«, warf Jenny ein.

»Nein, Emma Floyd ist schwanger. Sie bereitet den Versuch vor, aber wenn er läuft, darf sie sich nicht dort aufhalten, hat sie mir gesagt.«

»Das alles bringt nichts«, meldete sich Malcom zu Wort. Jenny sah die Hoffnungslosigkeit in seinem Blick. »Warum sagst du das?«

»Sogar der alte LEP-Beschleuniger war gar nicht in der Lage, genug Energie zu erzeugen, damit ein Higgs-Bosom-Teilchen entstehen konnte, das schaffte Jahre später erst der Large Hadron. Nun ist selbst der LEP abgeschaltet und meine Mutter arbeitet mit einer viel kleineren Anlage. Das funktioniert nicht. Ich könnte mir selbst eine reinhauen, dass ich nicht schon früher daran gedacht habe. Es ist unmöglich!«

»Quatsch!«, fuhr ihn Amanda an. »Natürlich geht es. Es ist in deiner Vergangenheit passiert, also muss es möglich sein. Sonst wärst du nicht der geworden, der du bist, und wir wären jetzt nicht hier.«

Malcom seufzte. »Das stimmt schon, aber wir haben keine Ahnung, wie wir es machen sollen, und meine Mom weiß es mit Sicherheit auch nicht. Da ist irgendwas passiert, womit niemand gerechnet hat, aber wie sollen wir so einen Unfall bewusst herbeiführen?«

Absolute Stille kehrte ein. Schließlich räusperte sich Damon. »Wir kriegen das hin.«

»Das sagst ausgerechnet du?«, ätzte Wilbur. »Du hast doch keine Ahnung von Physik.«

Grey hob seine Hände. »Aber ich verstehe etwas anderes. Es geht um Energie ...« Seine Hände begannen zu glühen. »Und im Gegensatz zu euch steht mir die Energie einer ganzen Dimension zur Verfügung.«

Nachdem alles besprochen war, zog sich Malcom in eine Ecke zurück und dachte nach. Er war unruhig und eine tiefe Traurigkeit hatte ihn erfasst.

Emma Floyd war schwanger. Nicht mit *einem* Kind, sondern mit Zwillingen. Wenn es ihnen heute Abend gelang, in die Anlage einzudringen und das Gottesteilchen so abzulenken, dass es in den Körper seiner Mutter eindringen könnte, würde sein noch ungeborener Bruder den Preis dafür bezahlen.

Und dieser Preis ist sein Leben. Er wird niemals einen Sonnenaufgang sehen, ein Mädchen küssen oder zur Schule gehen. Wir werden seine Existenz auslöschen, und es wird ihn niemals gegeben haben.
Kann ich ihm das antun?

Sein eigenes Leben war nicht immer schön gewesen, aber er hatte es leben können. Er hatte Nianch-Hathor getroffen und erfahren, was Liebe war.

Letztendlich bedeutete sie alles.

Wenn ich tue, was getan werden muss, beraube ich David all dieser Erfahrungen. Habe ich überhaupt das Recht dazu? Ist nicht jedes Leben gleich viel wert? Wäre es nicht gerecht, wenn er die Chance bekäme zu leben?

Malcom stützte sein Kinn auf die Hände und schloss die Augen. Er hatte verstanden, dass bestimmte Ereignisse geschehen mussten, damit er und die anderen ihre besonderen Fähigkeiten erhielten, um die Welt vor dem Untergang retten zu können. Aber was wäre, wenn er heute Abend dafür sorgte, dass sein Bruder nicht getötet wurde und sich in ein Geisteswesen verwandelte?

Keiner von uns kann dann noch werden, was er ist. Das Schicksal der Menschheit wird besiegelt sein.

Malcom spürte Tränen in seine Augen steigen.
Was ich auch wähle, es wird falsch sein.
Malcom wünschte sich weit weg. Weg von all dem. Wa-

rum konnte er nicht in sein normales Leben zurück, wo er von allem nichts gewusst hatte? Er verfluchte Matterson ebenso wie seine eigene Dummheit, zur Army gegangen zu sein.

Schließlich beruhigte er sich. Ihm fiel ein Spruch ein, den seine Großmutter an der Wand hängen hatte. Jahrelang war er an dem kleinen Bilderrahmen vorbeigegangen und niemals waren die Worte bis in sein Bewusstsein vorgedrungen. Doch heute, hier und jetzt, hatten sie Bedeutung.

»*Das Leben ist nur ein Traum innerhalb eines Traumes.*«

Malcom schluckte schwer. Vielleicht war es an der Zeit, den Traum zu beenden.

Die Langeweile und das Nichtstun dehnten den Tag endlos. Nachdem sie alle Möglichkeiten durchgegangen waren, gab es nichts mehr zu sagen und jeder machte irgendwie sein eigenes Ding. Wilbur schlief. Jenny vollführte irgendwelche Kampfübungen und Amanda glotzte ihre Fingernägel an, als läge darin die Weisheit der Welt verborgen. Damon betrachtete sie nacheinander und dachte nach.

Von all diesen Menschen verstand er Wilbur am besten. Ein Sterblicher, der durch göttliches Einwirken und dämonische Macht über eine unglaubliche Fähigkeit verfügte – die Zeit anzuhalten. Nach und nach begriff Damon dieses Prinzip, denn wenn er aus dem Fenster blickte, sah er die Sonne über den Himmel wandern. Es gab Tag und Nacht. In seiner Dimension war alles gleich geblieben und in einer stetigen Eintönigkeit gefangen gewesen. Eine endlose Steinwüste, über der dunkle Wolken lagen, und eine rote Sonne, die vom Himmel brannte. Nie hatte sich etwas daran geändert.

Dort gab es kein Leben, nur das, was war. Schmerz und Pein. Immer.

Hier, in dieser Welt hingegen, pulsierte das Leben. Damon konnte es in seinen Adern spüren. Eine unglaubliche Energie, die seinen Körper durchströmte und ihn mit dem Schöpfer aller Dinge verband.

Sein Blick wanderte zu Jenny. Sie schien lebendig zu sein wie die anderen, aber ein Teil von ihr war aus Materie geformt. Wilbur hatte ihm erklärt, dass niemand wusste, wer das getan hatte und warum, aber es verlieh ihr unglaubliche Kraft und außerordentliche Reflexe. Sicherlich hatte sie noch weitere Fähigkeiten, die weit über die eines normalen Menschen hinausgingen.

Im Augenblick machte sie Übungen, kämpfte gegen unsichtbare Gegner, die nur in ihrem Geist existierten. Damon bewunderte die Eleganz und die Kraft, wenn sie zuschlug, einen Fußkick ausführte oder einen imaginären Angriff abwehrte. Von Kampf verstand er etwas. Seine Existenz war ein immerwährender Kampf gewesen, und er erkannte, dass dieses Mädchen ein ernst zu nehmender Gegner war.

Dann schaute er zu Amanda, die kurz aufsah, den Blick aber wieder senkte, als sie bemerkte, dass er sie beobachtete.

Damon legte den Kopf schief und betrachtete das unglaublich schöne Mädchen mit den weichen Zügen, den langen dunklen Haaren und den vollen Lippen.

»Sie liebt dich«, sagte Malcom leise neben ihm.

Damon hatte gedacht, er würde schlafen. Obwohl er nicht verstand, warum Menschen das taten, begriff er doch, dass in dieser Zeit ihre Sinne nur begrenzt aktiv waren. Malcoms Worte überraschten ihn.

»Oder besser gesagt, sie liebte den Damon, der du warst, bevor wir dich beschworen haben.«

»Wir haben darüber gesprochen, aber ich verstehe es nicht. Wie kann ich jemand anderes gewesen sein, als der, der ich bin?«

»Der Damon, den wir kennenlernten, lebte schon über zweihundert Jahre unter den Menschen. Er hat viel von ihnen gelernt und vieles übernommen. Man könnte sogar sagen, dass ihn all diese Erfahrungen erst zum Menschen machten, zu einem von uns.«

»Aber ich bin nicht sterblich wie du.«

»Ja, dein Körper wird durch eine Energie erhalten, die aus der Welt der Dämonen stammt. Daher kommt auch deine Macht. Du kannst vielleicht nicht altern, aber ganz sicher verletzt werden. Vielleicht würde dich der Tod deines Körpers auch direkt in deine Dimension zurückschleudern.«

Darüber wollte Damon nicht nachdenken, etwas anderes bereitete ihm jedoch Kopfzerbrechen. »Was ist Liebe?«

Malcom musterte ihn, als suchte er nach den passenden Worten, ihm eine wirklich komplizierte Sache einfach zu erklären. »Das ist schwierig. Es ist ein Rätsel. Menschen denken schon seit Jahrtausenden darüber nach. Sie schreiben Bücher, singen und tun sonst was, um ihr zu huldigen, aber niemand versteht wirklich, was da zwischen zwei Menschen passiert. Warum es genau zwischen diesen beiden passiert und nicht irgendjemand anderem.«

Damon stützte das Kinn auf seine Hand. »Ich möchte mehr darüber wissen.«

»Gab es in deiner Welt etwas, das dir gefallen hat? Mehr als alles andere, meine ich?«

»Nein. Es ist dort, wie es ist. Gut und Böse existieren nur in deiner Welt. In meiner Dimension gibt es Macht und diejenigen, die sich ihr unterwerfen.«

»Okay, andersherum. Du hast jetzt einen Körper, magst du es, lebendig zu sein?«

Damon spürte, wie ein Grinsen seinen Mund verzog.

»Es ist faszinierend. Nie fühlte ich mich dem Schöpfer näher.«

»Siehst du, du magst es und Liebe ist ein noch viel stärkeres Gefühl. Viel, viel stärker, so stark, dass du glaubst, ohne den anderen nicht leben zu können.«

Damon kratzte sich am Kopf. Es schien wirklich komplizierter zu sein, als er angenommen hatte. Er deutete auf Amanda am anderen Ende des Raumes. »Aber sie kann doch ohne mich leben.«

»Amanda hofft, dass du dich an deine Gefühle für sie erinnerst oder dich neu in sie verliebst.«

»Wenn das gut ist, sag mir, was ich tun muss.«

»Da kannst du nichts tun, es geschieht oder es geschieht nicht. Du musst einfach Zeit mit ihr verbringen und sie kennenlernen.«

»Da ist sie wieder. Zeit. Wie viel Zeit?«

»Das weiß ich nicht.«

Damon schaute ihn an. Er sah einen schmächtigen Jungen, verwirrt, traurig, aber doch irgendwie von innerer Stärke erfüllt.

»Hast du schon einmal geliebt?«, fragte er.

Malcom schwieg einen Moment. »Nianch-Hathor. Ich glaube, Wilbur hat dir von ihr erzählt.«

»Ja, er sprach von einer Prinzessin, die ihr retten musstet.«

»Sie habe ich geliebt.«

»Warum bist du nicht bei ihr geblieben?«

»Es war mir nicht möglich, etwas muss getan werden. Wir haben es dir erklärt.«

»Dann gibt es also Größeres als die Liebe?«

»Ja, über die Liebe zu einem einzigen Menschen hinaus, gibt es noch die Liebe zu allen Menschen. Wir können nicht zulassen, dass diese Welt untergeht. Milliarden würden sterben.«

»Aber sie werden sowieso eines Tages sterben. Was ändert ... ah«, seufzte Damon. »Ich verstehe – Zeit. Sie muss also ziemlich wertvoll sein.«

»Richtig. Menschen haben eine Lebenszeit, um sich zu entwickeln, zu lernen und über sich selbst hinauszuwachsen. Und nach ihnen kommen andere Menschen. Es ist das Rad des Lebens.«

»Alles klar. Durch Zeit kann man etwas werden, das man vorher nicht war.«

Malcom nickte.

Damon sah ihn an. »Es gibt eine Verbindung zwischen dir und der Göttin. Ich kann es spüren. Sag mir, was es ist. Liebst du sie auch?«

»Darüber möchte ich nicht sprechen.«

»Sie ist schön.«

»Ja, das ist sie.«

»Darf ich Wilbur töten?«

Malcom zuckte zusammen. »Himmel, nein! Warum solltest du das tun?«

»Er ist respektlos, unterwirft sich mir nicht, obwohl ich so viel mächtiger bin als er.«

»Deswegen tötet man doch niemanden, außerdem ist er unser Freund und wir brauchen seine Fähigkeiten.«
»Ist ein Freund jemand, den man mag?«
»Ja.«
»Dann ist er nicht mein Freund.«
Malcom beugte sich vor. »Darum geht es nicht. Wer wen mag oder nicht, wir haben eine Aufgabe zu erfüllen, die größer ist als jeder Einzelne von uns, nur zusammen haben wir eine Chance, das Schicksal zu ändern. Wir sind wie fünf Finger, die sich zu einer Faust ballen und hart zuschlagen können. Verstehst du das?«
»Ja.«
»Dann ist es ja gut.«
»Und wenn unsere Aufgabe erfüllt ist?«
»Was dann …? NEIN, auch dann nicht. Verdammt, Damon, wir quatschen hier die ganze Zeit von Liebe, und eine Sekunde später willst du jemanden umbringen, nur weil er in deinen Augen respektlos war. Menschen streiten sich dauernd, beleidigen sich und vertragen sich wieder. Schau mich und Amanda an. Ich glaube, sie hat noch kein einziges nettes Wort zu mir gesagt, wahrscheinlich kann sie mich nicht mal leiden, trotzdem tue ich ihr nichts an.«
»Dann liebst du sie.«
»Nein … ja, nicht so, wie du denkst. Shit, ich kann darüber nicht reden.« Malcom sprang auf. »Draußen geht die Sonne unter. Wir sollten uns bereit machen.«

3

2003

»Brenn ein Loch in den Zaun, Damon«, sagte Malcom. Sie standen im Halbdunkel einer alten Buche und schauten auf das zehn Meter entfernte Gelände der Versuchsanlage. Ein bleicher Mond hing am nächtlichen Himmel und warf sein fahles Licht auf die Gesichter der anderen, die alle, bis auf Damon, angespannt wirkten.

»Meinst du nicht, dass dadurch ein Alarm in der Zentrale ausgelöst wird?«, fragte Amanda.

Malcom kaute auf seiner Lippe herum. »Ich denke nicht, dass sie diesen Abschnitt überwachen. Er ist einfach zu weit vom Institut weg und liegt in diesem kleinen Wald. Jedes Tier, das in die Nähe des Zaunes kommt, würde ständig Alarm auslösen. Ein Eichhörnchen, das die Maschen hochklettert, eine Katze, eine Krähe, die sich darauf niederlässt. Ich denke, wir können es riskieren. Außerdem haben wir keine Wahl.«

»Malcom hat recht«, sagte Wilbur. »Lasst es uns tun, es bleibt nicht mehr viel Zeit.«

»Okay, Damon?«

Grey trat einen Schritt vor und hob seine rechte Hand, die unheilvoll zu leuchten begann, dann jagte ein gleißend heller Strahl daraus hervor und riss ein breites Loch in den Zaun. Die Maschenenden der entstandenen Öffnung glühten in der Finsternis.

»Lasst uns gehen«, sagte Amanda.

»Nein, wartet noch.«

Malcom lauschte. Nichts zu hören. Kein Alarm. Keine Fahrzeuge, die sich ihnen näherten.

Er gab ihnen ein Zeichen und sie huschten zum Zaun. Dahinter erstreckte sich ein Gebäude, in dessen Schatten sie sich pressten.

»Wir warten«, sagte Malcom.

Minuten vergingen, dann wurde ein großes Tor aufgeschoben und Licht fiel in die Dunkelheit. Die schlanke Gestalt seiner Mutter erschien.

Amanda erhob sich. »Ich gehe zu ihr. Ich muss den Zauber erneuern, denn mein Einfluss reichte nur bis zu diesem Moment. Da ich nicht wusste, was wir tun werden, habe ich ihr darüber hinaus keine Anweisungen gegeben.«

Langsam und mit gemächlichen Schritten ging sie auf Emma Floyd zu. Dann sang sie leise eine Melodie, die an ein Kinderlied erinnerte. Als der letzte Ton in die Nacht schwebte, sprach sie eindringlich auf Emma ein. Malcom verstand nicht, was sie sagte, aber seine Mutter lächelte. Amanda winkte die anderen zu sich.

»Jetzt bist du dran, Malcom. Du verstehst als Einziger etwas von Teilchenbeschleunigern. Du musst herausfinden, was wir tun können, um auf den Versuch Einfluss zu nehmen.«

»Ich habe echt fast keine Ahnung von dem Scheiß.«

»Wir überhaupt keine.«

»Was denkt sie, wer ich bin?«

»Ein Kollege.«

Malcom schaute verwirrt zu seiner Mutter, die still vor sich hinlächelte und keine Miene verzog. »Hört sie unserem Gespräch nicht zu?«

»Nein, sie reagiert ab jetzt nur auf direkte Ansprache. Sag zuerst ihren Namen, dann weiß deine Mutter, dass sie gemeint ist.«

Malcom holte tief Luft, dann sagte er: »Hallo, Emma. Ich bin Malcom.«

»Hallo.«

»Lass uns hineingehen, ich muss mit dir sprechen.«

»In Ordnung.«

Nacheinander betraten sie einen kahlen Raum, in dessen Mitte eine viereckige Bodenplatte eingelassen war. Sonst gab es nichts darin. Lediglich an der hohen Decke hing eine seltsame Apparatur, die an einen überdimensionalen Flaschenzug erinnerte.

Malcom blieb stehen und blickte seine Mutter an. »Was befindet sich darunter?« Er wies auf die Metallplatte.

»Ein Beschleuniger in einhundert Metern Tiefe.«

»Woran erkenne ich, dass der Versuch begonnen hat?«

Emma deutete auf eine Ecke der Wand. Dort befand sich eine dunkelrote Kontrolllampe, die er bis jetzt nicht bemerkt hatte.

»Diese Lampe geht an.«

»Wie lange läuft der Versuch?«

»Zehn Minuten. Die Lampe erlischt dann.«

»Gut. Nun eine wichtige Frage: Kann man von hier oben Einfluss auf den Versuch nehmen? Parameter verändern?«

»Nein, die komplette unterirdische Anlage wird bei einem Versuch hermetisch abgeriegelt.«

Wilbur stöhnte in Malcoms Rücken.

»Emma, erklär mir bitte, wie so ein Versuch abläuft.«

»Am Anfang der Versuchsanordnung stehen Beschleuniger, welche den Teilchen die für die Untersuchungen notwendige kinetische Energie verleihen. Das Superproton Synchrotron sorgt für die Vorbeschleunigung, dann wird …«

»Stopp! Du sprichst von Energie. Je mehr Energie, desto größer die Beschleunigung der Teilchen, richtig?«

»Ja.«

»Stimmt es, dass die Energie der Anlage, mit der du arbeitest, nicht ausreicht, um ein Higgs-Boson-Teilchen entstehen zu lassen?«

»Der Beschleuniger arbeitet mit 4 TeV, benötigt werden aber mindestens 13 TeV.«

»TeV?«

»Elektronenvolt. Warum wissen Sie das nicht?«

Hoppla, ich muss aufpassen, dass ich die Illusion nicht zerstöre.

»Es ist nicht mein Fachgebiet, Emma. Bitte entschuldige, wenn sich manche meiner Fragen dumm anhören.«

Seine Mutter schwieg.

»Wenn man also mehr Energie zuführen würde, könnte es gelingen, ein Higgs-Boson entstehen zu lassen.«

»Ja, aber die Anlage ist dafür nicht ausgerichtet, es könnte zu Komplikationen kommen.«

»Was meinst du mit Komplikationen?«

»Alles könnte in die Luft fliegen.«

Malcom seufzte auf. Er wandte sich zu den anderen um.

»Sprich weiter mit ihr. Wir haben keine Wahl«, flüsterte Amanda.

»Emma, wie kann ich dem System mehr Energie zuführen?«

»Über die Beschleuniger.«

»In einhundert Metern Tiefe?«

»Ja.«

»Wenn ich von hier oben einen direkten Energiestrahl nach unten leite, könnte das funktionieren?«

Emma Floyd wirkte plötzlich verwirrt. »Ich ... ich weiß nicht. Was für Energie? In welcher Größenordnung?«

»Das kann ich dir nicht sagen. Es ist bloß eine rhetorische Frage.«

Seine Mutter entspannte sich wieder. »Theoretisch ist es möglich, aber in der Praxis halte ich es für ausgeschlossen.«

»Bitte warte hier.«

Malcom und die anderen zogen sich in eine Ecke des Raumes zurück.

»Ihr habt sie gehört«, sagte er. »Was machen wir jetzt?«

Wilbur bleckte die Zähne. »Wir müssen es versuchen, sonst endet unsere Geschichte genau hier und mit ihr die Zukunft der Menschheit.«

»Aber dann bleibt immer noch die Frage, wie das Ganze ablaufen soll«, sagte Jenny.

»Da haben wir ein Problem«, erklärte Malcom ihnen. »Soweit ich weiß, entsteht das gesuchte Teilchen nur für den Bruchteil einer Sekunde und bewegt sich auch nicht weit fort.«

»Halt«, mischte sich Wilbur ein. »Was, wenn ich die Zeit anhalte?«

»Dann bleibt es stehen. Unten in der Versuchsanordnung. Es existiert gleichzeitig überall. Wir brauchen es aber hier oben, damit es Emma treffen kann. Schaut mich nicht so an, ich weiß auch nicht, wie wir es anstellen sollen.«

»Du weißt doch sonst immer alles.«

»Was soll das? Glaubst du, es ist hilfreich, mich blöd anzumachen? Ich zerbreche mir den Kopf darüber, wie es funktionieren könnte. Und ...«

Damon räusperte sich. »Das Teilchen, von dem ihr sprecht, existiert also nur, wenn ungewöhnlich hohe Energie eingesetzt wird. Ich kann diese Energie erzeugen. Und wenn ich das tue, kommt sie aus einer anderen Dimension, ebenso wie ich. Habe ich das richtig verstanden?«

Malcom verzog den Mund. Konnte man das so sagen? Er dachte einen Moment nach, bevor er antwortete.

»Ja, im Grunde schon.«

»Dann wird es meiner Energie folgen, sobald die Zeit wieder läuft. Es wird in meine Hände eindringen und ...«

»Und wenn du in diesem Moment Emma berührst, dann dringt es auch in sie ein. Das ist es!«, sagte Amanda aufgeregt.

»Vielleicht. Wir wissen nicht, ob es klappt«, sagte Malcom verzweifelt. Aber sie hatten keine Wahl, keine andere Möglichkeit kam in Betracht. »Lasst es uns versuchen.« Er sah sie nacheinander eindringlich an. »Damon brennt ein Loch in die Betonplatte, sein Energiestrahl dringt nach unten, erreicht dort hoffentlich den Beschleuniger und bringt ihn auf Touren, dann hält Wilbur die Zeit an.«

»Woher weiß ich, wann es so weit ist?«, fragte der.

»Das kann ich dir nicht sagen, du musst nach deinem Gefühl gehen.«

»Wir reden hier vom Bruchteil einer Sekunde«, beharrte Wilbur. »Fuck!«

»Aber es hat geklappt, das wissen wir aus Malcoms Vergangenheit«, meinte Amanda.

»Das ist nicht richtig«, widersprach Malcom. »Wir wissen, dass es *irgendwie einmal* geklappt hat, dass es die Möglichkeit gibt. Wie es funktioniert, davon haben wir noch immer keine Ahnung. Was wir hier tun, ist kein Spiel. Wir haben nur diesen einen Versuch. Wenn wir die falsche Alternative wählen, kann sich die ganze Zukunft ändern. Möglich, dass es klappt. Aber falls wir es nicht hinbekommen, endet dieser Zeitkreislauf für uns und ein neuer beginnt. Mit all seinen Konsequenzen. Wer weiß, ob es uns dann überhaupt noch gibt. Oder all das hier.« Mit seinen Händen beschrieb er einen großen Kreis, dann fuhr er sich mit den Fingern durch die Haare.

Er hatte beschlossen, sein Leben und das seines ungeborenen Bruders in die Hände des Schicksals zu legen. Wenn das hier alles einen Sinn hatte, sollte es so sein, und wenn etwas schiefging, war sowieso alles umsonst gewesen.

Grey unterbrach seine Gedanken. »Wilbur?«

»Was ist?«

»Deine und meine Kraft speisen sich aus der gleichen Quelle. Sie werden sich verbinden, sobald das Teilchen meine Energie berührt. Du wirst diesen Moment erahnen.«

»Dein Wort in Gottes Ohr.«

»Götter haben damit nichts zu tun«, knurrte Damon.

»Ist nur eine Redewendung.«

Damon hob eine Augenbraue.

»Was eine Redewendung ist, erkläre ich dir später«, meinte Wilbur grinsend.

»Noch eins«, sagte Malcom und beschloss in diesem Augenblick, sich seinem Schicksal zu ergeben. »Versuch den Energiestrahl zu kontrollieren. Ein dünner Strahl, nicht dicker als mein Finger«, er hob die Hand an, »sollte ausreichen. Ich will nicht, dass der ganze Laden in die Luft fliegt. Kriegst du das hin?«

Damon schaute zu der Bodenplatte. »Ja, aber ich hoffe, der Beschleuniger ist groß genug, damit ich ihn auch treffe.«

»So weit ich weiß, ist er das.«

»Okay, dann lasst es uns an…«

Amanda wurde durch einen hohen Ton unterbrochen. Alle Köpfe flogen herum. Die Warnleuchte blinkte in einem grellen Rotton auf. Der Versuch hatte begonnen.

Emma Floyd hatte sich keinen Millimeter bewegt. Sie stand noch an der gleichen Stelle in der Mitte des Raumes, ohne das blinkende Licht in ihrem Rücken zu beachten.

Malcom trat zu ihr.

»Emma, an welcher Stelle müsste ich das Loch bohren, um mit einem Energiestrahl den Beschleuniger zu treffen?«

Die Wissenschaftlerin machte drei Schritte, dann blieb sie stehen und deutete mit dem Finger auf den Boden.

»Damon, Wilbur kommt zu mir«, sagte Malcom und wandte sich wieder an seine Mutter. Er schluckte schwer, angesichts der ungeheuren Lüge, die er jetzt aussprechen musste. »Das ist Damon. Er wird jetzt seine Hand auf deinen Bauch legen. Hab keine Angst.«

Emma wirkte erneut verwirrt. Im Hintergrund begann Amanda leise zu singen und nickte Grey zu. Emmas Gesichtszüge wurden weich.

Damon streckte seine Hand aus und berührte die Frau. Ein sanftes Kribbeln fuhr in seine Finger, durchströmte seinen Arm bis zur Schulter. Damon musste sich von dem Gefühl des werdenden Lebens unter seiner Hand losreißen und sich konzentrieren. Er blickte zu Boden, streckte die Hand aus, rief die Kraft seiner Welt herbei. In seiner Handfläche erschien ein schwaches Leuchten, das stetig stärker wurde, dann verließ ein Strahl reiner Energie seinen Körper und bohrte sich durch die Betonplatte. Plötzlich geschah es. Er konnte es fühlen. Da war ... er berührte etwas. Hell. So hell wie das Licht der Sonne. Es ... es war wunderbar.

Das Teilchen jagte an dem Energiestrahl entlang, fuhr in seine Hand, floss durch ihn hindurch und verließ seinen Körper wieder durch die andere Hand. Damon spürte das mit intensiver Deutlichkeit, die alle Zeit auch ohne Wilburs Fähigkeit dehnte.

Dann war es vorbei. Neben ihm sackte Emma Floyd bewusstlos zu Boden. Malcom, Amanda und Jenny stürmten heran, während Wilbur erschöpft auf die Knie sank. Amanda legte ihre Hand an die Halsschlagader der Wissenschaftlerin.

»Sie lebt«, sagte sie. »Es geht ihr gut.«

Malcom umarmte seine Mutter, hob ihren Oberkörper an und wiegte sie wie ein kleines Kind. Er schluchzte laut auf. Tränen strömten über sein Gesicht.

Jenny berührte ihn vorsichtig an der Schulter. »Wir müssen gehen.«

Malcoms Kopf ruckte nach oben. Sein Blick war verschwommen. »Gehen? Wohin? Wisst ihr, was gerade geschehen ist? Mein Bruder ist gestorben! Wir haben ihn umgebracht. Er hatte das gleiche Recht auf Leben wie ich, aber wir haben dafür gesorgt, dass er es niemals leben kann.«

»Malcom ...« Amanda brach ab.

Der Junge ließ den Kopf seiner Mutter langsam zu Boden sinken, dann stand er auf und stellte sich vor die Göttin.

»Was, Amanda? Was willst du jetzt sagen?«, zischte er.

»Ich weiß es nicht«, gab sie leise zu.

Malcom beruhigte sich offenbar ein wenig und seine Schultern sackten hinab. »Wisst ihr, ich habe gehofft, dass es diesmal mich erwischt und nicht David. Dass alles anders kommt. Er wird geboren, lernt seine Eltern kennen, landet auf dieser Scheißinsel in der Beringsee und rettet die Welt.

Ich hatte ein Leben, auch wenn es nur siebzehn Jahre dauerte. Aber er wird nicht einmal siebzehn Minuten haben, in denen er leben kann.«

Ein weiterer Warnton erklang. Das rote Licht ging aus.

»Wir müssen hier weg«, sagte Jenny. »Auch wenn es schwerfällt. Der Versuch ist beendet, und die Wissenschaftler haben inzwischen sicher mitbekommen, dass etwas nicht so gelaufen ist, wie es geplant war. Sie werden Emma suchen, um sich mit ihr zu besprechen.«

»Ich kann nicht«, schrie Malcom auf. »Das ist meine Mutter. Ich werde sie niemals wiedersehen. Niemals, hört ihr?«

»Malcom ...«, versuchte es Jenny erneut.

»Fünf Minuten! Gebt mir fünf Minuten. Ich habe gerade erst Nianch-Hathor verloren. Ich ... kann ...«

Damon schlug zu. Seine Faust knallte gegen Malcoms Schädel und warf ihn zu Boden.

Sprachlos starrten die anderen Grey an, dann wanderte ihr Blick zu dem regungslosen Jungen.

»War das jetzt echt nötig?«, ätzte Amanda.

»Wir müssen hier weg«, sagte der Dämon ruhig. »Er konnte es nicht, daher ...« Damon zuckte mit den Schultern. Dann beugte er sich hinab, hob Malcom auf und warf ihn sich über die Schulter. »Ich bin so weit«, meinte er.

Plötzlich war von draußen eine Stimme zu hören. Jemand rief Emmas Namen. Dann herrschte wieder Ruhe.

»Rührt euch nicht«, flüsterte Amanda.

Alle lauschten in die entstandene Stille.

Erneut erklangen Rufe nach der Wissenschaftlerin. Es wurde am Tor gerüttelt, aber das ließ sich anscheinend nur von innen öffnen. Fäuste hämmerten gegen das Metall.

»Verdammt! Wo sollen wir jetzt hin?«, fragte Wilbur. »Wo ist das …?«

Der Boden um ihn herum begann zu flimmern. Ein Energiefeld entstand. Ein Tor in eine andere Zeit. Damon hatte es in Frankreich schon einmal gesehen und erkannte das Flirren sofort.

»Das Portal«, sagte er. »Diesmal ist es anders. Es befindet sich nicht schon an Ort und Stelle, das Energiefeld bildet sich erst durch unsere Tat.«

»Bist du dir sicher?«, fragte Amanda.

»Schau es dir an. Was soll es sonst sein?«, sagte Wilbur und blickte an sich hinab. Seine Füße verschwanden im Flimmern. Er öffnete den Mund, wollte offensichtlich noch etwas sagen, aber dann war er plötzlich nicht mehr da.

Damon beobachtete das Geschehen fasziniert. Es war fast wie Magie. Tief in sich spürte er jedoch, dass es so sein musste. Aber genau wie alle anderen Gefühle, die er nun durch seine menschliche Existenz erleben konnte, war es noch fremd, und er wusste nicht, wie er damit umgehen sollte. Damon beschloss alle Fragen hintenanzustellen und sich auf das einzulassen, was kommen würde.

Jenny bückte sich. Sie zog Emma Floyd aus der Nähe des Portals und legte sie sanft wieder ab. »Lasst uns gehen, bevor jemand auf die Idee kommt, den Schlüssel zu holen oder es mit einem Brecheisen zu versuchen.«

Amanda trat in das Energiefeld. Jenny folgte ihr.

Damon bleckte die Zähne. Er betrachtete den heruntergehängenden Kopf des Jungen, der gerade begann, sich zu bewegen. Dann trug er ihn ins Portal.

4

2017

»Mir tut der Kopf weh«, stöhnte Malcom. Es fühlte sich an, als hätte jemand eine Abrissbirne in seinem Schädel installiert, die nun von einer Seite zur anderen flog. »Was ist passiert?«

»Weißt du das nicht?«, fragte Amanda.

»Nein.« Malcom wunderte sich über die Verblüffung in ihrem Gesicht.

»Du bist ohnmächtig geworden«, sagte Damon ruhig.

»Einfach so umgefallen.«

»Echt jetzt?« Malcom verstand gar nichts mehr, aber vielleicht war das der Schock. Schließlich hatte er miterlebt, wie sein Bruder starb, und auch das Wissen, seine Mutter nach diesem Ereignis nie wiederzusehen, hatte ihn erschüttert.

Er schaute sich um.

Sie befanden sich offensichtlich in einem Gebäude. Einer Art Halle. Genau, es war eine Sporthalle. Malcom entdeckte Linien auf dem Boden, die Spielfelder für verschiedene Ballsportarten wie Basketball, Volleyball und Fußball begrenzten. Helles Licht fiel durch die Oberlichter. Draußen schien die Sonne. Sein Blick wanderte zu Kletterseilen, die von der Decke herabhingen, hinüber zu einer hohen Sprossenwand.

Es gab Basketballkörbe und in einer Ecke stand ein Seitpferd. Es roch nach frisch gebohnertem Linoleum.

»Wo sind wir? Wie bin ich hierhergekommen?«

»Nachdem du ohnmächtig geworden bist, entstand ein

weiteres Portal. Damon hat dich hineingeschleppt, wir anderen sind ganz normal eingetreten«, erklärte Jenny
»Wo ist ...?« Dann unterbrach er sich selbst.
»Wilbur ist verschwunden«, sagte Amanda. »Wir vermuten, dass wir im Jahr 2017 gelandet sind, wo eine weitere Aufgabe auf uns wartet.
»Ja, wir müssen Wilbur zu seinen Tätowierungen verhelfen, damit er die Fähigkeit bekommt, die Zeit anzuhalten.«
Malcom rieb sich den Schädel. »Bin ich mit dem Kopf auf den Boden geschlagen?«
»Ja«, sagte Damon. »Man konnte den Knall am anderen Ende des Universums hören.«
»Warum grinst du so dämlich?«
»Einfach so. Ich bin froh, dass du wieder bei uns bist.«
»Verschweigt ihr mir was?«
»Nein.«
»Okay, aber –«
»Wir sollten uns auf die Suche nach Wilbur machen«, unterbrach ihn Jenny. »Wir sind in einer Turnhalle. Sie gehört zu dem Waisenhaus, in dem er damals lebte. Der Name steht draußen in großen Buchstaben über dem Haupteingang. Wilbur hat uns erzählt, dass man ihn in einen Keller gesperrt hatte. Wenn dieses Portal zeitlich so exakt funktioniert wie die letzten, müsste er sich gerade jetzt dort aufhalten, sonst wären wir nicht hier gelandet. Wie lange sind wir schon da?«
»Etwa zehn Minuten«, sagte Amanda. »Kann aber auch länger sein. Es hat eine Weile gedauert, bis du zu dir gekommen bist.«
»Was hast du draußen gesehen?«
»Zwei Gebäude. Das eine ist groß und düster, aus schwe-

ren Steinen gemauert, sieht aus, als stammte es aus dem 19. Jahrhundert. Daneben gibt es einen Flachbau, der wesentlich jünger wirkt.«

»Darin wohnen sicherlich die Lehrer und Betreuer. Im Haupthaus sind wahrscheinlich die Unterkünfte der Waisen und die Schule. Was haben wir für eine Tageszeit?«

»Ich tippe auf Spätnachmittag.«

»Hhm.«

»Was *hhm*?«

»Wir wissen nicht, wie lange Wilbur sich schon im Keller befindet und wie viel Zeit uns bleibt.«

»Mindestens eine Nacht müssten wir noch haben«, meinte Amanda. »Denn sonst wäre er nicht mehr unten im Keller und wir im Arsch.«

»Richtig. Wir werden es herausfinden müssen. Ich schlage vor, wir warten die Dunkelheit ab. Was machst du da, Jenny?«, rief Malcom dem Maschinenmädchen zu, das gerade die Eingangstür einen Spalt aufzog und hinausspähte.

»Ich habe etwas gehört. Leute, ich will euch nicht beunruhigen, aber da kommt eine Gruppe Jungs mit einem Lehrer auf die Halle zu. Die tragen alle Sportkleidung, ich denke, die wollen hier rein.«

Malcom sah sich panisch um. *Wo können wir uns verstecken?*

Sein Blick fieberte die Wände entlang.

Da! Da war eine Tür. Sicherlich führte sie in einen Abstellraum für Sportgeräte.

»Kommt mit«, zischte er leise.

Jenny, Damon, Amanda und er selbst hasteten durch die Halle. Malcom zog die Tür auf und alle schlüpften hindurch. Keine Sekunde zu früh. Stimmen waren nun deutlich auszumachen. Dann rief jemand: »Ruhe. Jungs, macht nicht so einen Krach.«

Es wurde etwas leiser.

»Wir wärmen uns jetzt auf, dann spielen wir Volleyball«, sagte der Mann.

»Der hat *Volleyball* gesagt«, flüsterte Amanda.

»Und?«, fragte Malcom. »Solange sie hier nicht hereinkommen ...«

»Dreh dich mal um, das Netz liegt da hinten in der Ecke.«

Malcom schaute hinüber. Im Schein des durch ein kleines Fenster hereinfallenden Lichts konnte er deutlich das grüne Volleyballnetz sehen.

»Fuck!«, entfuhr es ihm.

»Genau«, meinte Amanda. »Was machen wir jetzt? Ich kann so viele Menschen nicht gleichzeitig bezirzen und umbringen können wir sie auch nicht.«

Malcom schaute sie böse an.

»War ein Joke.«

»Nicht witzig.«

»Also, Schlaukopf, lass dir was einfallen.«

»Wieso?«

Jenny ging zur Tür, fasste nach dem Metallgriff und bog ihn langsam nach oben, dann verdrehte sie ihn zu einer Spirale und bohrte ihn in das Holz des Türrahmens. Anschließend kam sie wieder herüber.

»Die macht niemand mehr auf«, sagte sie ruhig.

Malcom entdeckte nicht einen einzigen Schweißtropfen auf ihrer menschlichen Gesichtshälfte. »Scheiße, bist du stark«, meinte er verblüfft.

Jenny sagte nichts dazu.

Amanda setzte sich auf den Boden. »Jetzt heißt es abwarten und leise sein.«

Aus der Halle waren Geräusche und Stimmen zu hören. Schließlich sagte der Lehrer. »Okay, bauen wir auf. Holt den Ball und das Netz.«

Kurz darauf rüttelte jemand an der Tür.

»Was ist los, Michael?«

»Klemmt, Mr Manning.«

»Das gibt's doch nicht. Lass mich mal. Ihr kleinen Scheißer habt doch nichts drauf.«

Es gab ein Knarzen, aber die Klinke bewegte sich keinen Millimeter. Ein Junge lachte.

»Schnauze, Wilbur.«

Das Knarren erklang erneut.

»Verdammter Mist! Dann kein Volleyball, bevor der Hausmeister die Tür nicht repariert hat. Also alle raus, wir machen einen Waldlauf.«

Allgemeines Stöhnen war zu hören.

»Zwölf Meilen. Das wird euch guttun, dann schlaft ihr heute Nacht besser und spielt nicht stundenlang an euch selbst rum.«

»Wenigstens spielen wir nicht an anderen rum, wenn die das nicht wollen«, sagte ein Junge.

»Was hast du gesagt, Wilbur?«, dröhnte die Stimme des Lehrers.

»Sie haben mich schon verstanden.«

»Okay, das war es für dich. Es geht ab in den Keller. Da kannst du dich dann vor Angst im Dunkeln vollscheißen.«

»Das ändert nichts an der Wahrheit. Dafür können Sie mich nicht bestrafen.«

»Und ob ich kann. Los, mitkommen. Der Rest von euch

Pissern wartet im Hof, bis ich dieses kleine Großmaul versorgt habe.«

Getrampel. Dann wurde die Hallentür laut ins Schloss geworfen. Stille. Alle atmeten aus.

»Die sind wir los«, meinte Amanda.

»Nicht für lange. Der Lehrer wird dem Hausmeister Bescheid sagen. Kann sein, dass der heute noch auftaucht, um das Ding zu reparieren.« Malcom kratzte sich am Kopf und zuckte zusammen, als er unter seinen Haaren eine dicke Beule spürte.

»Wilbur war da draußen«, sagte Jenny.

»Er ist jetzt auf dem Weg in den Keller«, stellte Amanda fest. »Was mich zu der Frage bringt: Wie kommen wir hier eigentlich wieder raus, wenn die Türklinke sich nicht mehr bewegen lässt?«

Jenny erhob sich. Ging zur Tür und riss sie aus dem Rahmen, dann stellte sie das Ding an die Wand neben den Bällekorb.

»Du redest nicht viel.« Damon grinste sie an. »Gefällt mir.«

»Okay, das wäre geklärt.« Malcom erhob sich. »Lasst uns von hier verschwinden. Verstecken wir uns lieber draußen und beobachten das Haus. Wenn es dunkel ist, schleichen wir uns hinein. Ich vermute, dass das Lehrerzimmer abgeschlossen ist, aber dank Jenny wissen wir ja, wie wir hineinkommen.«

»Was willst du da? Sollen wir nicht lieber sofort in den Keller gehen und Wilbur befreien?«, fragte das Mädchen.

»Wilbur hat erzählt, dass er sich selbst mithilfe eines kleinen Spiegels tätowiert hat. Ich bin mir sicher, dass er weder Tusche, Nadeln noch Faden und sicherlich keinen Spiegel

dabeihat, wenn ihn dieses Arschloch wegsperrt. Also müssen wir das Zeug besorgen.«
»Manchmal bist du richtig schlau«, sagte Amanda.
»Ja, ich weiß.«
»... aber das kann einem ganz schön auf die Nerven gehen.«
Malcom spürte Hitze in sein Gesicht steigen. Die Kopfschmerzen hämmerten in seinem Schädel und Amanda kritisierte ihn schon wieder? Nach allem, was er in letzter Zeit durchgemacht hatte, wagte sie es, so mit ihm zu reden?
»Hey, Amanda! Halt einfach mal deine Klappe! Ohne mich hätte die Sache in Genf nicht geklappt und wir wären nicht hier. Hinzu kommt, dass du außer Gehässigkeiten nie etwas Sinnvolles beizutragen hast, also lass es einfach. Schau gut aus, sing ein wenig, aber geh mir nicht auf den Sack!«
Amanda stand der Mund offen. Anscheinend sprachlos darüber, dass er es fertigbrachte, so mit ihr zu reden, glotzte sie ihn verblüfft an. Dann biss sie die Kiefer aufeinander und kniff die Augen zusammen.
»Du!«
Nur ein Wort.
Malcom hob den Mittelfinger und verließ den Raum.

»Prima«, sagte Jenny und schaute Amanda direkt in die Augen. »Du hast es drauf.«
»Was willst du jetzt von mir?«
»Malcom gibt sich echt Mühe. Weißt du das? Er hat keine Superfähigkeiten wie wir, und sicherlich ist er weder Gott noch Dämon und schon gar nicht unsterblich, aber er benutzt seinen Verstand, versucht uns alle voranzubringen.

Wenn diese Mission ein Erfolg wird, dann haben wir es zum größten Teil ihm zu verdanken.«

»Das ist doch Bullshit!«, knurrte Amanda. »Wir anderen sind genauso wichtig wie er. Unsere Kräfte …«

»Darf ich dich an Attu Island erinnern?«, unterbrach Jenny sie. »An den Test. Ohne Malcom wären wir nicht mal hier. Sein Plan hat uns den Erfolg gebracht.«

»Und in diese Scheiße.«

»Du wolltest doch mit. Hättest auch Nein sagen können, als Matterson gefragt hat. Es gab für dich die ganze Zeit auf Attu Island die Chance, die Hand zu heben und um einen Hubschrauber zu bitten, der dich aufs Festland bringt. Warum hast du das nicht getan? Du interessierst dich doch sowieso nicht für Sterbliche.« Sie senkte ihre Stimme und beugte sich zu Amandas Ohr vor. »Ich sage es dir: Du bist wegen Damon geblieben, und den ganzen Mist ziehst du nur mit Malcom ab, weil der schmucke Dämon sich nicht mehr an dich erinnert und keine Gefühle für dich hegt. Jemand muss dafür büßen und da nimmst du natürlich den Schwächsten von uns, lässt deinen Frust an Malcom aus.«

»Wie redest du eigentlich mit mir?«, schnaubte Amanda und stieß Jenny gegen die Brust. Eine vollkommen sinnlose Aktion, Jenny bewegte sich dadurch keinen Millimeter.

Für einen Moment schwieg sie, dann brachte sie ihr Gesicht ganz nah vor Amandas Nasenspitze.

»Mach das noch einmal und ich reiße dir beide Arme aus!«

»Fick dich!«

Plötzlich war Damon da. Er schob sich zwischen die Mädchen. »Langsam. Langsam. Amanda, kann ich kurz mit dir sprechen?«

»Willst du mir auch noch Vorwürfe machen?«, zischte die Göttin. Amanda spürte, dass ihr Gesicht glühte. Es war ihr peinlich, dass Damon vielleicht alles mitgehört hatte. Noch viel schlimmer war, nicht zu wissen, was er darüber dachte. Es war für sie nicht möglich, seine Gedanken und Gefühle einzuschätzen, wenn er überhaupt welche hatte.

»Keineswegs. Nur mit dir reden.«

Amanda atmete hörbar aus. Dann trat sie einen Schritt zurück. Jenny ging an ihr vorbei und zur Tür hinaus.

»Was?«, zischte Amanda Damon zu.

»Ich möchte mit dir über die Liebe sprechen. Malcom sagt, du liebst mich …«

»Dieser Mistkerl.«

»Er hat mir erklärt, was das sein soll, aber ich habe es nicht verstanden. Die ganze Sache mit den Gefühlen ist neu für mich. Okay, nicht ganz neu. Wut und Zorn kannte ich schon vorher, aber das andere …« Er kratzte sich verwirrt am Kopf.

Amandas Gesicht glühte. Sie war sich sicher, dass es feuerrot vor Scham war. »Äh …«

»Liebst du mich?«

»Äh …«

»Das Geräusch hast du gerade eben schon gemacht. Was bedeutet es?«

»Dafür ist jetzt nicht der richtige Moment. Die anderen warten auf uns.«

»Ich denke, den Augenblick haben wir.«

»Also … sagen wir so: Du und ich, wir standen uns nahe.«

»Das tun wir doch jetzt auch. Ich bin direkt vor dir.«

»Nein, das sagt man, wenn sich zwei Menschen mögen.«

»Wobei wir beide keine Menschen sind.«

»Trotzdem.« Amanda fluchte innerlich. Sie hatte gehofft, dass Damon langsam wieder Gefühle für sie entwickeln würde, so wie schon einmal, aber nun schaute er sie intensiv an und stellte ihr eine unmögliche Frage. Natürlich liebte sie ihn, doch das konnte sie Grey ja wohl kaum sagen.

»Wir haben uns sehr gemocht.«

»Du magst auch die anderen.«

»Manchmal. Nicht immer«, sagte Amanda hastig. »Es ist anders. Bei dieser Art von *mögen* kommt es nicht zu …« Sie brach ab.

»Was?«

»Berührungen und …«

Damon streckte seine Hand aus. Sein Finger fuhr sanft ihr Kinn entlang.

»So etwa?«

»Ja.« Amandas Herz raste. Ihre Knie wurden weich.

»Was noch? Was machen die Menschen, wenn sie sich lieben und berühren?«

»Warum willst du das wissen?«

»Es interessiert mich.«

»Sie küssen sich.«

Damon runzelte die Stirn. Bevor sie wusste, was sie tat, beugte sich Amanda vor und legte ihre Lippen auf seine. Der Kuss währte nur eine einzige Sekunde, aber das Blut rauschte in ihren Adern, als sie sich wieder zurückzog. Damon berührte mit zwei Fingern seinen Mund.

»Das ist schön. Es fühlt sich gut an.«

»Du wolltest wissen, was es ist.«

»Kann ich das auch mit Malcom machen?«

»Bei allen Göttern, nein.«

»Wieso nicht?«

»Weil er *ein* Freund ist, und nicht dein fester Freund.«
»Menschen sind seltsam.«
»Das macht sie zu Menschen.«
»Können wir uns noch einmal küssen?«
»Was? Nein, das geht nicht.«
»Warum nicht? Malcom sagt, du liebst mich.«
Ja, aber du musst mich auch lieben.
»Ich verstehe nicht.«
»Und ich kann es dir nicht erklären.«
Jenny tauchte in der Tür auf. »Wo zum Henker bleibt ihr denn?«

5

2017

»Ohne Licht sehe ich hier drin überhaupt nichts«, flüsterte Malcom. Sie waren durch eine Tür an der Rückseite des Gebäudes, die in die Küche führte, ins Haus eingebrochen. Offenbar hatte niemand sie bemerkt oder etwas gehört, alles war still geblieben. Danach waren sie zum Lehrerzimmer im zweiten Stock geschlichen, das nicht schwer zu finden gewesen war, denn ein Schild an der Treppe wies es aus. Das Zimmer war nicht abgeschlossen gewesen, ein Umstand, den Malcom erstaunlich fand, aber es machte die Sache leichter. Mittlerweile war es weit nach Mitternacht. Der Mond blieb hinter dicht hängenden Wolken verborgen, und so konnten sie zwar die Umrisse der Möbel und größere Gegenstände ausmachen, wie sie allerdings Nadel, Faden und Tusche finden sollten, blieb ein Rätsel.

»Ich kümmere mich darum«, sagte Jenny leise. Malcom sah, dass ihr künstliches Auge zu glimmen begann, und vermutete, dass sie auf Nachtsicht umgeschaltet hatte. »Bleibt hier stehen. Bewegt euch nicht. Macht keine Geräusche.«

Jenny huschte davon. Neben Malcom atmete Amanda kaum hörbar. Seit dem Vorfall am Nachmittag hatte sie kein Wort mehr geredet. Irgendetwas war passiert. Jenny hatte ihm erzählt, dass Amanda und Damon miteinander gesprochen hatten, sie wusste jedoch nicht, worüber. In jedem Fall hatte es einen kompletten Stimmungswandel bei dem Mädchen bewirkt. Seitdem schien Amanda traurig und verwirrt zu sein. Von dem Zorn, der sie bisher stets ausgemacht hatte, war nichts mehr zu spüren.

Damon hingegen benahm sich wie immer. Die Zeit bis zum Einbruch der Nacht hatten sie in einem Versteck im Wald verbracht. Und Grey hatte ihn unentwegt mit Fragen gelöchert. Jenny und Amanda hatten im weichen Gras unter einer hohen Eiche geschlafen und Damon hatte einfach alles wissen wollen. Besonders eine Sache interessierte ihn: die Fortpflanzung der Menschen. Er nannte es das *Mann-Frau-Ding*. Malcom hatte ihm gesagt, dass könne er ihm nicht erklären, aber Damon war hartnäckig geblieben. »Frau und Mann vereinen sich«, sagte er zu ihm. »Und dann?«

»Dann kommt es zum Austausch von Körperflüssigkeiten.«

»Nicht dein Ernst?«

»So ist es.«

»Ich dachte …«

»Was dachtest du?«

»Nichts.«

»Sag schon.«

»Es wäre mehr.«

»Tja, tut mir leid, dass ich dich enttäuschen muss.«

»Wegen der Liebe.«

»Ehrlich, Mann, das kann man nicht erklären. Man muss es erleben. Ist so eine Sache wie mit Honig. Ich kann dir lang und breit erklären, wie er entsteht, wie er aussieht, aber du musst ihn schmecken, wenn du wissen willst, was Honig ist.«

»Hast du schon mal Körperflüssigkeiten ausgetauscht?«

Himmel.

Malcom dachte an die Nacht mit Nianch-Hathor. »Einmal«, sagte er.

»Und wie war es?«

»Es war das Schönste, das ich je erlebt habe.«

»Also ist es doch etwas Besonderes«, hatte Damon triumphierend erwidert.

»Ja.«

»Meinst du, ich kann Amanda fragen, ob sie …«

»Bloß nicht. Sie würde dir die Augen auskratzen.«

»Warum? Du hast gesagt, sie liebt mich.«

»Trotzdem. Glaub mir. Rede nicht davon. Denk nicht daran, oder es gibt ein Unglück.«

Malcom war sich sicher, dass Amanda die Kontrolle über sich verlieren würde, wenn Damon mit einem derartigen Anliegen an sie herantrat. Niemand konnte auch nur ahnen, wie sie reagieren würde, und danach war womöglich die ganze Mission gefährdet.

»Und wenn sie mich fragt?«

»Das wird sie nicht tun.«

»Warum nicht?«

»Genug davon. Wir müssen uns ausruhen. Leg dich hin und schlaf.«

»Ich muss nicht schlafen.«

»Mach es trotzdem.«

»Menschen sind komisch.« Damon hatte sich auf den Boden gelegt, den Kopf auf seinem Oberarm. »Und Götter auch.«

Malcom grinste innerlich, als er an das Gespräch dachte. Plötzlich tauchte Jenny vor ihm auf. Ein dunkler Schemen mit einem glühenden Auge.

»Ich habe Tusche gefunden und auch zwei Nadeln, aber keinen Faden.«

»Macht nichts, den ziehen wir aus unserer Kleidung. Lasst uns jetzt in den Keller gehen.«

Direkt neben der breiten Treppe mit dem Eichenholzgeländer im Erdgeschoss gab es eine Tür. Jenny war sicher, dass sie in den Keller führte. Sie fasste nach der Klinke und drückte sie runter. Es gab ein leises Knarren. Offen.

Im schwachen Licht des Mondes, der nun durch die Fenster hereinfiel, bedeutete sie den anderen, ihr zu folgen.

Als alle auf der schmalen Treppe standen, schloss Jenny die Tür wieder und tastete nach dem Lichtschalter.

Schließlich fand sie ihn, und eine nackte Glühbirne, die an einem Kabel von der Decke hing, sandte trübes Licht aus.

Hier drin roch es modrig und die schlechte Luft legte sich einem sofort auf die Lungen. Überall Spinnweben. Jenny blickte nach unten. Am Ende der Treppe wartete eine weitere Tür auf sie. Ob dahinter Wilbur war?

Unruhe breitete sich in ihr aus. Sie musste sich darauf vorbereiten, dass dieser Wilbur sie nicht kannte, dass er nicht wusste, wie sehr sie ihn mochte. Jenny schüttelte den Kopf. Das hatte der alte Wilbur auch nicht wirklich gewusst. Zumindest nicht, wie stark ihre Gefühle für ihn waren.

Nun habe ich das gleiche Problem wie Amanda. Der Junge, den ich liebe, weiß nichts davon. Er hat mich noch nie gesehen, und es ist fraglich, ob er mich diesmal auch mag.

Jenny war bewusst, dass ihr beider merkwürdiges Aussehen Wilbur und sie auf Attu Island zueinander geführt hatte. Eine wunderschöne Göttin und ein atemberaubend gut aussehender Dämon gegen ein Mädchen, das zur Hälfte aus Metall bestand, und einen von Kopf bis Fuß tätowierten Jungen. Von Anfang an war klar gewesen, welche Paare sich finden würden. Und Malcom? Der blieb auf der Insel derselbe Einzelgänger, der er wahrscheinlich schon sein ganzes Leben lang gewesen war.

»Was ist mit dir?«, fragte Malcom leise in ihrem Rücken.
»Nichts«, antwortete sie. *Ich habe Angst. Angst vor dem, was kommt.* »Dann weiter. Ich fühle mich nicht wohl hier. Je schneller wir verschwinden, umso besser.«

Die vier hatten gemeinsam beschlossen, dass sie genauso vorgehen würden, wie es Wilbur aus seiner verschwommenen Erinnerung erzählt hatte. Ein Mann und eine Frau waren in seine Zelle gekommen und hatten mit ihm gesprochen. Danach hatte er sich anscheinend selbst mithilfe einer Spiegelscherbe tätowiert.

Das war es, was Wilbur glaubte, und darum hatte sie auch nach Tusche, Nadel und Faden gesucht. Damon hatte ihnen jedoch erklärt, dass es so unmöglich abgelaufen sein könne. Er würde Wilbur gemeinsam mit Amanda tätowieren, indem sie die Tinte magisch aufluden und die Zeichen in seine Haut stachen. Die Runen auf Wilburs Körper würden ihn anschließend mit der Dimension der Dämonen verbinden und ihm unglaubliche Macht verleihen. Die Macht, die Zeit anzuhalten. Damon selbst konnte die Zeit nicht beherrschen, denn in der Dimension, aus der er stammte, war Zeit eine unbekannte Größe. Gemeinsam mit Amandas göttlichen Fähigkeiten würden sie etwas erschaffen, das es niemals zuvor gegeben hatte.

Jenny gab sich einen Ruck und ging die Stufen hinunter. Die nächste Tür ließ sich ebenfalls problemlos öffnen und führte in einen gewölbten Gang, an dessen Wänden alte Holzfässer und Regale standen. Dies musste der Weinkeller sein, von dem Wilbur gesprochen hatte.

Ein Blick verriet Jenny allerdings, dass hier schon lange kein Wein mehr gelagert wurde. Es gab nur leere, verstaubte

Flaschen und keines der Fässer hatte einen Deckel. Ein unheimlicher, düsterer Ort. Einen Jungen zur Strafe hier unten einzusperren, war unmenschlich. Jenny verfluchte den Mann stumm, der so etwas tat.

Wilbur hatte in seinem Leben niemals Geborgenheit und Liebe kennengelernt. Nur Einsamkeit und Schmerz. Und jetzt ließ dieses Schwein ihn zusätzlich leiden. Bei dem Gedanken daran, wie Wilbur sich fühlen musste, ballte sie die Fäuste. Malcom legte ihr eine Hand auf die Schulter und schob sie voran durch den Gang.

Nach ein paar Metern erreichten sie eine weitere Tür. Schwer. Massiv. Jenny ahnte sofort, dass sich Wilbur dahinter befand, denn auf einem Hocker lagen Klamotten, die vermutlich ihm gehörten. Der Schlüssel steckte im Schloss.

Sie öffnete die Tür und trat zur Seite.

Amanda ging hinein. Damon folgte ihr.

Wilbur hockte in einer Ecke des feuchten Raumes. Nackt, bis auf eine Unterhose, und hielt mit seinen Armen die Beine umschlungen. Sein Blick fieberte ihnen ängstlich entgegen.

»Wer seid ihr?«, fragte er und schluckte schwer.

»Mein Name ist Amanda. Das ist Damon. Wir sind gekommen, um dich aus diesem Loch zu befreien.«

»Ich verstehe nicht.«

»Das musst du auch nicht. Wir werden dir später alles erklären. Jetzt ist nur wichtig, dass du uns vertraust.«

»Wie kann ich das? Ich kenne euch nicht.«

Amanda betrachtete Wilbur. Obwohl dieser Junge noch nicht tätowiert war und jünger wirkte als der Wilbur, den sie auf Attu Island kennengelernt hatte, erkannte sie ihn an seiner schlanken Gestalt und der Glatze. Sein Gesicht wirkte noch weicher, obwohl sich schon erste bittere Züge um die Mundwinkel bildeten.

»Alles ist gut«, sagte Amanda. Dann begann sie zu singen. Wilburs Arme sanken hinab. Er stand auf und stellte sich aufrecht hin. Sie sang weiter und er schloss die Augen. Wilbur rührte sich nicht mehr.

Damon trat zu ihm, legte ihm die Hand auf den Schädel.

»Gib mir die Nadeln«, verlangte er.

Amanda reichte sie ihm. Damon riss einen Faden aus seinem Hemd.

»Die Tusche.«

Sie streckte die Hand aus. Er nahm das Glas.

»Es ist wichtig, dass du weitersingst. Du darfst nicht aufhören, bevor ich fertig bin. Dein Gesang wird die Tusche magisch aufladen, und durch meinen Namen auf seiner Haut wird die Macht meiner Dimension auf ihn übergehen.«

»Okay.«

»Noch mal. Es darf keine Unterbrechung geben, egal, was passiert. Wenn die Runen nicht durchgehend geschrieben werden, verlieren sie ihre Macht.«

»Ich habe es schon beim ersten Mal verstanden.«

»Dann los! Sing!«

Amanda schloss nun ebenfalls die Augen. In ihrem Geist verwoben sich Worte mit einer Melodie, schließlich begann sie zu singen. Sie dachte nicht mehr an Wilbur, nicht an Damon, nicht an den Ort, an dem sie sich befand. Da war nur noch dieses Lied.

Irgendwann spürte sie Damons Hand an ihrer Schulter.

»Es ist vollbracht«, sagte er.

Amanda öffnete die Augen. Vor ihr stand Wilbur, so wie sie ihn kannte, von Kopf bis Fuß tätowiert.

»Sag ihm, dass er schlafen soll, bis sich die Tür wieder öffnet. Wir müssen gehen und draußen auf ihn warten.«

6

2017

Als Wilbur vom Geräusch des Schlüssels erwachte, ahnte er, dass seine Gefangenschaft vorüber war. Achtundvierzig Stunden Einsamkeit. Hinter Mannings massiger Gestalt fiel Licht in die Zelle. Der Betreuer starrte ihn entsetzt an. Wilbur verstand nicht, was los war.
»Was zum Henker …?«, ächzte Manning.
Wilbur rappelte sich auf und blickte auf seine Arme. Seinen nackten Oberkörper. Seine Beine. Überall blauschwarze Tätowierungen, die aussahen, als wären sie schon vor Jahren gestochen worden. Sein ganzer Körper war davon bedeckt, buchstäblich jeder Zentimeter freie Haut zeigte merkwürdige Runen und Symbole, die an eine alte Schrift erinnerten.
Wo kommen die her?
Wilbur rieb an seinem Arm. Die Dinger waren echt. Nicht einfach nur Farbe. Was sollten die Zeichen bedeuten, wer hatte sie ihm verpasst? Und vor allem: warum? Es musste Stunden gedauert haben, ihn derart zu verunstalten. Sein Blick fiel auf eine Spiegelscherbe auf dem Boden und zwei mit Fäden umwickelte Nadeln. War er das selbst gewesen? Unruhe befiel ihn. Was war hier los? Etwas stimmte ganz und gar nicht. Und warum konnte er sich nicht an die letzten Stunden im Keller erinnern?
Zunächst war alles wie sonst auch gewesen. Er hatte auf dem kalten Boden gesessen, über sein Leben nachgedacht und versucht, die Kälte aus seinem Bewusstsein zu verdrängen. Irgendwann musste er eingeschlafen sein. Und dann

war da dieser Traum gewesen, in dem ein Mann und eine Frau seine Zelle betraten und mit ihm sprachen. Die Frau ... hatte gesungen? Oder eine Melodie gesummt. Danach war nichts mehr. Alles schwarz. Bis zu dem Moment, als sich die Tür geöffnet hatte.

»Wie hast du das gemacht?«, fragte Manning schnaufend.

»Ich ...«

»Wie?«

»Ich habe keine Ahnung.«

»Lüg mich nicht an!«, brüllte der Betreuer und hob die Hand zum Schlag. Der schwere Schlüsselbund, den er eben noch gehalten hatte, entglitt seinen Fingern.

Und da hielt Wilbur zum ersten Mal die Zeit an. Ohne dass er wusste, wie er es tat und dass er es tat. Die Hand erstarrte mitten in der Bewegung. Der Schlüsselbund schwebte in der Luft, ohne zu Boden zu fallen. Wilbur glotzte verblüfft auf den Wärter und verstand nicht, was gerade geschah.

Was ist das? Habe ich das getan? Unmöglich.

Er streckte seine Hand aus und berührte den Schlüsselbund, der in Hüfthöhe des Betreuers gegen jedes Gesetz der Schwerkraft regungslos in der Luft verharrte.

Dann machte er zwei Schritte nach vorn. Mannings weit aufgerissene Augen blinzelten nicht einmal, als Wilbur auf ihn zutrat und ihm aus nächster Nähe ins Gesicht starrte. Er wedelte mit der Hand vor der Nase des Betreuers herum.

Nichts, keine Reaktion.

Dann plötzlich, ohne Vorwarnung, bewegte sich Manning wieder. Die Schlüssel fielen klirrend zu Boden.

Manning glotzte ihn an. Er ächzte, schien nicht zu verstehen, wie ihm Wilbur von einem Moment auf den anderen so nahe gekommen war und warum die Schlüssel auf einmal neben ihm auf der Erde lagen. Seine Augen verengten sich bösartig. Wilbur bekam Angst. So wütend hatte er den Betreuer noch nie erlebt, und der war sonst schon übel drauf, wenn Kleinigkeiten ihm nicht in den Kram passten.

»Du willst dich mit mir anlegen?«, knurrte der Betreuer.

»Ich …«

»Den Schlüssel nehmen und abhauen!«

»Nein, ich …«

Mannings Faust flog nach vorn, direkt auf Wilburs Gesicht zu. Das würde wehtun. Ihm wahrscheinlich die Nase brechen. Da erst bemerkte Wilbur, dass sich Manning erneut nicht rührte und die Faust regungslos vor seinem Gesicht schwebte.

Hatte er die Zeit angehalten?

Wieder konnte er den Blick nicht vom in der Bewegung erstarrten Manning lösen.

Was passiert hier?

Bin ich dafür verantwortlich? Wie kann das sein?

Manning blinzelte.

Diesmal zögerte Wilbur nicht. Er hob blitzschnell den Schlüssel vom Boden auf, schlüpfte durch die offene Tür, warf sie zu und schloss Manning ein. Keinen Moment zu früh, wie ein lautes und wütendes Brüllen aus der Zelle ihm verriet.

»WILBUR! MACH SOFORT DIE TÜR AUF ODER ICH VERPASSE DIR DIE GRÖSSTE ABREIBUNG DEINES LEBENS!«

Wilbur antwortete nicht. Drinnen warf Manning sich gegen die Tür. Das Holz erzitterte, die Scharniere ächzten, aber die alte Tür hielt stand.

»WILBUR!«

Wilbur schnellte herum und rannte die Treppe nach oben. Hinaus ins Licht. In die Freiheit.

Es war Abend. Dunkle Wolken zogen über den Himmel. Blitze zuckten darüber. Donnerhall. Es regnete in Strömen. Niemand zu sehen. Die anderen Jungs und die Betreuer waren beim Abendessen im westlichen Flügel des Gebäudes. Wenn er jetzt abhaute, blieb ihm ein kleiner Vorsprung, bevor jemand auf die Idee kam, nach Manning zu suchen. Sollte der Betreuer nicht bald wieder im Saal auftauchen, gingen alle sicherlich davon aus, dass er unten im Keller auf ihn einprügelte oder Schlimmeres tat. Was auch immer, die anderen würden schweigen.

Fickt euch, ihr Arschlöcher, dachte Wilbur. *Mich seht ihr nie wieder.*

Er wandte sich nach rechts, hielt auf den Wald zu, von dem er wusste, dass er nach zwei Meilen vor den Toren der kleinen Stadt Everton endete. Dort würde er sich nach einer Mitfahrgelegenheit umsehen. Am Rand des Ortes gab es ein Diner, das von Fernfahrern und Touristen gut besucht wurde. Vielleicht würde ihn jemand trotz seiner Tätowierungen mitnehmen, ansonsten musste er sich auf der Ladefläche eines Trucks verstecken.

Egal, erst mal hier weg!

Wilbur rannte auf den schmalen Pfad zu, als plötzlich ein Typ mit silbernen Haaren zwischen den Bäumen hervortrat. Er schien in seinem Alter zu sein. Glattes Gesicht und merkwürdige Augen. Gelassen stand er im strömenden Regen und hob eine Hand.

»Hallo, Wilbur«, sagte er ruhig.

Wilbur blieb abrupt stehen. Wer war das? Irgendwie kam

ihm der Kerl merkwürdig bekannt vor, aber er war sich sicher, dass er ihn noch nie zuvor gesehen hatte.
»Ich bin Damon.«
»Du kennst mich?«
»Ja, ich weiß alles über dich.«
Wilbur lachte auf. *Was für ein Scheiß.*
»Dann weißt du ja auch, dass du mich nicht aufhalten kannst.«
Der andere lächelte. »Könnte ich, wenn ich wollte, aber ich bin hier, um dir zu helfen.«
»Ach ja, warum das denn?«
»Wie ich schon sagte, ich kenne dich.«
»Weißt du was? Leck mich und jetzt geh mir aus dem Weg oder es knallt.«
Der Junge blieb völlig unbeeindruckt. Er drehte lediglich seine Hand in eine andere Richtung.
»So etwa?«
Dann schoss ein blendend heller Strahl aus seiner Handfläche hervor, schlug in eine zehn Meter entfernte Kiefer ein. Holzsplitter flogen herum. Für einen Moment war nichts zu sehen, dann erzitterte der Baum und kippte um. Wilbur klappte die Kinnlade hinunter.
»Alter, was war das denn?«, stöhnte er. Er blickte zum Baum, dessen Stumpf noch immer glühte, dann wieder zu dem Verrückten, der das getan hatte.
»Bist du so was wie ein Superheld? Oder ein Alien?«
»Ein Dämon.«
»Wie bitte?«
»Ein Dämon.«
»Das ist jetzt nicht dein Ernst.«
»Wir haben viele Stunden auf dich gewartet, und glaub

mir, mein Freund, bei dem Wetter hat es keinen Spaß gemacht.«

»Wir? Wer ist *wir*?«

Aus dem Schatten der Bäume traten drei weitere Jugendliche. Ein ziemlich normal aussehender Junge, eine Wahnsinnsbraut mit schwarzen Haaren und …

»Himmel, was ist das?«

»Darf ich vorstellen. Malcom, Amanda und Jenny.«

»Ist sie ein Roboter?«

»Nein, die eine Hälfte von ihr ist menschlich.«

»Und die andere Hälfte?«

»Das weiß keiner. Sie auch nicht.«

»Wahnsinn«, ächzte Wilbur. »Und ihr wartet auf mich?«

»Ja, du gehörst zu uns. Wir haben eine Mission zu erfüllen.«

»Was meinst du damit?«

»Die Welt retten.«

Wilbur lachte auf. »Mal ehrlich, das ist doch Quatsch.«

»Du kannst die Zeit anhalten«, fuhr Damon fort. »Ist das richtig?«

Im ersten Moment wollte Wilbur widersprechen, aber es stimmte ja. Vorhin im Keller war es geschehen und irgendwie war er dafür verantwortlich gewesen.

Wieso weiß der Typ davon? Was läuft hier ab?

Wilbur beschloss erst mal gar nichts zu sagen. Die Situation war vollkommen bizarr. Erst die Sache mit Manning im Keller, und nun tauchten Fremde auf, die vorgaben, ihn zu kennen, und die Dinge über ihn wussten, die ihm selbst nicht klar waren.

Die ganze Sache bekam immer mehr Züge eines Albtraums.

Hoffentlich wache ich gleich auf und alles ist wie immer. Zwar beschissen, aber da weiß ich wenigstens, woran ich bin. Was hier abläuft, ist mir zu strange.

»Ich nehme an, du weißt nicht, woher du diese Fähigkeit hast?«

Wilbur zuckte zusammen. »Willst du mir sagen, du hast etwas damit zu tun?«

»Ich und Amanda. Sie ist eine Göttin. Während ich die Runen tätowiert habe, hat sie die Zeichen mit Macht aufgeladen.«

Wilbur zögerte. Das war verrückt! Der Typ sagte doch niemals die Wahrheit. Wilbur starrte in das emotionslose Gesicht. Keine Regung. Kein verräterisches Aufblitzen in den Augen. Der Typ glaubte, was er von sich gab.

»Du behauptest also, es wäre überhaupt kein Traum gewesen?«

»Richtig.«

»Sorry, echt … aber das kann ich nicht glauben. Ist mir viel zu abgefahren. Ich bin ein ganz normaler Junge, der seit Jahren in Waisenhäusern lebt. An mir ist nichts Besonderes, da kannst du dir sicher sein, und ich denke, wir beenden das Gespräch jetzt, weil ich von hier verschwinden muss und zwar so schnell wie möglich.«

»Wir werden dir alles erklären.«

Malcom, Jenny und Amanda traten heran.

»Du kannst uns vertrauen«, sagte Malcom. »Wir haben schon viel gemeinsam erlebt.«

»Mann, das klingt total verrückt. Wie kann das sein? Ich habe euch niemals zuvor gesehen.«

Der schmächtige Junge mit den verstrubbelten Haaren lächelte. »Alles an dieser Geschichte ist verrückt, aber darüber sprechen wir später. Du hast recht, wir müssen hier weg und das sofort.«

»Was habt ihr vor? Wohin wollt ihr?«

»Erst mal zur nächsten Stadt. Dort besorgen wir uns ein Auto. Wir haben etwas Wichtiges zu erledigen. Jenny, du gehst vor. Such einen sicheren Weg durch den Wald und mach uns rechtzeitig auf Wanderer oder Jäger aufmerksam. Ich will niemandem begegnen.«

Das Maschinenmädchen wandte sich um und ging davon. Kurz darauf war sie zwischen den Bäumen verschwunden.

Plötzlich erklang eine zornige Stimme in Wilburs Rücken. *Manning.*

»Wilbur! Du kleiner Scheißer. Komm sofort hierher!«

Wilbur drehte sich langsam um. Der Betreuer trat aus dem Schatten eines Baumes. In seiner Hand lag ein mattglänzender Revolver.

»Ich weiß nicht, wer ihr Penner seid«, wandte er sich an die anderen. »Aber ihr verzieht euch jetzt!«

»Ich gehe nicht mehr zurück«, sagte Wilbur ruhig. »Nie wieder.«

»O doch, das wirst du, oder ich blase dir hier und jetzt das Licht aus. Ich würde sagen, eindeutig Notwehr. Du und deine Junkiefreunde, ihr habt mich angegriffen. Mir blieb keine Wahl.« Er grinste teuflisch.

Plötzlich begann Amanda zu singen. Wilbur verstand nicht, was das in dieser Situation sollte. Manning offensichtlich auch nicht, denn er glotzte das Mädchen an, als hätte es den Verstand verloren.

»Was soll der Scheiß? Hast du dir dein Gehirn mit irgendwelchen Drogen rausgeballert?«, knurrte er.

»Er ist immun«, sagte Amanda ruhig.

Was meinte sie damit?

»Ich übernehme das«, sagte Damon lächelnd.

»Was? Was … willst du übernehmen?«, stotterte Manning. Er schien zu spüren, dass der Junge vor ihm gefährlich war. Der Revolver in seiner Hand richtete sich auf den Dämon. »Beweg dich nicht! Keinen Millimeter oder es gibt ein Unglück.«

Damon hob die Hände, als wollte er sich ergeben.

»Nicht!«, rief Malcom und trat vor ihn.

Ein Schuss fiel.

Malcom wurde zurückgeworfen, stolperte einige Schritte nach hinten, dann sackte er auf die Knie. Seine Augen waren weit aufgerissen, und er starrte auf eine Stelle an seiner Schulter, wo Blut aus einem Loch sickerte.

Mannings Gesicht war vollkommen bleich. »Das wollte ich nicht. Ich …«

Weiter kam er nicht.

Das schöne Mädchen flog regelrecht heran. Sie trat dem Betreuer die Waffe aus der Hand und streckte ihn mit einem knallharten Faustschlag nieder. Manning fiel in den Dreck und rührte sich nicht mehr.

Amanda war als Erste bei Malcom. Sie blickte auf ihn herab. Sorge stand in ihrem Gesicht. Wenn die Schulter nicht so sehr geschmerzt hätte, hätte er jetzt gelächelt. Er musste erst angeschossen werden, damit Amanda Interesse an ihm zeigte.

»Bist du schwer verletzt?«, fragte sie.

Malcom legte seinen Finger auf die Wunde. Noch immer sickerte Blut daraus hervor.

»Ich glaube nicht«, sagte er.

»Lass mal sehen.«

Sie kniete sich neben ihn, öffnete sein Hemd und schob es zur Seite. Ein kleines dunkles Loch kam darunter zum Vorschein.

»Sieht nicht allzu schlimm aus«, stellte sie fest. »Aber das muss medizinisch versorgt werden.« Sie schaute zu Wilbur. »Wir sollten ihn zu einem Arzt bringen.«

»Nein«, widersprach Malcom. »Das können wir nicht. Jeder Arzt ist verpflichtet, Schusswunden der Polizei zu melden. Wir müssen von hier verschwinden.«

Plötzlich stand Jenny vor ihm. »Ich habe einen Schuss gehört.« Dann fiel ihr Blick auf seine Verletzung. »O Mist! Ist es schlimm?«

»Nein, ich denke nicht. Der Typ da drüben hat ihn angeschossen«, antwortete Amanda. »Malcom sollte zu einem Arzt, will aber nicht.«

»Nein, will er nicht«, stimmte er zu. »Lasst uns abhauen. Wenn Jenny den Schuss gehört hat, kann es sein, dass auch jemand im Haus mitbekommen hat, dass geschossen wurde.«

»Sie werden es vielleicht für Donner halten«, sagte Jenny. »Was macht Damon da?«

Alle wandten den Kopf und beobachteten, wie Grey die Füße des bewusstlosen Betreuers packte und ihn in ein Gebüsch schleifte.

»Am liebsten würde ich dem Arschloch die Kehle durchschneiden«, sagte Wilbur.

Malcom schaute ihn an. »So etwas machen wir nicht.«

»War sinnbildlich gemeint.«

»Klang aber nicht so. Okay, wir sollten uns jetzt auf den Weg machen und noch den Rest erledigen. Damit wir dann endlich das Portal suchen können.«

Damon kam zu ihnen. Er sagte kein Wort, starrte Malcom nur stumm an. Wahrscheinlich begriff er nicht, was gerade geschehen war, da er noch nie eine Schusswaffe gesehen hatte.

»Warum müssen wir hier weg?«, fragte Amanda. »Was meinst du damit, dass wir noch den Rest erledigen müssen?«

Malcom seufzte. Ihm war gar nicht gut. Eine merkwürdige Schwäche kroch seine Beine hoch und die Wunde in seiner Schulter brannte wie Feuer. Ihm war klar, dass er die anderen aufklären musste, denn sollte er in Ohnmacht fallen, würden sie nicht wissen, was zu tun war.

»Ihr erinnert euch daran, dass Matterson uns gesagt hat, dass er am 12. August 2017 das Energiefeld in der Beringsee durch einen Zufall entdeckt hat? Das ist übermorgen. Jemand hatte seinen Computer auf einen alten Satelliten umgestellt, der kaum noch genutzt wurde. Nur durch diesen Umstand ist er überhaupt auf das Feld aufmerksam geworden.«

»Du meinst … das waren wir?«, fragte Jenny verblüfft.

»Ja, es muss so sein. Wie wir mittlerweile gelernt haben, gibt es keine Zufälle. Wir reisen durch die Zeit, um all die Dinge geschehen zu lassen, die geschehen müssen.«

»Ich verstehe kein Wort«, stöhnte Wilbur.

»Musst du auch nicht, wir erklären dir das später«, fuhr Malcom fort. »Also müssen wir Matterson suchen. Jenny?«

»Ja?«

»Wo fanden die Untersuchungen statt, die man an dir vorgenommen hat?«

»Peterson Air Force Base in Colorado Springs. Matterson hat daraus nie ein Geheimnis gemacht.«

»War er die ganze Zeit ebenfalls da?«

»Ja, ich habe ihn täglich gesehen.«
»Dann ist er dort stationiert. Mit dem Auto ist das eine Fahrt von sechs Stunden.«
»Das kann nicht dein Ernst sein«, meinte Amanda verblüfft. »Du bist verletzt, wir haben kein Auto. Bald wird man Wilburs Verschwinden entdecken und Manning kann der Polizei unser Aussehen beschreiben. Wir sind praktisch auf der Flucht, und du willst nach Colorado, um in eine schwer bewachte Militärbasis einzubrechen? Das klappt niemals. Hörst du mich? Niemals!«

Malcom fühlte sich schwindelig. Vor seinen Augen tanzten silberne Flecken und in seinem Mund machte sich ein metallischer Geschmack breit.

Ich muss den anderen unbedingt sagen ...

Dann war da nichts mehr.

7

2017

»Er ist ohnmächtig geworden«, erklärte Jenny.
»Was machen wir jetzt?« Amanda schaute sie an.
»Wir gehen los. Wilbur, wie weit ist es zur nächsten Stadt?«
»Das ist Everton. Zwei Meilen durch den Wald. In einer Stunde sind wir da, aber dort werden sie uns zuerst suchen.«
»Alternativen?«
»Durham liegt zwölf Meilen weiter östlich, bei dem Wetter brauchen wir zu Fuß sechs Stunden dahin und es wird bald dunkel.« Wilbur hob die Hand. »Leute, ich kenne euch nicht, aber wir müssen hier sofort weg. Wenn Manning gefunden wird, riegeln sie das ganze Gebiet ab.«
»Was schlägst du also vor?«, fragte Amanda.
»Wir nehmen ein Auto. Das Waisenhaus hat einen alten Van, die Schlüssel hängen im Lehrerzimmer. Ich gehe rein, hole sie, und wenn ich schon mal drin bin, schleiche ich ins Krankenzimmer und bringe Sachen mit, um Malcom zu versorgen.«
»Okay, wo steht der Van?«
»Hinter dem Haus. Schleicht euch durch den Wald an und versteckt euch, bis ihr mich seht. Dann muss es schnell gehen.«
Manning stöhnte im Gebüsch laut auf. Alle blickten hinüber.
Damon bleckte die Zähne.
»Nein!« Jenny zog ihr Hemd aus und riss es in Streifen.

Darunter trug sie nur ein weißes T-Shirt. Durch den Regen zeichnete sich ihre Metallseite deutlich ab. Wilbur starrte sie offen an.

»Was tust du da?«, fragte Amanda.

»Ich werde uns mehr Zeit verschaffen und ihn fesseln und knebeln.«

»Also, ich zieh los«, sagte Wilbur und huschte gebückt davon.

Als er um die Ecke des Hauptgebäudes verschwunden war, sagte Amanda: »Ich hoffe, er kommt wieder, sonst sind wir voll im Arsch.«

Grey grinste. »Du hast einen schönen –«

»Sag es nicht, Damon«, zischte Amanda wütend. »Sag das bloß nicht.«

Aber Jenny sah, wie ein verstecktes Lächeln über ihr Gesicht huschte.

Wilbur warf einen Blick in den linken Gang, dorthin, wo der Speisesaal lag. Stimmengemurmel und Geschirrgeklapper. Alle waren noch beim Essen. Gut so.

Er rannte die Treppe hinauf und dort den Flur entlang. Bis zum Lehrerzimmer. Wilbur klopfte an und lauschte.

Nichts.

Er drückte die Klinke runter und schlüpfte durch den Türspalt. Rasch durchquerte er den Raum. Vor einem an der Wand befestigten Brett blieb er stehen. Da hingen jede Menge Schlüssel für die Klassenzimmer, Aufenthaltsräume und die Lagerräume, in denen Dinge für den täglichen Bedarf aufbewahrt wurden. Er nahm den Schlüssel für das Krankenzimmer und fuhr mit dem Finger die Reihe entlang. Der letzte Haken war leer.

Kein Autoschlüssel.
What the ...
Doch dann sah er ihn. Er lag auf dem Bücherregal. Wahrscheinlich runtergefallen. Wilbur atmete erleichtert auf, schnappte sich den Schlüssel und flitzte zurück zur Tür.

Dort spähte er kurz in den Gang, dann trat er hinaus und machte sich auf den Weg zum Krankenzimmer, das sich auf derselben Etage befand.

Plötzlich ging die Deckenbeleuchtung an. Wilbur erschrak heftig, registrierte aber schnell, dass sich die Automatik eingeschaltet hatte. Er war noch immer allein.

Das Krankenzimmer lag am Ende des Flures. Er schloss die Tür auf und knipste das Licht an. Hier drin befand sich eine Liege, die mit Papier bespannt war, ein Waschbecken, eine Kommode und mehrere Hängeschränke.

Wilbur nahm sich einen Moment Zeit, darüber nachzudenken, was er brauchte.

Verbandsmaterial war klar. Nadel und medizinischen Faden und ...

Antibiotika!

Er riss die Schublade der Kommode auf und stopfte sich mehrere in Plastik verpackte Verbände und Kompressen in die Hosentasche. Nadel und Faden fand er in einer anderen Schublade, aber wo zum Geier bewahrten sie die Antibiotika auf? Wilbur durchwühlte sämtliche Hängeschränke, fand jedoch nur Schmerzmittel, die er ebenfalls einsteckte.

Dann fiel sein Blick auf einen kleinen Kühlschrank neben dem Waschbecken. Wilbur grinste.

Er hatte nach Tabletten gesucht, aber vielleicht war das Antibiotikum in flüssiger Form vorhanden. Er riss den

Kühlschrank auf und wurde sofort fündig. Da lagen gleich mehrere Packungen. Ein Medikament kannte er von einer Infektion, die er sich vor zwei Jahren zugezogen hatte. In der Packung befanden sich vier Glasampullen. Das sollte reichen.

Jetzt brauchte er noch eine Spritze. Zurück zur Kommode.

Es knisterte, als er die verpackten Kanülen abzählte und in seine Hemdtasche schob. Die Plastikspritze stopfte er zu den anderen Sachen in seiner Hose.

Okay, denk nach. Hast du alles?
Ja!
Dann los!

Wilbur schloss alle Schubladen und schaute sich um, ob er Unordnung hinterlassen hatte. Nein, alles lag an seinem Platz.

Er löschte das Licht, drückte die Tür zu und machte sich auf den Rückweg.

Als der die Treppe erreichte, tauchte plötzlich jemand vor ihm auf.

Beyers.

Der Leiter des Waisenhauses.

»Wer sind ... Wilbur? Bist du das? Wie siehst du denn aus? Was sind das für Tätowierungen? Und was machst du hier?«, fragte er misstrauisch. Er schaute über Wilburs Schulter. »Wo ist Mr. Manning?«

Amanda duckte sich neben Jenny ins Gras hinter einem großen Busch, der sie hoffentlich vor allen Blicken aus dem Haus verbarg, aber darüber machte sie sich keine Sorgen. Die Dunkelheit war hereingebrochen und niemand würde sie hier zwischen den Bäumen ausmachen können. Vielmehr beunruhigte es sie, dass Wilbur so lange fortblieb.

Haben sie ihn geschnappt?

Von außen wirkte im Waisenhaus gegenüber alles ruhig. Vor einigen Minuten war das Licht hinter den Fenstern angegangen. Warmer Schein fiel nach draußen und ließ sie noch mehr im kalten Regen frösteln.

Malcom war nach wie vor ohnmächtig, aber er schien langsam zu sich zu kommen, denn sein linkes Augenlid zuckte immer wieder. Jenny hatte ihn hierhergetragen und ins Gras gelegt. Damon hockte ein paar Meter entfernt neben einer hohen Tanne.

»Ein bizarre Situation«, flüsterte Jenny ihr zu.

»Was meinst du?«, fragte Amanda leise.

»Zwei aus unserem Team erinnern sich nicht an uns. Es wird nicht einfach mit ihnen werden. Damon ist noch immer damit beschäftigt, das Menschsein zu verstehen. Er kennt keinerlei Regeln oder Umgangsformen und weiß nichts von der Technik, die es in dieser Welt gibt. Wenn wir nachher in ein Auto steigen und losfahren, wird er denken, es wäre reine Magie.«

»Du übertreibst. Er hat schon Autos gesehen.«

»Aus weiter Ferne. Damit zu fahren, ist etwas ganz anderes.«

»Was willst du eigentlich von mir?«

Jenny versuchte ruhig zu bleiben, obwohl ihr Amandas Ton überhaupt nicht gefiel.

»Wilbur hat noch nicht gelernt, seine Fähigkeit kontrolliert einzusetzen.«

»Das wird schon. Trotzdem ...«

Jenny ließ sie nicht aussprechen. »Reden wir über Malcom.«

»Er ist verletzt, und? Das wird wieder.«

»Sicher, aber wie konnte es überhaupt geschehen, dass ihn die Kugel traf? Hast du dir darüber mal Gedanken gemacht? Wir alle wissen, dass Malcolm von seinem Geistbruder beschützt wird. Matterson hat uns lang und breit erklärt, dass es unmöglich sei, ihn vorsätzlich zu verletzen oder zu töten, außer er bringt sich selbst in Gefahr, was er ja regelmäßig schafft. Aber eine Kugel? Nein, die hätte ihn niemals treffen dürfen.«

Amanda riss die Augen auf. Jenny konnte selbst im schwachen Licht ihre Überraschung sehen.

»Du hast recht«, sagte die Göttin. »Da stimmt was nicht.«

»Er ist schon seit Ägypten anders. Wesentlich ernster und noch zurückhaltender als zuvor.«

»Nianch-Hathor.«

»Es ist mehr als das.«

»Meinst du, er verschweigt uns etwas?«

»Ja, Malcom trägt ein Geheimnis mit sich rum, aber er will es uns nicht verraten, sonst hätte er es längst getan.«

»Was könnte das sein?«

»Muss etwas mit dir zu tun haben, er beobachtet dich ständig.«

»Mich?«

»Hast du nichts bemerkt?«

»Nein, ich versuche ihn zu ignorieren, so gut wie möglich. Malcom geht mir auf die Nerven.«

»Das weiß inzwischen jeder, du gibst dir wenig Mühe, deine Abneigung zu verbergen. Warum magst du ihn nicht?«

»Kann ich dir nicht sagen. Es ist so ein Gefühl. So, als hätte er mir etwas angetan, von dem ich nichts weiß. Das macht mich wütend.«

»Ergibt irgendwie keinen Sinn.«

»Das weiß ich selbst.«

»Nun ja, vielleicht kommen wir noch dahinter, was euch beide verbindet.«

»Ich will es gar nicht wissen. Sollten wir diese Mission tatsächlich überleben, hoffe ich, dass wir uns nie wieder begegnen.«

»Klingt ganz schön hart, nach dem, was wir gemeinsam erlebt haben.«

»Es ist, wie es ist«, gab Amanda lapidar zurück. »Wo bleibt Wilbur nur? Er müsste doch längst da sein.«

Alles war aus. Wilbur wusste nicht, was er tun oder sagen sollte. In kurzer Zeit war so viel geschehen. Die Tätowierungen, die nun seinen ganzen Körper bedeckten. Seine Fähigkeit, die Zeit anzuhalten, ohne dass er wusste, wie er es tat. Die fremden Jugendlichen, die alles Mögliche von sich behaupteten. Göttin, Dämon, Maschinenmädchen. Es war wie in einem irren Traum und doch war es wahr. Er stand hier im Flur der Schule. Wasser tropfte aus seinen nassen Haaren auf den Boden.

Der Direktor packte ihn grob an der Schulter. »Du kommst sofort ...«

Wilbur hielt die Zeit an. Es geschah ungewollt, vollkommen unbewusst. Er benötigte eine Sekunde, um zu registrieren, dass Beyers Mund mitten in der Bewegung erstarrt war, dann schlug er zu. Mit voller Wucht gegen die Halsschlagader des Direktors.

Als die Zeit wieder fortschritt, sackte der Mann bewusstlos zusammen. Wilbur verschwendete keine Sekunde. Er schleifte ihn zum Lehrerzimmer, riss die Tür auf und schob ihn hinein.

Dann schloss er die Tür wieder und rannte los.

Wilbur pfiff auf den Fingern, als er um die Ecke des Haupthauses bog. Jenny legte sich Malcoms Arm um die Schulter und schleppte ihn mit sich. Der Junge war vor zwei Minuten aus seiner Ohnmacht erwacht, aber noch nicht in der Lage zu verstehen, was vor sich ging. Er brabbelte unverständliches Zeug an ihrem Hals. Ganz offensichtlich wollte er ihr etwas mitteilen, aber dafür war jetzt keine Zeit.

Jenny ging, so schnell sie konnte, hinter ihr folgten Damon und Amanda.

Wilbur wirkte ziemlich gestresst. Sein Blick fieberte umher. Schweiß stand auf seiner Stirn.

»Hast du die Autoschlüssel?«, fragte Amanda.

»Ja und auch das andere Zeug, aber etwas ist schiefgegangen. Der Direktor hat mich überrascht. Ich musste ihn niederschlagen. Er liegt jetzt bewusstlos im Lehrerzimmer, aber wenn er erwacht oder jemand ihn findet, ist hier die Hölle los.«

»Dann lass uns abhauen«, sagte die Göttin. »Wo steht die Karre?«

»Dort drüben.«

Er deutete auf einen schwarzen Van, der im Dunkeln kaum auszumachen war.

»Los!«

Wilbur sprintete vor. Er schloss das Fahrzeug auf und öffnete die hinteren Türen.

»Nehmt Malcom zwischen euch in die Mitte, damit er nicht umkippt.«

Amanda und Jenny bugsierten ihn auf die Rückbank, dann stiegen sie ebenfalls ein. Wilbur klemmte sich hinter das Steuer. Nur Damon blieb draußen im Regen stehen.

»Das ist also ein Auto«, sagte er zufrieden.

»Grundgütiger!«, stöhnte Amanda. »Steig ein.«

Damon nahm Platz und schloss die Beifahrertür mit lautem Knall.

»Hast du noch nie ein Auto gesehen?«, fragte Wilbur verblüfft.

»Nein, darf ich auch mal fahren?«

Wilbur grinste. »Niemals! Glaub mir, niemals.«

Er startete den Motor, rammte den Rückwärtsgang rein und schoss aus der Parklücke. Er drehte wild am Lenkrad, legte den ersten Gang ein und trat das Gaspedal voll durch. Sie wurden in die Sitze gepresst, als der Van nach vorn schoss. Kies spritzte nach allen Seiten.

Dann jagte er auf die Straße.

8

2017

»Wie fühlst du dich?«, fragte Jenny.

Wilbur raste in hoher Geschwindigkeit die Landstraße entlang. Im Licht der Scheinwerfer wirkten die hohen Bäume wie Dämonen, deren knorrige Finger sich nach ihnen ausstreckten.

Malcom wandte ihr das Gesicht zu. »Nicht gut. Mir ist heiß und kalt zugleich.«

Wilbur fummelte vorn auf dem Sitz herum, dann reichte er Jenny eine Packung, eine Plastikspritze und eine verpackte Kanüle nach hinten.

»Das ist ein Breitbandantibiotikum. Spritz es ihm«, sagte er, ohne den Blick von der Straße zu nehmen.

»Wie? Wie macht man so etwas?«

»Gib her«, meinte Amanda. »Ich weiß, wie es geht.«

Sie riss die Folie der Nadel auf und steckte diese dann auf die Spritze.

»Halt mal«, sagte sie zu Jenny und gab sie ihr.

Dann fischte sie die Glasampulle mit dem Medikament aus der Verpackung und brach das obere Drittel an der Sollbruchstelle ab. Amanda nahm die Spritze zurück und zog das Medikament auf. Danach presste sie den Kolben, bis ein einzelner Tropfen austrat.

»Lehn dich zu Jenny hinüber«, wies sie Malcom an. Sie schob seine Hose am Hintern hinunter. »Das pikst jetzt.«

»Ach was«, maulte Malcom.

Nadel rein. Kolben runterdrücken. Ein Klaps auf den Hintern.

»Das wäre geschafft.«

Malcom ließ sich stöhnend zurück in den Sitz fallen.

»Ging das nicht sanfter?«

»Nein, ich bin keine Krankenschwester. Sei froh, dass ich es gemacht habe. Damon hätte so etwas bestimmt mal gern ausprobiert. Stimmt's, Damon?«

»Ja. Kann ich das auch haben?«

»Nein, das ist Medizin. Ist nur für Leute, die krank sind.«

»Ist Malcom krank?«

»Auf ihn wurde geschossen. Du erinnerst dich?«

»Ja.«

»Dann hast du deine Antwort.«

»Warum …?«

»Ich habe Durst«, mischte Malcom sich ein. »Meine Kehle ist staubtrocken.«

»Und Hunger«, fügte Damon hinzu, der ganz offensichtlich bei dem Gedanken an Essen das Thema Krankheiten und Verletzungen aufgegeben hatte.

»Ja, wir alle müssen etwas essen«, stimmte Amanda zu.

»Hinter Durham gibt es eine Tankstelle. Habt ihr Geld?«

»Nein.«

»Okay.«

»Was okay?«

»Ich kriege das hin.«

»Was hast du vor?«

»Na, ich gehe rein, halte die Zeit an, schnappe mir das Geld aus der Kasse und kaufe damit ein.«

»Wilbur«, meinte Malcom. »Das ist eine mächtige Fähigkeit, die dir Amanda und Damon verliehen haben, keine Spielerei, und man zahlt im Leben für alles einen Preis.

Das Universum ist auf Ausgleich bemüht, wenn du ihm Zeit stiehlst, stiehlt es vielleicht deine.«

»Redet der immer so viel?«, fragte Wilbur.

»Ja«, antworteten Jenny, Amanda und Damon wie aus einem Mund.

»Hahaha, sehr witzig«, sagte Malcom, aber Jenny sah ein Lächeln über sein Gesicht huschen. »Ich will damit sagen, du kennst deine übernatürliche Kraft noch nicht. Jeder Einsatz dieser Fähigkeit kostet dich enorm viel Kraft, auch wenn du es im Moment vielleicht nicht bemerkst. Ich denke, durch die Aufregung hat dein Körper viel Adrenalin ausgeschüttet, das dich jetzt noch auf den Beinen hält. Aber glaub mir, jeder weitere Versuch kann dich voll umhauen.«

»Haben wir denn eine Wahl?«, gab Wilbur zurück.

Jenny sah, wie er in den Rückspiegel blickte. »Ich denke nicht, und wenn ihr wirklich nach Colorado wollt, müssen wir früher oder später tanken, also brauchen wir Geld.«

»In Ordnung«, gab Malcom nach. »Aber sei vorsichtig.«

»Wird schon schiefgehen.«

»Genau das ist meine Sorge.«

Dreißig Minuten später rollte Wilbur langsam auf den Parkplatz der Tankstation. Er stoppte an einer Stelle, die nicht von den hellen Lampen über den Tanksäulen beleuchtet wurde, und stieg aus.

»Pass auf dich auf«, sagte Jenny.

Wilbur nickte. Was sollte er auch sagen? Die Sache würde klappen oder eben nicht. So war es schon sein ganzes Leben.

»Bin gleich wieder da.« Wilbur schaute in den Wagen. »Falls nicht, haut ohne mich ab.«

»In keinem Fall«, ließ sich Jenny vernehmen. »Wir brauchen dich.«

»Na, wenn das so ist ... drückt mir die Daumen.«

Die Tankstelle war gut besucht. Wilbur blickte sich vorsichtig um. Zwei Trucker standen vor dem Kühlregal und diskutierten lautstark darüber, ob amerikanisches oder europäisches Bier das bessere sei. Ein älteres Ehepaar versorgte sich gerade mit Sandwiches und drei Teenager versuchten cool auszusehen, während sie sich Cola und Chips unter die Arme klemmten.

Der Typ hinter der Kasse zuckte kurz zusammen, als Wilbur langsam auf ihn zuging.

Klar reagiert der so. Mann, ich muss mich ja selbst erst an meinen Anblick gewöhnen.

Um dem Mann Mitte vierzig die Angst zu nehmen, lächelte er breit.

»Haben Sie Donuts?«, fragte er, obwohl er sie längst entdeckt hatte. Die Glasvitrine mit dem Gebäck stand in unmittelbarer Nähe der Kasse. Er musste nur kurz hinter die Verkaufstheke huschen, wenn es so weit war, und das Geld aus der Kasse nehmen.

»Dort drüben.« Der Mann nickte in Richtung Vitrine.

»Danke.«

Wilbur ging hinüber und tat so, als betrachtete er die Auslage. Da waren echt ein paar leckere Dinger dabei. Ihm lief das Wasser im Mund zusammen.

Dann versuchte er, sich zu konzentrieren. Versuchte bewusst, die Zeit anzuhalten.

Nichts geschah.

Die Trucker quatschten noch immer über Bier, und die Teenies versuchten cool zu wirken.

Verdammt! Warum passiert nichts!
Wilbur schloss die Augen. Vielleicht half es, wenn er seine Umgebung ausblendete.
Nein, so auch nicht. Die Stimmen drangen nach wie vor an sein Ohr. Augen wieder auf.
»Willst du was kaufen oder ...«
Der Verkäufer erstarrte mitten im Satz.
Wie Beyers.
Wilbur brauchte eine Sekunde, um zu begreifen, dass die Zeit stillstand. Es war in dem Moment geschehen, da er sich vorgestellt hatte, nichts und niemand könnte sich mehr bewegen.
Wilbur stürmte hinter die Theke, riss die Kasse auf, packte den größten Teil der Geldscheine, stopfte sie in seine Hosentasche und flitzte zurück zur Glasvitrine.
»... stehst du hier nur rum?«
Es hat geklappt.
Wilbur schaute sich vorsichtig um. Alles wirkte normal. Niemand hatte etwas bemerkt.
»Ich nehme fünf von den Schoko-Donuts, die können Sie schon mal einpacken, denn ich brauche noch mehr.«
Er ging zu den Regalen und kehrte dem Verkäufer den Rücken zu. Dann zog er das Geld aus der Tasche und zählte heimlich. Hundertdreiundfünfzig Dollar.
Danach versorgte er sich mit Sandwiches, Cola und Mineralwasser. Beide Arme voll beladen, ging er zurück zum Verkäufer.
»Haben Sie eine Tüte?«
Der Typ nickte und tippte alles in die Kasse. Wilbur bezahlte ihn, packte die Sachen ein und sah zu, dass er wegkam.

»Mach mal die Tür auf«, rief er Amanda zu.

Sie tat es und lächelte ihn an. »Scheint alles glattgegangen zu sein.«

»Ja, und ich weiß jetzt, was ich tun muss, um die Zeit anzuhalten.«

»Was?«

»Ist eine Frage der Konzentration. Wenn ich mir vorstelle, dass es schon geschehen ist, passiert es.«

»Verstehe ich nicht«, gab Amanda zu.

»Das ist jetzt nicht wichtig«, mischte sich Malcom ein. »Wie viel Geld haben wir?«

»Über hundertzwanzig Dollar, sollte für Benzin reichen.«

»Perfekt.«

Wilbur reichte Amanda die zwei Tüten, die sie im Fußraum abstellte.

»Ich würde vorschlagen, wir verziehen uns von hier und halten etwas weiter entfernt zum Essen«, schlug Wilbur vor.

»Wir könnten auch während der Fahrt futtern«, meinte Amanda.

»Nein, ich habe jede Menge Fragen an euch. Und ich will wissen, was das alles soll. Die Welt retten? Wovor? Und warum ich? Scheiße, es ist genau umgekehrt, die Welt schuldet mir etwas.«

Er stieg ein und startete den Motor.

»Okay, machen wir es so, aber wir sollten vor dem Morgengrauen in Colorado sein und einen Plan aushecken, wie wir in die Militärbasis kommen.«

»Das müssen wir nicht«, meldete sich Malcom zu Wort. »Wir warten, bis Matterson rauskommt. Dann bist du am Zug, Amanda. Bring ihn unter deinen Einfluss und sag ihm, was er am nächsten Tag tun soll.«

Sie strahlte ihn an. »Es waren also gar nicht wir, die den Computer auf einen anderen Überwachungssatelliten ausgerichtet haben?«

»Nein, er war es selbst, aber davon weiß er nichts, also befiehl ihm, deinen Besuch und alles, was er auf deine Befehle hin tut, zu vergessen, wenn du fertig bist.«

»Geil.«

»Was ist, wenn das nicht klappt?«, fragte Wilbur. »Bei Manning hat es auch nicht funktioniert.«

Malcom lächelte ihn an. »Da Matterson das Energiefeld entdeckt hat, wissen wir, dass es Amanda schafft, ihn zu beeinflussen.«

»Erst mal müssen wir nach Colorado kommen, ohne dass uns die Bullen schnappen«, sagte Wilbur. »Das heißt, wir sollten die Highways meiden und über Landstraßen fahren. Bis die örtlichen Sheriffbüros morgen ihre Meldungen über gestohlene Fahrzeuge lesen, sind wir hoffentlich längst in Colorado.«

»Malcom, hier ist Wasser. Nimm jetzt die Schmerztabletten. Am besten, du schluckst gleich vier Stück auf einmal.«

Malcom nickte.

Wilbur setzte zurück, fuhr aus der Parklücke und dann auf die Straße Richtung Westen.

»Bevor wir etwas essen, sollten wir Malcoms Wunde versorgen«, sagte Amanda, nachdem sie auf einem Rastplatz angehalten hatten. »Ich kann das machen. Das ist nicht die erste Schussverletzung, die ich sehe.«

»Davon hast du nie etwas erzählt.«

»Warum auch? Ihr müsst nicht alles wissen.« Sie schaltete die Deckenbeleuchtung ein. »Ihr anderen steigt am besten aus, damit ich Platz habe. Wilbur, schieb die Sitze vor und gib mir das Verbandzeug, Nadel und Faden.«

Nachdem alle das Fahrzeug verlassen hatten, beugte sich Amanda zu Malcolm. »Ich muss dir das Hemd ausziehen.«

»Und du weißt wirklich, was du tust?«

»Vertrau mir.«

Mit Amandas Hilfe gelang es Malcom, das Hemd abzustreifen, darunter kam die verkrustete Schusswunde zum Vorschein. Sie blutete nicht mehr. Ein rotschwarzes Loch, das an einen kleinen Vulkankrater erinnerte.

»Beug dich nach vorn.«

Amanda untersuchte seinen Rücken. »Ein glatter Durchschuss. Du hast Glück gehabt. Wenn die Kugel noch in deiner Schulter stecken würde, hätten wir ein echtes Problem.«

Sie befühlte die Austrittswunde. Malcom stöhnte laut auf.

»Das wird gleich noch schlimmer«, sagte die Göttin. »Ich muss die Wunden säubern.«

Sie riss die Plastikverpackung einer Kompresse auf, nahm sie heraus und schüttete Wasser darüber.

»Beiß die Zähne zusammen.«

Malcom tat es. Er versuchte, keinen Laut von sich zu geben, aber das war unmöglich. Obwohl er Wilburs Rat gefolgt war und vier Schmerztabletten eingeworfen hatte, brannte seine Schulter wie Feuer und in der Schusswunde pochte es heftig.

Als Amanda fertig war, warf sie die blutverschmierte Kompresse und die leere Verpackung in den Fußraum. Sie bemerkte Malcoms Blick. »Keine Sorge, räume ich später auf. Jetzt kommt der lustige Teil – das Nähen. Dein Glück, dass ich mir im 18. Jahrhundert damit die Zeit vertrieben habe.«

Malcoms Blick verschwamm, als er beobachtete, wie sie den medizinischen Faden aus der Packung nahm und in eine gebogene Nadel einfädelte.

»Letzte Worte?« Sie grinste ihn an.

»Mach einfach«, quälte Malcom über seine Lippen, dann biss er die Zähne zusammen.

Es tat noch mehr weh, als er sich vorgestellt hatte, und als Amanda endlich fertig war, schien eine Stunde vergangen zu sein. Trotzdem war er erleichtert, dass die Wunde versorgt war.

»So was macht Hunger«, meinte Amanda. »Ich ruf die anderen.«

»Das schmeckt gut«, murmelte Damon mit vollem Mund.

»Das schmeckt Scheiße«, schimpfte Amanda. Sie starrte ihr angebissenes Sandwich an. »Wie Pappe.«

»Pappe?«, fragte Damon.

»Vergiss es.«

»Es macht satt. Das reicht vollkommen aus«, sagte Wilbur und fuhr fort: »So, dann klärt mich mal auf. Was ist eigentlich los? Warum müssen wir die Welt retten?«

»Ich geb dir die Kurzfassung.« Malcom schaute ihn an.

»Kurz, lang, ist mir egal, aber erklär es so, dass ich es auch verstehe.«

»Das ist Damon, ein Dämon, den wir im 18. Jahrhundert beschworen und in diese Welt geholt haben.«

»Wow. Dazu …«

»Warte«, unterbrach ihn Malcom. »Amanda ist über fünftausend Jahre alt und stammt aus dem Ägypten der Pharaonen.«

»Sie hat sich gut gehalten …«

»Jenny wurde mitten in der Nacht an einem Highway aufgegriffen. Sie hat keine Erinnerungen an die Zeit davor, und niemand weiß, wer ihr das angetan hat, aber sie besitzt unglaubliche Kräfte und Fähigkeiten.«
»Und du?«
»An mir ist nichts Besonderes ... okay, so ganz stimmt das nicht, sonst wäre ich nicht bei dieser Mission dabei, was mich zu Matterson bringt.«

Nachdem Malcom geendet hatte, starrte Wilbur ihn mit offenem Mund an.
»Dann bin ich mit euch auf dieser Insel gewesen? Durch die Zeit gereist?«
»Ja.«
»Die Tätowierungen? Verschwinden die irgendwann wieder?«
Amanda schüttelte den Kopf.
»Ich dachte, wegen Magie und so«, sagte Wilbur.
»Das ist Tusche.«
»Ja, ja, schon klar. Kein Grund, gleich ätzend zu werden.«
Er zog geräuschvoll die Nase hoch.
»Kannst du das lassen?«, knurrte Amanda.
Wilbur verzog das Gesicht. *Was für eine Zicke.*
Er schaute zu Jenny und betrachtete die Metallseite ihres Gesichtes.
Wer tut so etwas einem anderen Menschen an?
Jenny bemerkte seinen Blick und wandte sich ihm zu.
Wenn man sich das glänzende Zeug wegdenkt, ist sie wirklich hübsch.
Er erkannte, dass ihr beider Aussehen sie zu Außenseitern in dieser Gruppe machte. Damon und Amanda waren

überirdisch schön, Männer und Frauen würden ihnen verfallen. Malcom … nun ja, Malcom war Malcom und eigentlich auch ein recht gut aussehender Bursche, wenn er sich mal eine richtige Frisur gönnen würde. Dieses Gestrubbel ließ ihn wie ein kleines Kind aussehen und seine sanften Gesichtszüge machten es auch nicht besser.

Aber Jenny und er selbst würden überall auffallen, wobei er sich in der Welt noch einigermaßen frei bewegen konnte. Ein tätowierter Freak, was soll's? Jenny hingegen musste sich vor allem und jedem verbergen. Sie konnte nicht mal eben in den nächsten McDonalds gehen und einen Burger essen oder in einer Mall shoppen, das blieb ihr wohl für immer verwehrt.

Wilbur spürte Mitgefühl für sie. Und Verbundenheit. Vielleicht konnten sie ja Freunde werden.

»Wir sollten weiterfahren«, maulte die Göttin, ließ die Scheibe hinunter und warf die Plastikverpackung aus dem Fenster.

»Geht's noch?«, fuhr Wilbur sie an. Er stieg aus und hob die Schachtel auf. »Die Welt retten, aber den Planeten verschmutzen? Wie bist du denn drauf?«

»Sorry, war in Gedanken.«

Es klang nicht aufrichtig.

»Hier für dich.« Wilbur drückte ihr die Verpackung in die Hand. Amanda ließ sie achtlos in den Fußraum zum restlichen Müll fallen.

»Wir sollten weiter«, sagte Malcom ruhig. »Es ist noch eine weite Strecke.«

9

2017

Sie erreichten Colorado Springs im Morgengrauen. Die Militärbasis war nicht schwer zu finden. Hinweisschilder brachten sie direkt zum Westtor des Geländes, aber sie parkten ein wenig entfernt, um nicht aufzufallen.

Obwohl es noch nicht einmal sieben Uhr morgens war, donnerten schon die ersten Kampfflugzeuge am Himmel. Hier in der Nähe schlief niemand in den Tag hinein.

»Du denkst, wir sind richtig?«, fragte Malcom.

Jenny schaute ihn an. »Matterson hat zweimal die Anlage mit mir verlassen. Spät abends. Er ist mit mir rumgefahren, wollte sehen, ob mir irgendetwas bekannt vorkommt.«

»Und?«

»Da ist nichts. Ich weiß, wie man Messer und Gabel benutzt, kann allein aufs Klo gehen und beherrsche noch die englische Sprache, aber alles andere ... bumm ... wie weggeblasen.«

»Wie viele Tore hat diese Militärbasis?«

»Keine Ahnung.«

»Dann ist es also reines Glück, wenn wir Matterson hier rein- oder rausfahren sehen.«

»Nein, wir haben beide Male dieses Tor genommen. Am Besucherzentrum vorbei ist es schon die zweite Straße links. Da befindet sich das US-Space Command/Norad-Hauptquartier, wo die Special Command Force untergebracht ist.«

»Mit was für einem Auto seid ihr gefahren?«

»Seinem Privatwagen, einem roten Ford Mustang Cabrio, aber leider hat er das Verdeck nicht aufgemacht. Er wollte nicht, dass mich jemand sieht. Matterson meinte, ein ziviles Fahrzeug falle nachts in der Stadt weniger auf.«

»Okay, dann warten wir.«

»Was?«, fuhr Amanda auf. »Du willst den ganzen Tag in dieser stickigen Karre sitzen? Matterson schiebt wahrscheinlich bis in den Abend hinein Dienst, und es wäre sehr auffällig, wenn wir hier so lange parken.«

»Da kommt ein roter Mustang«, sagte Malcom.

Alle blickten nach vorn durch die Frontscheibe.

»Ist er das?«, fragte Malcom.

Jenny fixierte ihre Sehfähigkeit und zoomte das Bild heran.

»Eindeutig Matterson«, bestätigte sie.

Malcom atmete erleichtert auf. »Okay, ich denke, wir haben ein paar Stunden, bis er wieder rauskommt. Hier sollten wir nicht bleiben. Was sollen wir inzwischen machen?«

»In die Stadt können wir nicht«, meinte Wilbur. »Wenn nach mir gefahndet wird, haben sie uns gleich.«

»Wir sind in einem anderen Bundesstaat«, sagte Amanda. »Niemand wurde getötet, und ein weggelaufener Jugendlicher interessiert keinen so sehr, dass das FBI deswegen aktiv wird.«

»Was du alles weißt.« Wilbur grinste sie an.

»Ach, fick dich doch ins Knie.«

Damon hob die Hand. »Dazu hätte ich eine Frage ...«

»Nein«, sagten Amanda, Jenny, Malcom und Wilbur gleichzeitig.

»Ist das so eine Körperflüssigkeitssache?«

»Genau das«, sagte Malcom ruhig, »und deshalb reden wir jetzt nicht darüber.« Er wandte sich an Wilbur. »Schmeiß die Karre an und fahr aus der Stadt raus.«

Sie fuhren Richtung Westen und entdeckten ein Schild, das auf die *Green Mountain Falls* hinwies. Ein Foto zeigte einen schönen kleinen See, an dem hohe Nadelbäume wuchsen. Wilbur hielt an.

»Das sind nur vierundzwanzig Meilen, schaffen wir in einer halben Stunde. Dort werden hoffentlich nicht so viele Leute rumlaufen, und wir können uns rechtzeitig verstecken, wenn jemand kommt. Sollen wir?«

»Ich wandere nicht«, sagte Amanda.

»Ist schon klar. Letzte Nacht wolltest du noch zwei Meilen durch einen finsteren Wald marschieren ...«

»Ich wollte das nie. Es war dein Vorschlag, bevor dieses Arschloch aufgetaucht ist und um sich geschossen hat.«

»Hast du eine andere Idee?«

»Nein.«

»Wie geht es dir, Malcom?«, fragte Wilbur.

»Ich fühle mich schwach. Das mit dem Rumlaufen wird bei mir nichts.«

»Dann bleib im Auto und schlaf eine Runde. Was ist mit euch?« Er wandte sich an die anderen.

»Ich denke, ein wenig frische Luft und Bewegung tut gut nach der stundenlangen Sitzerei«, sagte Jenny.

»Ich komme mit«, brummte Damon.

Amanda seufzte ergeben. »Okay, Wandertag.«

Wilbur parkte den Van im Schatten hoher Bäume. Niemand war zu sehen. Kein Auto weit und breit. Er schnappte sich eine Flasche Wasser aus der Tüte.

»Okay, da wären wir. Malcom, leg dich hin, wir gehen nicht weit und sind bald wieder da. Okay?«

»Alles klar.«

Dann stiegen alle aus.

»In welche Richtung sollen wir uns halten?«, fragte Jenny.

»Dort steht ein Schild«, sagte Amanda und deutete auf eine Stelle im Wald, wo ein schmaler Pfad begann. »Thomas Trail Head.«

»Ist wahrscheinlich genauso gut wie jeder andere Weg auch«, meinte Wilbur und ging voran. Die anderen folgten. Der Pfad führte sie zunächst über eine Wiese mit hohem Gras, das sich im sanften Wind wiegte. Im Hintergrund erhob sich eine eindrucksvolle Hügelkette, die an den meisten Stellen dicht mit Nadelbäumen bewachsen war. Die Sonne schien nun warm vom Himmel, obwohl es noch recht früh am Morgen war. Der Tag würde heiß werden.

Sie folgten dem Weg zu dunklen Tannen und betraten den Wald. Ein kleiner Bach murmelte neben dem Pfad und Jenny genoss die Stille und Ruhe. Sie sog die noch kühle Luft tief ein, die erfüllt von dem Geruch nach Baumharz war. Irgendwo raschelte ein kleines Tier in den niedrig wachsenden Büschen. Wilbur ging vor ihr. Hinter ihr waren Damon und Amanda ein wenig zurückgefallen. Vielleicht wollten die beiden allein sein.

Sie beobachtete, mit welcher Geschmeidigkeit sich Wilbur in der Natur bewegte. Es war deutlich zu erkennen, dass er sich hier wohlfühlte. Wenn er sich nach ihr umsah, waren seine Gesichtszüge entspannt und manchmal lächelte er sogar.

Ach Wilbur, wenn du nur ahnen würdest, was ich für dich empfinde.

Die Schönheit des Waldes verblasste, als sie daran dachte, dass dieser Wilbur vielleicht nicht wieder die gleichen Gefühle für sie entwickeln würde wie der, den sie auf Attu

Island kennengelernt hatte. Zudem war der hier zwei Jahre jünger, obwohl man ihm das durch die ganzen Tätowierungen nicht ansah.

In der Zeit, die hinter ihr lag, hatte sie geglaubt, dass Wilbur sie ebenfalls sehr mochte, und sie hatte davon geträumt, dass es für sie beide eine gemeinsame Zukunft geben könnte.

Bei diesem Gedanken lachte sie stumm auf.

Zukunft! Was für ein Wort!

Zunächst müssen wir erst mal überleben und die Mission zu Ende bringen. Kein Mensch kann wissen, wohin es uns als Nächstes verschlägt, aber es wird meine Welt sein, denn alle anderen Schicksale haben sich bereits erfüllt.

Wo wird es sein?

Wann wird es sein?

Gibt es von dort ein Zurück in die Welt, die ich jetzt kenne?

Werde ich den Menschen begegnen, die mir das angetan haben? Oder werde ich niemals erfahren, warum es geschehen ist?

Habe ich Familie? Mutter? Vater? Einen Bruder oder eine Schwester? Wer war ich vor all dem?

Und wer bin ich jetzt?

»Es ist schön hier«, riss Wilbur sie aus ihren trüben Gedanken.

»Ja«, meinte sie schlicht.

»Ich bin gern draußen im Wald. Im Wald spüre ich mich selbst mehr als an jedem anderen Ort.«

Was sollte sie darauf sagen?

»Wie ist es mit dir?«

Am liebsten hätte Jenny aufgebrüllt. Ihn angeschrien, ihr nicht solche Fragen zu stellen. Woher sollte sie wissen, wo sie gern war und wo nicht? Obwohl ...

Ich bin gern in deiner Nähe.
Vor ihr stieg der Pfad an. Die Wurzeln der Bäume überwucherten ihn hier an vielen Stellen und bildeten natürliche Stolperfallen.
Wilbur blieb stehen, lächelte sie erneut an und reichte ihr seine Hand.
»Ich halte dich«, sagte er.
Jenny fasste seine Hand und spürte die Wärme darin pulsieren. Die Berührung verwirrte sie zutiefst, machte sie gleichzeitig glücklich, wie seit Langem nicht.
Vielleicht war die Zukunft einfach nur die Zukunft und nur das Jetzt zählte.
Sie ging dicht hinter Wilbur den Weg hoch, und als sie oben waren und der Pfad wieder breiter wurde, ließ er ihre Hand trotzdem nicht los.

»Ich muss mit dir über etwas sprechen«, sagte Damon.
Amanda blieb abrupt stehen. Grey stolperte und prallte gegen sie. Um sich abzufangen, legte er seine Hände um ihre Hüften.
»Genau darum geht es«, sagte er ernst.
Amanda schaute ihn an.
Diese Augen. Verdammt, man darf nicht hineinsehen, oder man ist verloren.
Trotzdem wand sie sich nicht aus seiner Umarmung, sondern stand still und genoss seine Nähe. Damon strömte einen anziehenden Geruch aus. Er roch …
… wie brennendes, duftendes Holz. Nur weicher, sanfter.
»Worum geht es?«, fragte sie heiser.
»Ich fühle mich zu dir hingezogen.«
»Was meinst du damit?«

»Ich … weiß es selbst nicht, aber ich möchte dich berühren … ach, das ist schwierig.«
»Ja, das ist es. Kannst du …«
Damon verschloss ihren Mund mit seinen Lippen und küsste sie. Es war ein langer, ein intensiver Kuss, der die Schmetterlinge in ihrem Bauch aufschreckte und wild umhertaumeln ließ. Als sie sich von ihm löste, ging ihr Atem schwer.
»Das möchte ich den ganzen Tag machen«, sagte Damon zufrieden. »Und all die anderen Dinge, die Menschen … die Mann und Frau tun. Ich glaube, das würde mir gefallen.«
Amanda spürte, dass ihr Gesicht glühte.
Ja, das will ich auch, flüsterte es in ihr. Sie legte ihre Hand an seine Wange, fuhr sanft mit dem Daumen die Konturen nach. Er war schön, so unglaublich schön.
»Liebst du mich?«, fragte sie leise.
Damon trat einen Schritt zurück und legte den Kopf schief. An seinen Augen war nichts abzulesen, vielmehr hatte Amanda das Gefühl, er betrachtete eine mögliche Beute.
»Ich weiß nicht, was Liebe ist«, sagte er kalt. »Ich will dich, alles andere ist mir egal.«
Und da verstand sie. Er begehrte ihren Körper, nicht sie. Sie als Person war ihm völlig gleichgültig, allein die schöne Hülle zählte für ihn, und wahrscheinlich wollte er den neuen Körper ausprobieren, in dem er steckte. Sie war nicht mehr als ein Schwert, das er durch die Luft schwang, um festzustellen, wie es in der Hand lag.
Sie stieß ihn gegen die Brust. »Du wirst mich nicht bekommen, Damon. Niemals. Auch nicht, wenn du auf Knien angekrochen kommst, um mir deine Liebe zu gestehen. Hörst du! Niemals.«

»Was ist los mit dir?«, fragte er knurrend. »Du hast es doch auch genossen. Ich habe es gespürt. Dein Herz raste und dein Atem ging schwer.«

»Ja, aber ich dachte, du empfindest für mich das Gleiche wie ich für dich, doch jetzt sehe ich die Wahrheit – du bist nur ein Dämon und meiner nicht würdig.«

»Ach, plötzlich fällt dir ein, dass du eine Göttin bist. Gerade eben noch hat es dich nicht gestört, woher ich stamme, ganz im Gegenteil, ich hatte das Gefühl, du kannst gar nicht genug von mir bekommen.«

Amanda holte aus. Sie wollte diesem arroganten Arsch eine Ohrfeige verpassen, aber Grey war schneller. Seine Faust umschloss eisern ihre erhobene Hand. Er beugte sich vor und bleckte die Zähne.

»Wage es nicht, mich zu schlagen«, zischte er. »Versuchst du das noch einmal, werde ich dir sehr wehtun.«

Amanda wurde ganz starr. Eine eiskalte Hand kroch ihre Wirbelsäule empor und packte ihren Nacken.

Damon meinte jedes Wort, wie er es sagte. Er würde sie wahrscheinlich auch ohne zu zögern töten, Mission hin oder her. Grey und sie würden nie wieder zueinanderfinden, das spürte sie, und es erfüllte Amanda mit unendlicher Trauer.

Nach all den Jahren der Einsamkeit hatte sie geglaubt, in ihm einen Gefährten gefunden zu haben, mit dem sie ihre Unsterblichkeit teilen konnte. Doch dieser Damon war in den Tiefen der Zeit verloren gegangen, und der Mann vor ihr hatte nichts mehr mit ihm zu tun.

Tränen schossen in ihre Augen. Sie wandte sich ab. Damon sollte nicht sehen, wie sehr sie litt.

Dieses Vergnügen würde sie ihm nicht gönnen.

»Was ist mit den beiden?«, fragte Wilbur. Selbst auf die Entfernung hin konnte er sehen, dass zwischen Amanda und Damon etwas im Gange war. Sie standen nah beieinander, aber ihre Körperhaltung wirkte alles andere als entspannt. Ganz im Gegenteil!

»Amanda hat gerade erkannt, dass dieser Dämon nichts mit dem Grey zu tun hat, den sie von Attu Island kannte. Sie wollte ihn schlagen, aber das hat er verhindert. Danach hat er ihr gedroht, sie solle das nie wieder versuchen.«

»Das kannst du auf diese Entfernung hören?« Wilbur staunte.

»Ja und ich habe rangezoomt, sorry … vielleicht sollte ich das nicht …«

»Ist schon okay«, beruhigte er sie.

»Wenn die beiden sich nicht wieder einkriegen, ist die ganze Mission gefährdet. Es hängt alles davon ab, dass wir als Team funktionieren. Wenn zwei darunter sind, die sich jeden Moment an die Kehle gehen wollen, haben wir ein Problem.«

Wilbur schwieg. Dachte nach. Alles, was Jenny sagte, war richtig, aber emotional berührte es ihn einfach nicht. Vor ein paar Stunden noch war er in einem Keller des Waisenhauses eingesperrt gewesen, danach war viel geschehen, aber die Erklärungen, die ihm die anderen geliefert hatten, waren an seine Ohren gedrungen und von seinem Geist abgeprallt.

Ich war nicht auf dieser Insel, nicht in Ägypten und Frankreich und auch nicht in der Schweiz. Ich habe niemals das Energiefeld gesehen und was es bewirkt. Matterson ist bloß ein Name und nun soll ich die Welt retten? Was für eine gequirlte Scheiße!

Allerdings wusste er nicht, wohin er sonst gehen konnte.

Mit diesen auffälligen Tätowierungen würden ihn die Cops früher oder später einsammeln und zurück ins Waisenhaus schicken, vielleicht aber auch in den Jugendknast stecken, denn immerhin hatte er den Direktor körperlich angegriffen. Ein Fest für jeden Richter in diesem Land.
Die werden mich für Jahre wegsperren!
Also war es am besten, er blieb, wo er war.
Er blickte zu Jenny, die ihm die menschliche Seite ihres Gesichtes zuwandte. Das Licht, das durch die hohen Bäume zu Boden fiel, funkelte darauf, ließ sie überirdisch wie eine verwunschene Prinzessin aussehen.
Das ist sie. Eine verwunschene Prinzessin.
In Märchen wurden die stets wach geküsst, aber das traute sich Wilbur nicht, obwohl Jenny einen natürlichen, menschlichen Mund mit vollen Lippen hatte.
Bisher hatte er erst einmal ein Mädchen geküsst, das war vor einem Jahr die Tochter der Pflegefamilie gewesen, in die man ihn gesteckt hatte. Streng gläubige Mormonen, die ihn schnurstracks zurück ins Waisenhaus brachten, nachdem ihnen Betty den Kuss gebeichtet hatte.
So viel zum Thema Nächstenliebe.
Seine Erfahrungen mit Mädchen waren also begrenzt, und abgesehen davon, dass Jenny zur Hälfte aus Metall bestand, war sie auch noch älter als er. Alle in dieser verrückten Gruppe waren älter. Okay, Amanda sogar fünftausend Jahre. Bei dem Gedanken grinste er.
Er wusste nicht, wie Jenny reagieren würde, wenn er ihr sagen würde, dass er sie nett fand. Allerdings hatte sie seine Hand nicht losgelassen, nachdem er ihr geholfen hatte. Wilbur fand, das war ein gutes Zeichen.
»Was machen wir jetzt?«, fragte Jenny.

»Was meinst du?«
»Sollen wir sie darauf ansprechen, dass wir mitbekommen haben, was zwischen ihnen abgeht?«
»Bloß nicht. Die sind eh schon sauer. Wenn sie jetzt noch erfahren, dass wir sie belauscht haben, drehen sie vollends durch.«
»Und Malcom?«
»Den weihen wir bei Gelegenheit ein. Vielleicht weiß er, was zu tun ist. Scheint ein schlauer Bursche zu sein.«
»Das ist er, aber auch schwierig. Nachdem er seiner Mutter in Genf begegnet ist, wirkt er noch in sich gekehrter und redet nur das Nötigste mit uns.«
»Kann man nachvollziehen. Wenn ich meiner verstorbenen Mutter gegenüberstehen würde, könnte mich das auch umwerfen.«

Wilbur hoffte, dass Jenny ihn nicht auf seine Vergangenheit ansprach, denn das war eine offene Wunde, schlimmer als Malcoms Schussverletzung. Aber wahrscheinlich wusste sie bereits alles darüber, denn immerhin hatten sie viele Wochen auf Attu Island verbracht.

Was ihn zu dem Gedanken brachte, ob sie sich dort vielleicht nähergekommen waren. So, wie es aussah, schienen sie beide vom ersten Moment an Sympathie füreinander empfunden zu haben. Gut möglich, dass es damals in der Zukunft genauso gewesen war.

Was für ein geiler Satz. Damals in der Zukunft.

All diese Ereignisse würden erst in drei Jahren geschehen, und trotzdem wusste er durch die Erzählungen der anderen davon.

Du bist wirklich hübsch, dachte er, als Jenny ihn anlächelte.

Wilbur spürte, dass er verlegen wurde. Er hielt ihr die Wasserflasche hin. »Hast du Durst?«

»Ein wenig. Danke.«

Sie nahm ihm die Flasche aus der Hand und trank einen großen Schluck. Danach stillte er seinen Durst.

Inzwischen waren Amanda und Damon herangekommen und er reichte die Flasche weiter.

Jenny deutete den Pfad entlang. »Nicht weit von hier endet der Wald. Ich kann das Licht und sein Funkeln auf einer Wasseroberfläche sehen. Gehen wir hin?«

»Warum nicht?«, sagte Amanda. »Wenn wir schon einmal da sind, können wir uns auch den verdammten See anschauen.«

Damon und Wilbur nickten nur.

»Wie war der Ausflug?«, fragte Malcom, als die anderen zurück waren. Er hatte drei Stunden lang geschlafen und fühlte sich wesentlich besser. Zwar pochte seine Schulter noch, aber die starken Schmerzen waren verschwunden.

»Geil«, sagte Amanda, aber es klang überhaupt nicht so.

»Es war echt schön«, meinte Jenny und verdrehte die Augen, sodass Malcom erkannte, dass etwas vorgefallen war.

»Viele Bäume.« Damon strich sich durch die silbernen Haare.

Wilbur schwieg, was Malcom noch mehr glauben ließ, dass etwas geschehen war. Er tippte darauf, dass sich Grey und Amanda in die Haare bekommen hatten. Die beiden standen nebeneinander und versuchten, sich gegenseitig zu ignorieren.

Malcom seufzte innerlich auf. Manchmal war es wie im

Kindergarten. Fünf Jugendliche sollten die Welt retten, kamen aber nicht mit ihren Gefühlen und Aversionen klar. *Ich bin da ja auch keine Ausnahme. Am liebsten würde ich den ganzen Tag flennen und meinen Verlust bedauern und das, obwohl ich weiß, dass Milliarden Menschen sterben werden, wenn ich und die anderen versagen.*

»Okay, steigt ein. Lasst uns zurück zur Basis fahren«, schlug Malcom vor.

»Ich habe Hunger«, sagte Damon.

»Du hast immer Hunger«, knurrte Amanda. »Lass dir mal was Neues einfallen.«

Damon sagte nichts darauf, aber seine Augen funkelten zornig.

Du meine Güte. So schlimm ist es?

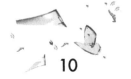

10

2017

Es dauerte tatsächlich noch fünf Stunden, bis der rote Ford Mustang am Gate auftauchte. Fünf Stunden des Anschweigens und mieser Laune. Jeder Versuch von Wilbur oder Jenny, eine Unterhaltung zu beginnen, wurde im Keim erstickt, bis auch die beiden einsahen, dass es zwecklos war, an der Stimmung etwas ändern zu wollen.

Malcom hielt die Augen geschlossen und döste vor sich hin. Er schreckte auf, als Wilbur raunte: »Da ist er!«

Durch die abrupte Bewegung zuckte ein Strahl reinen Schmerzes durch seine Schulter und er stöhnte auf. Als ihn die anderen anschauten, sagte er: »Geht schon. Wilbur, folg dem Wagen.«

Die Fahrt dauerte nicht lange. Matterson ließ mehrere Querstraßen hinter sich, bis er links abbog und vor einer Bar anhielt.

Five pieces.

Was immer das bedeuten sollte.

Der Colonel stieg aus und ging mit großen Schritten hinein.

»Das waren zivile Klamotten«, sagte Wilbur. »Seid ihr sicher, dass es der richtige Typ ist?«

»Einhundert Prozent«, meinte Jenny.

»Okay, wie machen wir es?«, fragte Amanda.

»Du gehst rein, singst und gibst ihm die Anweisungen.«

Wilbur gab ihr einen Fünfdollarschein.

»Ich werde doch nicht mitten in einer Bar singen, das fällt auf. Ich kann schon von Glück reden, wenn ich reinkomme. Immerhin sehe ich ziemlich jung aus und hoffe, dass der Barkeeper mir abnimmt, dass ich über einundzwanzig bin, denn wie wir alle wissen, habe ich keinen Ausweis dabei. Nicht mal einen gefälschten«, fügte sie noch hinzu.

»Das wird schon klappen«, sagte Malcom. »Das mit dem Singen …. Warte einfach, bis er auf die Toilette geht, und schnapp ihn dir dort.«

»Aufs Männerklo? Spinnst du? Und was ist, wenn er nicht muss oder da noch andere Typen sind? Vielleicht sollten wir dir eine Perücke besorgen und dich mal testen lassen, wie so was läuft.«

»Was ist eigentlich dein Problem?«, fuhr Malcom sie an und überraschte sich selbst damit am meisten. »Da drin ist Matterson. Wir müssen ihn dazu bringen, dass er morgen die Satellitenüberwachung anders ausrichtet, und das kannst nur du und du musst es jetzt tun. Wir wissen nicht, wohin Matterson nach dem Barbesuch geht. Vielleicht ist das unsere einzige Chance, ihn uns zu schnappen, also hör mit diesem Jammern auf und mach deinen verdammten Job!«

Amandas Mund öffnete sich stumm, schloss sich und öffnete sich erneut. Sie sah aus wie ein Karpfen auf dem Trockenen. Schließlich machte sie eine wütende Schnute, stieg aus und knallte die Tür zu.

Als sie in der Bar verschwand, fragte Malcom: »Kann mir mal einer sagen, was mit der los ist?«

In der Bar herrschte gedimmtes Licht, das aus ein paar Retro-Industrieleuchten über der Theke kam. Auf einem Hocker saß Matterson vor einem Glas Bier und starrte schweigend hinein, als suchte er darin die Antwort auf eine große Frage der Menschheit. Er sah genauso aus, wie Amanda ihn in Erinnerung hatte.

Rechts in der Ecke stand ein Billardtisch mit abgewetztem grünem Bespann, an dem zwei Typen in Uniform gerade eine Runde Pool spielten. Zwei weitere Soldaten belegten einen Tisch im Hintergrund, auf dem sich zahlreiche leere Gläser türmten.

Niemand beachtete sie, als sie zur Theke ging und eine Cola bestellte. Auch Matterson nicht.

Der Barkeeper schaute sie misstrauisch an. »Bist du schon alt genug, um in einer Bar abzuhängen?«

»Sehe nur jung aus, ansonsten bin ich so alt wie die Sünde selbst.« Was nicht einmal gelogen war. »Und außerdem habe ich eine verdammte Coke bestellt und kein Fass Bier.«

Er lachte meckernd. »Alles klar, Kleine. Kommt sofort«.«

Allein dafür hätte sie ihm gern eine gescheuert, und die zweite hatte er sich verdient, weil er ungeniert auf ihre Brüste starrte.

Amanda zwang sich zur Ruhe. Was hatte Malcom gesagt?

Ich habe einen verdammten Job zu machen, und das werde ich tun.

Matterson sah auf. Betrachtete sie nachdenklich.

»Sie kommen mir bekannt vor«, sagte er.

Hoppla, dachte Amanda. *Ahnt er etwas? Kann nicht sein, wir lernen uns erst in drei Jahren kennen.*

»Liegt an meinem Allerweltsgesicht.«

Er wandte sich wieder ab. Der Fettsack, der die Getränke ausschenkte, war zurück und stellte eine Colaflasche vor ihr ab.

»Gibt's kein Glas in dem Laden?«

Er griff nach hinten und platzierte es neben der Flasche.
»Sonst noch Wünsche?«
»Die Brühe ist pisswarm.«
»Du kannst ja in einer Stunde wiederkommen, bis dahin stelle ich dein Glas in den Kühlschrank.«
»Gibt es wenigstens Erdnüsse?«
Er nahm die volle Schüssel vor Matterson weg und schob sie unter die Theke. »Sind gerade ausgegangen.«
Amanda überlegte für einen Moment, ob sie ihm den Mittelfinger zeigen sollte, ließ es dann aber bleiben.
»Da haben Sie einen Freund fürs Leben gewonnen«, sagte Matterson neben ihr.
»Wir wurden bei der Geburt getrennt. Haben uns gerade erst wiedergefunden. Das braucht seine Zeit.«
Er grinste breit. »Der ist gut. Muss ich mir merken.«
»Hab ich aus einer TV-Show.«
»Was machen Sie hier in dieser Spelunke?«
Das Gleiche könnte ich dich fragen. Ich bin hier, um dir aufs Klo zu folgen und etwas vorzusingen, damit du morgen damit beginnen kannst, die Welt zu retten.
»Ich steh auf lauwarme Cola, die gibt es in der ganzen Stadt nur in diesem Laden. Der Rest des Landes ist schon im Industriezeitalter angekommen und benutzt Kühlschränke.« Sie deutete auf den Barkeeper. »Und Henry – ich nenne ihn so – hält die guten, alten Zeiten hoch, dafür schulden wir ihm Anerkennung und wahrscheinlich drei Dollar.«
Matterson lachte. »Vielleicht ist er ein Amish.«
»Unwahrscheinlich, die sind nicht so fett und trinken keinen Alkohol, also werden sie auch nicht Barkeeper.«
»Ich kann Sie auf ein Bier einladen. Das ist kalt.«

»Nein danke, ist nett von Ihnen, aber meine Mutter hat mich immer vor älteren Männern gewarnt, die Mädchen in einer Bar ansprechen und ihnen einen ausgeben wollen.«

»Hat sie das?« Matterson lächelte. »Leben Sie hier?«, fragte er. Es klang nicht wirklich interessiert, sondern mehr nach Small Talk, um sich die Zeit zu vertreiben.

»Nein, ich stamme ursprünglich aus Ägypten.«

»Interessant, hört man nicht.«

Ich hatte ja auch ein paar Jahrhunderte, um Englisch zu lernen. Ebenso wie sieben weitere Sprachen, die ich fließend beherrsche. Scheiße, ich bin echt auf der Welt rumgekommen und jetzt reise ich sogar durch die Zeit.

»Danke. Und Sie? Was machen Sie?«

»Bin in der Army.«

»So wie die da?« Sie nickte in Richtung der Soldaten, die sich am Tisch volllaufen ließen.

»Nein, nicht so wie die da, aber ich kann darüber nicht reden, denn wenn ich das täte, müsste ich Sie töten.«

»Den Spruch kenne ich, stammt aus irgendeinem Film.«

»Yeah.«

Amanda beschloss, es dabei bewenden zu lassen. Wenn sie weiterfragte, würde Matterson misstrauisch werden.

Er rutschte vom Barhocker. »Bitte entschuldigen Sie mich für einen Moment.«

»Kein Problem.«

Dann verschwand er durch eine Tür neben dem Tresen.

Amanda wartete einen kurzen Moment, denn sie wollte den Colonel nicht mit offenem Hosenladen überraschen, dann ging sie hinterher.

Matterson wusch sich gerade die Hände in einem kleinen Waschbecken vor den Toiletten. Amanda verlor keine Zeit und begann leise zu singen. Die Gesichtszüge des Mannes wurden weich und entspannten sich, die Lider fielen hinab.

»Hör mir gut zu«, flüsterte sie. Dann sagte sie ihm, was er am nächsten Morgen während seines Dienstes zu tun hatte.

»Hast du verstanden?«, fragte sie anschließend.

»Ja, ich soll auf einen anderen Satelliten umschalten und einen bestimmten Punkt in der Beringsee beobachten. Die Koordinaten kenne ich nun.«

»Gut. Noch etwas anderes. Wenn die Army nicht mehr weiterweiß und der Präsident plant, das Energiefeld mit Atomwaffen anzugreifen, suchst du fünf Jugendliche mit besonderen Fähigkeiten. Ich sage dir jetzt ihre Namen und die Orte, an denen du sie finden wirst.«

Sie tat es.

»Noch eines«, sagte Amanda dann. »Du vergisst, dass dieses Gespräch jemals stattgefunden hat, und du erinnerst dich später auch nicht mehr daran, dass du es warst, der den Satelliten neu ausgerichtet hat. Du gehst jetzt an die Bar, bezahlst dein Bier und fährst nach Hause. Du vergisst mich und kannst dich nicht an mich erinnern, wenn wir uns wiedersehen.«

»Ja.«

»Geh.«

Matterson wandte sich um und kehrte in die Bar zurück.

Okay, wenn ich schon mal da bin, kann ich ja auch auf die Toilette gehen. Dauernd im Wald zu pinkeln, ist schließlich nicht das Wahre.

Amanda öffnete die Kabinentür der Herrentoilette und blieb abrupt stehen. Der kleine Raum war erfüllt von einem seltsamen Flimmern und Flirren.

Ein Portal!

Das Energiefeld hatte sich an diesem Ort gebildet, da offenbar alles, was sie in dieser Zeit tun mussten, vollendet war.

Es ist Zeit weiterzugehen.

Amanda spürte, wie ein Schauer über ihren Rücken lief. *Was wird uns als Nächstes erwarten? Wohin bringt uns das Portal? In Jennys Welt? In ihre Zeit?*

Amanda konnte sich nicht einmal annähernd vorstellen, wo und wann sie wieder auftauchen würden.

Sie seufzte.

Dann ging sie in die Bar, bezahlte ihre Cola und trat hinaus auf die Straße. Matterson war schon verschwunden. Und das war gut so. Sie wollte ihm nicht noch einmal begegnen.

Amanda schritt zum Van. Wilbur ließ die Scheibe hinunter.

»Wie ist es gelaufen?«, fragte Malcom vom Rücksitz.

»Gut. Matterson weiß, was er zu tun hat, und ich habe ihn auch gleich instruiert, wen er suchen soll, wenn die Lage in drei Jahren ernst wird, und wo er uns finden kann.«

»Das war sehr klug von dir«, lobte Malcom. »Ich habe nie darüber nachgedacht, wie Matterson auf uns gestoßen ist. Dachte immer, das wäre so ein Geheimdienstding, aber jetzt ist mir alles klar. Wir haben ihn im Jahr 2017 nicht nur auf das Energiefeld, sondern auch gleich auf uns aufmerksam gemacht.«

»Da du gerade davon sprichst«, meinte Amanda. »Auf der Herrentoilette der Bar ist ein weiteres Portal erschienen. Wir müssen da rein …« Sie deutete mit dem Daumen auf die Bar. »… wenn wir weiterwollen.«

»Okay, dann machen wir das«, sagte Malcom.

Wilbur stieg als Erster aus. »Prima, ich muss schon die ganze Zeit aufs Klo.«

»Vielleicht sollten wir das alle tun. Wer weiß, wann wir wieder die Gelegenheit dazu haben«, sagte Malcom und es klang wie ein Scherz, aber Amanda sah sein angespanntes Gesicht.

»Was ist los?«, fragte sie.

Er sah nacheinander alle ernst an. »Wir reisen jetzt in Jennys Zeit, damit sich auch ihr Schicksal erfüllen kann. Dann aber folgt wohl der schwerste Teil der Mission. Ich habe gedacht, dass ich irgendwann mehr weiß, aber im Augenblick ist mir noch immer nicht klar, wer das Portal errichtet hat, durch das die Fische abgezogen werden. Ich meine …« Er hielt kurz inne. »Ich hoffe nur, dass es auch in Jennys Zeit ein Portal geben wird, das uns an den Ort und in die Zeit bringt, in der wir unsere Mission erfüllen können.« Malcom holte tief Luft, als wollte er noch etwas sagen, aber dann senkte er den Kopf.

»Meinst du, wir kehren jemals ins 21. Jahrhundert zurück?«, fragte Amanda.

Malcom zuckte mit den Schultern und hob den Blick. »Was weiß ich. Wenn wir versagen, beginnt ein neuer Kreislauf. Nichts ist dann noch vorhersehbar, aber darüber sollten wir uns nicht den Kopf zerbrechen.«

Jenny sah ihn an. »Ich werde wahrscheinlich nicht bei euch sein, wenn ihr aufwacht, und ich werde keine Ahnung davon haben, wer ihr seid und was geschehen ist. So wie Damon oder Wilbur.«

»Ja, davon ist auszugehen, aber wir werden dich finden und alles gemeinsam zu Ende bringen.«

»Ich denke, wir sollten jetzt gehen«, sagte Amanda. »Das Energiefeld kann jeden Moment entdeckt werden.«

Es gab nichts mehr zu sagen. Einer nach dem anderen stiegen sie aus dem Auto aus und gingen in die Bar.

11

2134
Gegen die Zeit

»Ist das alles?«, brüllte er sie an und deutete auf das Geldbündel, das sie vor ihm auf den Küchentisch gelegt hatte. Caitlin betrachtete ihren Vater. Schmutziges weißes T-Shirt, schmutzige Jeans, die schwarzen Haare ungewaschen, drei Tage nicht rasiert und sein Atem stank nach Fusel.
Sie stand nach sechs Monaten zum ersten Mal wieder in dem Haus, in dem sie aufgewachsen war. Ein flacher Bungalow, aus Billigmaterial zusammengeschustert, aber einstmals der Stolz der ganzen Familie. Nun war es nur noch eine verrottete Bruchbude. Es roch nach kaltem Rauch und abgestandenem Essen.
Aus dem Schlafzimmer krächzte der asthmatische Husten ihrer Mutter. Der Fernseher lief auf voller Lautstärke. Wahrscheinlich schaute ihr drei Jahre älterer Bruder wieder einen seiner geliebten Zeichentrickfilme.
Vor sechs Jahren hatte ihr Vater seinen Job verloren. Seitdem verfielen das Haus und er ebenfalls. Als er zu trinken begonnen hatte, um sein Schicksal zu vergessen, war alles noch schlimmer geworden. War es heutzutage schon mit bester Ausbildung fast unmöglich, einen guten Job in Anchorage zu finden, so war es für einen Säufer nahezu aussichtslos.
»Dafür hast du das mit dir machen lassen?« Er lachte bösartig. »Schau dich an, halb Mensch, halb Maschine. Einer von diesen Blechfurzern, die sich heutzutage Soldaten nennen, aber nicht mehr als aufgepimpte Maschinen sind.«

»Du weißt, dass ich keine Wahl hatte«, antwortete Caitlin leise. »Entweder die Army oder den ganzen Tag mit dir auf dem stinkenden Sofa sitzen.«

»So sprichst du mit deinem Vater? Ich habe alles für die Familie getan«, lallte er.

»Und jetzt tust du nichts mehr. Ich habe gehandelt und dadurch dich, Mom und Michael vor dem Verhungern gerettet.«

»Das sind beschissene dreizehntausend Dollar. Es wird nicht mal für ein halbes Jahr reichen. Lebensmittel sind teuer und wir haben immer noch den Kredit laufen.«

»Mehr zahlen sie inzwischen nicht mehr, wenn man sich verpflichtet. Die Schlangen vor den Rekrutierungsbüros reichen bis zum Stadtrand. Mich haben Sie nur genommen, weil ich für zwölf Jahre unterschrieben und mich für die Black Hawks gemeldet habe.«

»Black Hawks? Was für ein Scheißname? Dosenmänner wäre die richtige Bezeichnung für diese Penner.«

»Zu denen ich jetzt auch gehöre«, sagte Caitlin wütend. »Ich wurde siebenundzwanzig Mal operiert, und du bist nicht einmal gekommen, um mich zu besuchen, obwohl ich keine fünfzig Meilen von hier untergebracht war.«

»Hey, ich hatte viel zu tun, außerdem muss ich mich um deine Mutter kümmern. Du weißt selbst, dass man sie mit ihrem Asthma nicht lang allein lassen kann. Wenn sie einen Anfall hat, muss jemand da sein.«

»Mom kommt ganz gut allein zurecht. Hast du die Medikamente gekauft, von denen ich dir geschrieben habe?«

»Das Zeug ist schweineteuer.«

»Dad, das war mein Sold für drei Monate. Was hast du damit gemacht?«

Er zuckte mit den Schultern und schaute sie aus blutunterlaufenen Augen an.

»Du hast wieder gespielt?«

»Ich hatte ein wenig Pech, kann jedem passieren.«

»Nein, es passiert immer nur dir. Das Geld war für Mom und Michael.«

»Dein debiler Bruder braucht nichts. Es reicht ihm, wenn er den ganzen Tag vor der Glotze sitzen kann.«

»Michael ist nicht debil, Dad. Es nennt sich geistig eingeschränkt, aber ich frage mich manchmal, ob das nicht mehr auf dich zutrifft.«

»Du sollst so nicht mit mir reden. Sonst zeige ich dir, wer der Herr im Haus ist.«

Caitlin griff mit ihrer Metallhand nach der Blechtasse, in der ihr Vater die Lebensmittelmarken von der Wohlfahrt aufbewahrte, und quetschte sie zu einem kleinen Klumpen zusammen, den sie ihm vor die Füße warf.

»Die Zeiten sind vorbei. Du wirst mich nie wieder schlagen. Auch Mom und Michael nicht. Wenn ich höre, dass du ihnen was getan hast, komme ich und reiße dir die Arme raus.«

»Und du schimpfst dich meine Tochter?«

»Richtig, es ist ein Schimpfwort. Ich leiste meine Zeit bei der Army ab und mit der Abschlusszahlung hole ich Michael und Mom hier raus. Du kannst meinetwegen verrecken.«

Er trat einen Schritt auf Caitlin zu und schrie sie an: »Ich brauche nichts von dir.« Speicheltropfen sprühten aus seinem Mund, in dem mehrere Zähne fehlten, obwohl er noch keine vierzig war.

»Noch was, Dad. Das ist ein Haufen Geld da auf dem

Tisch. Die komplette Einmalzahlung für meine Verpflichtung. Ich gebe dir den guten Rat, es nicht zu versaufen oder zu verzocken, wenn du auch weiterhin einen Teil meines Solds willst. Ist das klar?«

Er wandte sich ab. Griff nach einer halbvollen Flasche Bier und trank sie in einem Zug leer. Dann warf er die Flasche in den Mülleimer.

»Das ist der Biomüll«, meinte Caitlin.

»Wen interessiert's?«

»Du bist echt cool, Robert«, sagte sie und sprach ihn zum ersten Mal mit seinem Vornamen an. »Da draußen geht die Welt vor die Hunde. Überall in Amerika gibt es Hungeraufstände und im Rest der Welt toben Kriege um die letzten Ressourcen und du schmeißt deine Bierflasche in den falschen Eimer.«

»Scheiß drauf, um mich kümmert sich auch keiner.«

»Hast du dich mal gefragt, warum das so ist? Warum deine Schwester seit zwölf Jahren kein Wort mit dir redet, obwohl sie in der gleichen Stadt wohnt? Ich kann mich kaum an sie erinnern und habe sie das letzte Mal als kleines Kind gesehen, als sie vorbeikam, um uns zu sagen, dass sie einen Offizier der Black Force heiraten wird. Seitdem haben wir nichts mehr von ihr gehört. Warum hast du keine Freunde und nicht mal einen schlecht bezahlten Hilfsjob? Ich sage es dir: Du bist ein Versager und ein äußerst unangenehmer Mensch. Niemand will etwas mit dir zu tun haben. Michael weiß es nicht besser, und Mom hat keine Chance, dich zu verlassen. Wir können uns kein Pflegeheim leisten, also bleibt sie bei dir, weil sie nirgends hinkann.«

Plötzlich wurde ihr Vater ganz ruhig, aber seine Unterlippe zitterte. »Du gehst jetzt besser.«

»Erst spreche ich noch mit Mom und Michael.«
Er wischte seine Hand am Shirt ab und stellte sich ihr in den Weg.
»Nein. Deine Mutter ist erschöpft. Sie braucht ihre Ruhe.«
Caitlin lachte bitter auf. Nebenan dröhnte der Fernseher in einer Lautstärke, dass man die Sendung noch in Point MacKenzie hören konnte.
»Nimm das Geld, Dad, und geh zur Seite.«
»Willst du wieder ein Stück Blech verbiegen, um mich zu beeindrucken? Ich habe im Krieg gegen Mexico und die Allianz der Südamerika-Staaten gekämpft, als sie versucht haben, sich Texas und New Mexico unter den Nagel zu reißen. Ein Jahr lang sind wir kniehoch durch Blut gewatet, aber davon will deine Generation nichts wissen. Seit dem Friedensvertrag von 2114 spricht man nicht mehr darüber. Hunderttausende sind auf beiden Seiten gefallen, verscharrt in Massengräbern. Vergessen.«
»Ich kann's echt nicht mehr hören. Immer die alte Leier. Wie schlimm es früher war und was du alles für dein Land geleistet hast. Du lebst seit sechs Jahren von der staatlichen Stütze. Ich denke, du hast keinen schlechten Deal gemacht.«
Plötzlich wirkte er traurig. »Caitlin, warum sprichst du so mit mir? Ich bin dein Vater. Ich habe dich auf meinen verdammten Knien geschaukelt und dir abends Geschichten vorgelesen.«
»Jetzt bist du es nicht mehr. Vater zu sein, muss man sich jeden Tag aufs Neue verdienen. Ich habe mir dieses Leben nicht ausgesucht, Mom und Michael auch nicht, aber ich versuche, etwas für die Familie zu tun. Ich bin sogar in die Scheißarmy eingetreten, damit ihr etwas zu essen habt und

Mom ihre Medizin bekommt, also jammere mir nichts vor. Ich hab echt die Schnauze voll.«

Ihr Vater legte seine Hand über den Mund und wirkte verloren wie nie zuvor, doch Caitlin brachte es nicht über sich, die Hand nach ihm auszustrecken. Stattdessen schob sie ihn grob beiseite und ging ins Schlafzimmer.

Die verschlissenen Vorhänge waren zugezogen, und obwohl draußen die Sonne hoch am Himmel stand, herrschte im Zimmer Düsternis, die nur vom flackernden Licht des Fernsehers durchbrochen wurde.

Das Gesicht ihres Bruders wirkte geisterhaft bleich und unbewegt. Er reagierte nicht auf ihr Eintreten, sondern starrte mit offenem Mund auf den Fernseher. Spucke lief seinen Mundwinkel hinunter zu einem schwarzen T-Shirt, auf dem am Kragen helle, eingetrocknete Flecken zu sehen waren.

Ihre Mutter lag mit dem Rücken zu ihr im Bett und atmete rasselnd. Dann wurde ihr schmächtiger Körper von einem heftigen Hustenanfall geschüttelt.

Caitlin warf einen Blick auf die beiden, ging zum Fenster und zog die Vorhänge auf. Danach schob sie das Fenster hoch, das mit einem lauten Knarren deutlich machte, wie lange es nicht mehr bewegt worden war.

Michael rührte sich nicht, aber ihre Mutter versuchte sich im Bett herumzuwälzen. Caitlin ging zu ihr und half ihr, sich aufzurichten. Schmerzgeplagte Augen schauten sie an.

Das Gesicht ihrer Mutter war vollkommen ausgezehrt. Das Leid hatte tiefe Linien hineingeschnitten. Von der ehemals hübschen und lebendigen Frau, die sie noch vor ein paar Jahren gewesen war, schien nichts übrig geblieben zu sein.

Sie ist erst achtunddreißig, dachte Caitlin entsetzt darüber, wie sehr sich ihre Mutter in den letzten sechs Monaten verändert hatte.

»Bist du das, Caitlin?« Ihre Stimme war ein einziges schwaches Zittern.

»Ja, Mom.«

Eine dürre Hand wurde nach ihrem Gesicht ausgestreckt. Finger, die an vertrocknete Zweige erinnerten, strichen über die Metallseite.

»Was haben sie dir angetan?«

»Ich wollte es so.«

»Aber warum?«

»Ich habe dir geschrieben, warum ich das tun muss und dass ich eine Zeit lang nicht nach Hause kommen kann.«

Ihre Mutter glotzte sie verständnislos an, und Caitlin begriff, dass sie den Brief nie erhalten hatte.

Dieses Schwein!

Entweder hatte ihr Vater den Brief nie von der Post abgeholt oder in seinem Suff vergessen ihn weiterzugeben.

»Wo warst du all die Zeit?«

»Ich habe mich für die Army verpflichtet, Mom. Wir brauchen das Geld. Deine Medikamente …«

»Mir geht es gut …« Dann hustete sie wieder und klang dabei wie eine sterbende Krähe.

Caitlin reichte ihr ein schmutziges Taschentuch, das auf dem Nachttisch neben dem Bett lag. Als ihre Mom den Stoff zurückgab, war er voll grauem Schleim.

»Hat er dir keine Medikamente besorgt?«

Ihre Mutter schüttelte den Kopf. »Aber er ist gut zu Michael. Kauft ihm die teuren Cornflakes von Kingster, die er so sehr liebt. Die mit echtem Zucker.«

»Deine Medizin ist wichtiger. Michael merkt nicht, wenn er seine Flakes nicht bekommt.«

»O doch. Auch wenn er nichts sagt, ich sehe in seinem Blick, wie glücklich er ist, wenn er sie isst. Nur schade, dass es keine Milch mehr gibt. Er hat Milch immer so sehr gemocht.«

»Mom, ich kann nicht lange bleiben, muss zurück in die Kaserne, bevor die nächtliche Ausgangssperre beginnt. Es ist wichtig, dass du mir genau zuhörst. Ich habe Dad dreizehntausend Dollar mitgebracht. Bitte besteh darauf, dass er die Medikamente und Lebensmittel kauft. Lass nicht zu, dass er alles verspielt und versäuft.«

Ihre Mom lachte heiser. »Als wenn er auf mich hören würde. Ich kann froh sein, dass er noch da ist und sich ab und zu um mich kümmert. Ich komme kaum noch ins Bad, und wenn dein Vater kein Essen mit nach Hause bringt, müssen wir hungern. Ich kann nicht mehr rausgehen und Michael ... na, du weißt ja.«

Ja, das wusste Caitlin. Ihr Bruder war auf dem geistigen Niveau eines Kleinkindes. Unvorstellbar, ihn allein irgendwohin gehen zu lassen. Michael würde niemals zurückfinden und seine Adresse kannte er nicht.

»Ich habe Dad nicht mein ganzes Geld gegeben.« Caitlin kramte in ihrer Hose herum und zog ein schmales Bündel Geldscheine aus der Tasche. »Hier sind siebentausend Dollar. Ich weiß, es ist nicht viel, aber ...«

»Behalte das Geld.«

»Mom ...«

»Nein, ich kann damit nichts anfangen, und wenn dein Vater es findet, vertrinkt er es nur. Ich weiß nicht mehr, warum ich diesen Mann geheiratet habe«, sagte sie bitter.

Du hast ihn mal geliebt. Früher. In einer besseren Zeit.
»Du musst mir versprechen, dass du Michael hier rausholst, wenn ich nicht mehr da bin.«
Caitlin spürte, wie eine einzelne Träne über ihre menschliche Gesichtshälfte lief.
»Nein, davon will ich nichts hören. Du musst gesund werden. Dad soll dir auf dem Schwarzmarkt Medikamente besorgen, dann geht es dir besser. Ich kann da nicht hin, niemand würde mir etwas verkaufen.«
Ihre Mutter hustete erneut, dann seufzte sie. »Und dann?«
»Irgendwann hole ich euch hier raus. Wir gehen weg, fangen woanders neu an. Vielleicht in Kalifornien. Dort ist es das ganze Jahr warm, das wird dir guttun.«
Ein Lächeln zog über das Gesicht ihrer Mutter. »Das wäre schön. Michael könnte das Meer sehen.«
Dann schwieg sie. Ihr Kinn kippte auf die Brust.
»Geh jetzt«, murmelte sie. »Ich bin müde.«
»Ja, Mom.«
Sie half ihrer Mutter sich hinzulegen. Die Lider der kranken Frau fielen hinab.
»Michael, sag Hallo zu deiner Schwester«, hauchte sie.
Ihr Bruder reagierte nicht. Er hatte noch nie ein Wort gesprochen, lebte in seiner Welt aus Trickfilmen und Cornflakes. Caitlin streichelte seine Schulter, dann stand sie auf und ging.

Ihr Vater saß am Tisch, der sich unter schmutzigem Geschirr bog, und nuckelte an einem Bier, als sie zurück in die Küche kam. Seine Augen waren glasig, anscheinend hatte er zusätzlich noch irgendwelchen Fusel gekippt, der in der Nachbarschaft illegal gebrannt wurde. Die Leute, die den

Selbstgebrannten verkauften, schütteten alles Mögliche rein, um den Sprit zu strecken. Irgendwann würde ihr Dad von dem Zeug blind werden. Sie trat zu ihm.

»Mom geht es nicht gut. Kauf die Medikamente.«

Er blickte an ihr vorbei, sabberte auf den Tisch. Der Schnaps, den er sich diesmal gegönnt hatte, schien es in sich zu haben.

Caitlin schnappte ihn an seinem weißen T-Shirt. »Du musst morgen zum Schwarzmarkt. Besorg das Melodonin, es wird helfen. Zumindest eine Weile.«

»Ja, ja«, brummte er und starrte auf die Teller.

»Ich muss jetzt zurück. Wenn es möglich ist, komme ich bald wieder.«

Er antwortete nicht. Caitlin wandte sich ab und ging zur Tür hinaus.

12

2134

Draußen brannte die Sonne heiß vom Himmel. Es stank nach brennendem Gummi und zwei Blocks weiter stieg schwarzer Rauch in den Himmel. Wahrscheinlich eine Straßenblockade aus angezündeten Reifen und schrottreifen Autos, die verhindern sollte, dass die Cops ins Viertel kamen, aber das taten sie sowieso nur selten, dann aber in Mannschaftsstärke.

Private Baker, ihr Fahrer, saß noch immer im gepanzerten Jeep mit den vergitterten Fenstern und blickte Caitlin lächelnd entgegen. Seine schwarze Gesichtshälfte glänzte vor Schweiß. In der Karre gab es keine Klimaanlage und die Sitze bestanden aus Hartplastikschalen.

»Nette Gegend«, meinte er, als sie die Beifahrertür öffnete.

»Ich bin hier aufgewachsen«, sagte Caitlin. »Früher war es besser.«

»Wann soll das gewesen sein?«

»Als es noch Arbeit gab. Erst haben die Leute ihre Jobs verloren, dann kündigten ihnen die Banken die Kredite, die Häuser wurden für einen Bruchteil des eigentlichen Werts zwangsversteigert oder fielen in den Besitz der Banken. Dann kamen die Ratten. Und ich meine nicht die Tiere.«

»Wie habt ihr euch halten können?«

»Der größte Teil des Hauses war bezahlt, zu der Zeit wurde ein neues Gesetz erlassen. Die Regierung hatte erkannt, dass eine ganze Generation dabei war, alles zu verlieren, was sie sich aufgebaut hatte. Also übernahmen sie die Garantie für sämtliche Häuser, von deren Kreditsumme bereits siebzig Prozent abgezahlt waren. Wir hatten Glück, für viele andere kam diese Maßnahme zu spät.«

»Warum zieht deine Familie nicht weg?«

»Mein Dad hat keinen Job und wird auch keinen mehr bekommen. Meine Mutter ist krank, mein Bruder geistig eingeschränkt. Wo sollten sie hin und von welchem Geld leben? Der Sold, den mir die Army zahlt, reicht nicht.«

»Du hast ihnen deinen Bonus gegeben?«

Caitlin nickte.

»Hast du nicht gesagt, dein Vater säuft?«

»Ja.«

»Dann wird davon nichts übrig bleiben.«

»Das weiß ich selbst, John. Was hätte ich denn sonst tun sollen?«

»Warum hast du ihm Bargeld gegeben und nicht Credits auf seinen ID-Account überwiesen?«

»Damit käme er in meiner Gegend nicht weit. Alles, was man zum Leben braucht und darüber hinaus, wird auf dem Schwarzmarkt gehandelt. Hier gibt es keine Shopping Malls oder Supermärkte, in die man eben mal geht. Und das eigene Viertel zu verlassen, kann eine sehr gefährliche Angelegenheit werden. Die Gangs warten nur auf Idioten, die mit aufgeladenen Chips durch die Landschaft wandern. Wenn du Glück hast, schneiden sie dir nur den Unterarm ab, um an den Chip zu kommen, aber meistens legen sie dich einfach um.«

»Wie hast du so viel Kohle in Scheinen aufgetrieben?«

»Ich war bei der First Bank of Anchorage. Als Mitglied der Black Force war es gar nicht so schwer. Die haben keine Fragen gestellt und mir einfach ein Kuvert über den Tresen geschoben.«

»Weiß der Sergeant davon?«
»Bist du verrückt?«
»Er wird es rausfinden.«
»Vielleicht, vielleicht auch nicht. Schau mich an, glaubst du, mir kann noch irgendwas Angst machen?«
Darauf schien er keine Antwort zu wissen. Schließlich verzog er den Mund und startete den Wagen. Ein leises Pfeifen zeigte an, dass der Motor hochfuhr.
»Zurück in die Kaserne?«, fragte er.
»Ja, das wäre gut. Wenn es dunkel wird, ist das kein Ort für einen Black Force. Die Leute mögen uns nicht.«
»Ich habe von Fällen gehört, bei denen sie den Soldaten aufgelauert und sie getötet haben.«
»Unsere Hardware ist auf dem Schwarzmarkt eine Menge Dollar wert.«
»Aber das sind unsere eigenen Leute. Wir sind dazu da, sie zu schützen.«
»Sind wir das?«, fragte Caitlin. »Ich weiß, das hämmern sie uns in der Ausbildung von morgens bis abends ein, aber die meisten Einsätze unserer Einheit finden im Inland statt. Im Kampf gegen Gangs und Querulanten, die den Staat ablehnen und nach eigenen Regeln leben. In den USA findet ein Krieg statt. Reich gegen Arm, was meinst du, wer unseren Sold bezahlt?«
»So will ich das nicht sehen, Caitlin. Ich diene diesem Land und seiner Regierung.«
Sie legte eine Hand auf seine Schulter. »Ich auch, John.«
Baker trat das Gaspedal durch und der Wagen schoss vorwärts. An der nächsten Kreuzung bog er Richtung Norden ab.
»Nimm den Highway. Da sollten wir sicher sein.«

»Dir ist schon klar, dass uns Cunnings nicht noch einmal die Karre gibt. Was hast du ihm gesagt?«

»Die Wahrheit. Dass meine Mutter schwer krank ist und ich sie seit sechs Monaten nicht gesehen habe.«

»Und das hat ausgereicht, um dir einen Wagen plus Fahrer zur Verfügung zu stellen?« Er grinste. »Vielleicht hat der Arsch ja doch ein Herz.«

»Ein aufgerüstetes, wie wir.«

»Fuck, Caitlin«, sagte Baker. »Warum haben wir uns bloß für diesen Mist verpflichtet?«

»Bei mir waren es das Wellnessangebot und die Yogakurse.«

Er lachte meckernd. »Der war gut, muss ich mir merken.«

Noch immer waren sie nicht aus Caitlins Stadtteil raus. Links und rechts an der Straße standen verfallene Häuser, die an ein Kriegsgebiet erinnerten. Herrenlose Hunde streiften durch die Gegend, manchmal sah man eine Krähe, die etwas von der Straße pickte.

Unglaublich, wie schnell alles verfällt. Vor ein paar Jahren war das noch eine Gegend, in der Arbeiterfamilien lebten, Kinder auf den Straßen spielten und grüne Bäume Schatten auf die Bürgersteige warfen.

Die Bäume waren längst illegal gefällt und verheizt worden. Kinder waren nicht zu sehen, obwohl es sie noch gab, und die Arbeitslosenzahl befand sich auf einem Rekordhoch. Früher einmal mochte Anchorage eine beschauliche Stadt im nördlichsten Bundesstaat der USA gewesen sein, heute war es ein Moloch, in dessen Zentrum Millionen auf engstem Raum hausten, während andere Stadtteile zu Slums verfielen und von den Gangs regiert wurden. Gerade durchquerten sie eines dieser Risikogebiete.

»Es gibt überhaupt keine High Clips«, stellte Baker fest und sprach damit die allgegenwärtigen, dreidimensionalen Werbehologramme an, die sonst auf jedes Haus über zehn Meter in der Stadt projiziert wurden.

»Wer sollte hier etwas kaufen? Außerdem wird die Stromversorgung in dieser Gegend immer wieder unterbrochen, wenn die Anlage draußen in der Beringsee hochfährt.«

»Weißt du, was sie da machen?«, fragte Baker.

»Ich habe davon im Netz gelesen. Soll irgendetwas mit der Neubesiedlung der Meere zu tun haben. Jedenfalls ist es etwas Großes. Sie haben dafür drei Atomkraftwerke an der Küste gebaut, aber der Strom reicht immer noch nicht aus und zieht Saft aus den Städten ab.«

»Neubesiedlung? Die Meere sind leer, daran wird sich nichts ändern. Niemals.«

»Ich weiß nicht. Es soll erste Fische in der Beringsee geben. In einem abgesperrten Teil des Meeres. Sie versuchen da offensichtlich, die Fauna wieder aufzubauen.«

»Und woher haben sie das Material? Ich meine die Fische?«

»Keine Ahnung, darüber lassen sie nichts raus. Ich vermute, die züchten irgendwelche Kreaturen aus tiefgefrorenem Genmaterial.«

»Geht das? Werden beim Einfrieren nicht die Zellinformationen zerstört?«

»Weiß ich nicht. Ich weiß aber, dass seit Neuestem die Todesstrafe darauf steht, wenn man einen Fisch fängt und ihn tötet.«

»Krass.«

»Die Leute haben Hunger. Setz hier mal eine Kuh aus, die kommt keinen Block weit, bevor sie nicht in irgendeinem

Hinterhof auf dem Grill landet.« Sie schaute ihn an. »Und Fische sind ihr Gewicht in Gold wert.«

»Wie die wohl schmecken?«

»Hey, ich bin Vegetarierin.«

»Sind wir das nicht alle? Täglich diese Sojascheiße, die nach Pappe schmeckt. Mal ehrlich, würdest du nicht mal gern einen Burger mit richtigem Fleisch oder ein echtes Steak essen? Allein bei dem Gedanken läuft mir das Wasser im Mund zusammen.«

»Ich weiß nicht, ob ich das könnte, und wir wissen ja auch gar nicht, ob unser Organismus tierisches Eiweiß verarbeiten kann.«

»Also *unsere* Körper ganz sicher«, sagte Baker grinsend. »Wir sind aufgerüstet, um alles zu verwerten, und könnten uns vielleicht sogar von Beton ernähren.«

»Ganz sicher nicht. Hast du im Unterricht nicht zugehört? Ein Black Force verbraucht fünfmal so viel Energie wie ein normaler Mensch. Wir benötigen Unmengen von Kalorien und Vitaminen, damit unser Biosystem funktioniert und das Gehirn ausreichend versorgt wird.«

»Das weiß ich doch, aber wir haben einen speziellen Magen, der besser funktioniert als das Organ Normalsterblicher.«

»Fang erst gar nicht so an.«

»Was meinst du?«

»Dein Spruch von Normalsterblichen. Damit machst du ein *Sie* und ein *Wir* auf. Wir sind ein Volk, eine Nation.«

»Okay, ist schon klar, war nicht so gemeint. Ich habe keine Eltern mehr, aber eine jüngere Schwester, Verena, die bei meinem Onkel und seiner Familie lebt. Ich würde alles für sie tun.«

Caitlin wurde plötzlich bewusst, wie wenig sie über Baker wusste.

»Bist du wegen ihr in die Army eingetreten?«

»Ja, sie will aufs College. Mein Rekrutierungsbonus und die Hälfte meines Soldes reichen dafür zwar nicht, aber sie konnte wenigstens die Anzahlung auf die Studiengebühren leisten. Den Rest muss sie selbst aufbringen.«

»Jobbt sie?«

»Sie arbeitet als Bardame.«

»Ernsthaft?«

»Es gab nicht viele Möglichkeiten für sie in Chigaco.«

»Weiß das dein Onkel?«

Er starrte sie entsetzt an. »Bist du verrückt? Mein Onkel ist ein gläubiger Mann, er würde sie sofort in hohem Bogen aus seinem Haus werfen.«

»Was denkt er?«

»Dass sie in einer Fabrik arbeitet.«

Er bog rechts ab und nahm die Zufahrt zum Highway. Andere Fahrzeuge waren nicht zu sehen.

»Ist ganz schön einsam hier«, meinte er.

»Täusch dich nicht. Bloß weil du nichts siehst, heißt das nicht, dass da nichts ist. Die Leute verstecken sich vor uns.«

»Das ist doch alles ...«

Weiter kam er nicht. Schräg vor dem Wagen trat ein Mann aus dem Schatten eines Hauses. Caitlins Optik hatte Probleme, bei den schwierigen Lichtverhältnissen den Blick scharf zu stellen, doch dann erkannte sie, dass der Typ etwas auf der Schulter trug, das wie ein Rohr aussah. Breitbeinig stand der Kerl da und ...

... zielte auf sie.

Panzerfaust!!!

»Vorsicht«, brüllte sie, aber es war schon zu spät. Eine Rauchfahne hinter sich herziehend, jagte die Granate auf sie zu und schlug in die Motorhaube ein. Der grelle Blitz der Explosion blendete sie. Caitlin schloss die Augen. Der Wagen wurde einen Meter in die Luft gehoben, fiel dann wieder hinunter und kippte auf die Fahrerseite.

Bevor Caitlin das Bewusstsein verlor, sah sie mehrere Schemen auf sich zukommen. Jemand packte ihren Arm und zog sie aus dem zerstörten Fahrzeug. Dann war da nichts mehr.

13

2134

»Nicht bewegen!«, befahl eine laute Stimme. »Rühr dich bloß nicht oder ich schieß dir ein drittes Auge in die Stirn.«
Malcom öffnete die Augen und verstand nichts. Nicht, wo er sich befand, und auch nicht, was geschehen war.
Dann schärfte sich sein Blick und er erkannte einen Menschen in Kampfmontur, der eine futuristisch aussehende Waffe auf ihn richtete. Malcom zuckte zusammen, als er den Blick hob und in das Gesicht eines Silbergottes sah.
Er sieht aus wie Jenny. Was zur Hölle …?
»Ich will deine Hände sehen«, sagte er.
Malcom wurde erst jetzt bewusst, dass er auf dem Boden lag. Er richtete den Oberkörper auf und riskierte einen Blick in die Umgebung. Anscheinend befand er sich in einer Stadt, denn er lag auf der Straße. Der Beton unter ihm war rissig und die Häuser um ihn herum in stark verfallenem Zustand. Dafür, dass er sich in einer urbanen Umgebung befand, war es sehr still. Keine Stimmen, keine Autos, nur der Wind, der zwischen den Häuserruinen hindurchpfiff.
Wo bin ich? Wo sind die anderen?
Irgendwo kläffte ein Hund, dann war es wieder ruhig.
Der Kerl mit der Waffe hatte ihn immer noch im Visier, er wirkte angespannt und bereit abzudrücken. Seinem menschlichen Aussehen nach zu urteilen, war er noch sehr jung. Das Licht der untergehenden Sonne schien auf weiche Gesichtszüge, die im völligen Kontrast zu seiner Metallseite standen.
Er hat Englisch gesprochen, also kann er mich verstehen, wenn ich ihn etwas frage?

»Entschuldigung, wo bin ich hier?«
»Was?«
»Wie heißt dieser Ort?«
»Weißt du das nicht?«
Malcom schüttelte den Kopf.
»Wir befinden uns in Anchorage.«
»Alaska?«
»Wo denn sonst?«
»Welches Jahr haben wir?«
»Spinnst du? Willst du mir sagen, du weißt das auch nicht?«
Malcom nickte.
Der Mann neigte seinen Kopf zur Seite und sprach in ein nicht sichtbares Funkgerät. »Sergeant Lee, ich habe hier einen echt merkwürdigen Typen aufgespürt. Können Sie mal herkommen? Position Delta 3.«
Es knisterte, dann sagte jemand: »Bin gleich da.«
»Darf ich aufstehen?«, fragte Malcom.
»Langsam, keine hektischen Bewegungen. Trägst du versteckte Waffen?«
»Nein.«
»Die Hände so, dass ich sie sehen kann, und bleib da, wo du bist.«
»Okay.«
Malcom rappelte sich auf. Aus der neuen Position hatte er einen besseren Überblick. Die Gegend wirkte wie ein Slum. Zwar standen Fahrzeuge am Straßenrand, aber viele sahen aus, als wären sie nicht mehr fahrtüchtig. Er versuchte herauszufinden, um was für Automarken es sich handelte, aber außer einem Tesla kannte er keines der Modelle und auch der sah vollkommen fremdartig aus.

Gemeinsam war allen Autos, dass sie keinen Auspuff besaßen.

Elektrofahrzeuge.

Ein Gedanke schoss Malcom durch den Kopf, aber er drängte ihn zurück, als ein schwer bewaffneter Mann im Kampfanzug auf ihn zukam. Auch dieser Soldat bestand zur Hälfte aus Metall. In seiner Hand ruhte eine stumpfnasige Maschinenpistole, die er gelassen auf Malcom richtete.

Der Typ schien um die vierzig zu sein, aber so genau konnte man das nicht sagen. Seine rechte Gesichtshälfte ließ erkennen, dass er asiatische Wurzeln hatte. Neugierde lag in seinem Blick.

»Wo hast du den aufgetrieben, Miller?«

»Der lag auf der Straße, Sarge.«

»Einfach so?«

»Yeah, stellt merkwürdige Fragen: Wo wir sind und welches Jahr wir haben.«

»Hast du ihn gecheckt?«

»Nein, Sir, habe Ihnen gleich Bescheid gesagt.«

»Okay, dann mach ich das.«

Er zog ein kleines Gerät aus der Seitentasche seiner Cargohose und tippte darauf herum, dann wandte er sich an Malcom.

»Streck den rechten Arm aus. Handfläche nach oben.«

Malcom gehorchte und der Sergeant hielt das Gerät darüber. Verblüffung machte sich auf seinem Gesicht breit.

»Er hat keinen ID-Chip.«

»Was?«, ächzte Miller verblüfft.

»Wie ich es sage – kein Chip.«

»Vielleicht hat er ihn sich rausgeschnitten. Machen viele der Illegalen, damit man sie nicht aufspüren kann.«

»Da sind keine Narben. Er hat die Haut eines Babys.«
»Shit, das gibt es doch nicht.«
Lee starrte ihn unverhohlen an. »Wer bist du?«
»Sagen Sie mir bitte, welches Jahr wir haben.«
»Warum fragst du so einen Scheiß?«
»Es ist wichtig.«
Der Sergeant hob die Waffe. »Viel wichtiger ist, warum du keinen Chip implantiert hast.«

In Malcoms Kopf rasten die Gedanken. Was sollte er jetzt sagen? Dass er aus der Vergangenheit stammte und durch ein Energieportal in diese Zeit gereist war? Nie einen ID-Chip besessen hatte, nicht einmal wusste, was das war?

Er war immer noch auf Mission und hatte eine Aufgabe zu erfüllen.

Am besten, er sagte vorerst gar nichts mehr. Nicht bevor er mehr Informationen besaß und herausgefunden hatte, was mit den anderen geschehen war und ob es ihnen gut ging.

Die Antwort kam prompt und unvermittelt.

Das Funkgerät des Sergeants knisterte, dann sagte eine weibliche Stimme: »Sir, wir haben zwei bewusstlose Personen gefunden. Beide haben …«

»… keinen ID-Chip«, vollendete Lee den Satz.

»Woher wissen Sie das, Sarge?«

»Vor mir steht ein Typ, bei dem das genauso ist.«

»Wie kann das sein?«

»Ich weiß es nicht. Suchen Sie das Gelände ab. Vielleicht gibt es noch mehr von denen, und rufen Sie die Transporter, wir bringen die Gefangenen ins Hauptquartier.«

»Ja, Sir.«

Lee schaute wieder zu Malcom. »Du hast mir die Sache

mit dem Chip noch nicht beantwortet. Wie hast du das gemacht? Wo kommst du her? Aus einem Land außerhalb des Bündnisses?«

Malcom schwieg.

»Bist du ein Illegaler?« Da er keine Antwort bekam, sagte er: »Ich kann dich hier und jetzt erschießen.«

Malcom blieb unbeeindruckt. Das würde nicht geschehen. Offensichtlich war es äußerst ungewöhnlich, dass er keinen Chip besaß, von dem man Daten über seine Person abrufen konnte. Die würden ihm nichts tun, bevor dieses Rätsel gelöst war.

Lee hatte anscheinend inzwischen erkannt, dass er nicht reden würde, daher befahl er: »Miller, bring ihn zum Sammelpunkt und pass auf, dass er dir nicht wegläuft. Zur Not schieß ihm ins Bein. Ich gehe zum Team und schaue nach, wen sie dort gefunden haben.«

Sie hatten ihn in einen geschlossenen Transporter gesteckt und dann durch die Gegend kutschiert, ohne dass er hatte sehen können, wohin er gebracht wurde.

Die Fahrt endete nach circa dreißig Minuten vor einem unauffälligen Flachbau, über dem die amerikanische Flagge wehte. Malcom stand nun vor einer schwer bewachten, gepanzerten Tür, die anscheinend den einzigen Zugang zum Gebäude bildete. Darüber war in Stein ein Raubvogel eingemeißelt, der Blitze in den Krallen hielt.

Black Force National Headquarter.

Das war ein wichtiger Hinweis. Malcom schaute sich um. Es gab noch weitere kleinere Gebäude, deren Sinn und Funktion ihm verschlossen blieben. Ein Stahlturm ragte weit in den Himmel hinauf. An der Spitze waren unzählige Antennen und Satellitenschüsseln befestigt. Etwas weiter entfernt sah Malcom hohe Drahtzäune. Gelbe Hinweisschilder warnten darauf vor Starkstrom und Lebensgefahr.

Der Asphalt unter seinen Füßen war makellos sauber und wirkte wie frisch gegossen. Der Geruch von Eisen und Gummi lag in der Luft. Überall waren Silbergötter ...

Nein, es sind Soldaten. Wir sind, wie vermutet, in der Zeit, aus der Jenny stammt.

Der Soldat vor ihm befahl Malcom, sich mit den anderen Gefangenen in einer Reihe aufzustellen und sich nicht zu rühren. Offenbar wartete er auf jemanden.

Als Damon erwachte, befand er sich in einem nackten Raum mit nackten Wänden, an denen es keine Fenster gab. Er saß, die Arme mit Handschellen auf den Rücken gefesselt, auf einem Metallstuhl, der fest im Boden verschraubt war.

Das Licht einer einzelnen Glühbirne, die von der Decke hing, fiel auf ihn herab, er blinzelte und brauchte einen Moment, um seine Umgebung vollständig zu erkennen.

Ein Mann in schwarzer Kleidung trat durch eine Tür ein. Dem Aussehen nach war das einer der Menschen, die Malcom und die anderen in ihren Erzählungen Silbergötter genannt hatten. Neugierig betrachtete Damon ihn. Er sah kurz geschnittene graue Haare und eine markante, wettergegerbte Gesichtshälfte mit einem grauen Auge.

Ihm folgte ein schwer bewaffneter Soldat, der ebenfalls umgerüstet war und seine Waffe auf Damon richtete. Der erste Mann nahm einen Stuhl aus der Ecke des Raumes und setzte sich Damon gegenüber.

»Mein Name ist General Jeff Matterson, Kommandierender General der Black Force, in deren Obhut Sie sich befinden.«

Matterson?
Der Name kam Damon bekannt vor. Die anderen hatten ihm von dem Offizier des US-Geheimdienstes erzählt, der sie auf Attu Island hatte ausbilden lassen und von dem sie auf die Mission geschickt worden waren, die ihn hierhergebracht hatte. Aber das konnte unmöglich der gleiche Kerl sein. Der Typ vor ihm war ein Mensch, kein Unsterblicher, das spürte er. Es musste sich um einen Nachfahren des Mattersons aus der Vergangenheit handeln.

Malcom hatte ihm das Prinzip der Fortpflanzung erklärt, und so wusste Damon, dass durch den Austausch von Körperflüssigkeiten Kinder gezeugt wurden, die Erbgut beider Elternteile in sich trugen. Warum und wie das funktionierte, hatte er allerdings nicht verstanden, aber das war jetzt auch nicht wichtig. Viel wichtiger war die Frage, warum man ihn gefesselt hatte, und noch wichtiger als dieser Umstand war, dass es ihm nicht gefiel, ihn unendlich zornig machte.

»Lass mich sofort frei!«, donnerte er.

Matterson zuckte nicht mal mit einer Wimper. »Das werde ich nicht tun. Ich bin hier, um Ihnen Fragen zu stellen. Also beginnen wir. Wer sind Sie und woher kommen Sie?«

»Wo sind die anderen?«

»Welche anderen?«

»Mal...« Damon erkannte am lauernden Blick des Generals, dass das eine Falle war. »Ich war nicht allein.«

»Sagen Sie mir, wer Ihre beiden Freunde sind. Warum tragen weder Sie noch der andere Junge und das Mädchen einen ID-Chip?«

Sie haben nicht alle von uns erwischt. Jenny kann nicht gemeint sein, also befindet sich Amanda in ihrer Gewalt, aber entweder Malcom oder Wilbur ist noch auf freiem Fuß.

»Ich weiß nicht, was das ist, und es ist mir auch egal.« Er rüttelte an den Handschellen, die ihn an den Stuhl fesselten. »Mach mich frei oder ich töte dich.«

Der General legte den Kopf schief. Lächelte.

»Das glaube ich nicht.«

»Fordere mich nicht heraus, Mensch.«

»Mensch?«

»Ich bin ein Dämon. Dein Albtraum. Ich werde dich und die Deinen zerfetzen, wenn du mich nicht freilässt.«

Matterson blieb ungerührt. »Für mich siehst du bis auf die gefärbten Haare ziemlich normal aus, Junge.«

»Nenn mich nicht so«, knurrte Damon.

»Und im Augenblick habe ich die Kontrolle über dich. Also würde ich sagen, du fährst die ganze Show mal runter und beantwortest meine Fragen. Also noch mal, nenn mir deinen Namen!«

Damon antwortete nicht.

»Woher kommst du?«

Nichts.

»Warum trägst du keinen ID-Chip?«

Damon starrte ihn hasserfüllt an.

»Okay, du hältst dich für einen harten Typen. Hatten wir hier schon öfter. Ich werde dir jetzt ein wenig Zeit geben, um darüber nachzudenken, ob du mit uns kooperieren willst.« Der General wandte sich an den Soldaten. »Sergeant, bringen Sie ihn in den Keller. Sperren Sie ihn zu den Gangmitgliedern, die wir gestern geschnappt haben.«

»Sir, das steht er keinen Tag durch.«

»Vielleicht, vielleicht auch nicht. Der Bursche wirkt zäh, mal sehen, was er ausspuckt, wenn wir ihn wieder rausholen.«

»Dann nehme ich ihm jetzt die Handschellen ab«, sagte der Soldat.

»Nein, die bleiben dran.«

»Aber …«

»Nichts aber, das ist ein Befehl. Und jetzt weg mit ihm. Miller soll mir die junge Frau bringen, die wir bei dem Kerl gefunden haben.«

»Ja, Sir.«

»Wo ist der andere Typ, der, den Miller aufgestöbert hat?«

»In Verhörraum 2.«

»Gut, ich knöpfe ihn mir später vor.«

Dann trat der General vor Damon und sah ihn verächtlich an.

»In spätestens zwei Stunden flehst du mich an, mir alles sagen zu dürfen. Die Jungs da unten in der Zelle sind echt harte Kerle und sie stehen auf junge Burschen wie dich. Ich denke, ihr werdet Spaß haben.«

Damon wusste nicht, worauf der Mann anspielte, aber ihm gefiel der Ton nicht. Ohne nachzudenken rammte er dem General seine Stirn ins Gesicht. Es war ein höllischer Kopfstoß, gut gezielt, der die menschliche Gesichtshälfte des Generals traf und seine Nase brach. Hellrotes Blut schoss daraus hervor und bespritzte Damon.

»Verdammt!«, fluchte der Mann und legte seine Hand auf die Nase.

Der Soldat stürmte heran und rammte Damon die Mündung seiner Waffe in den Magen. Grey brach daraufhin zusammen und fiel auf die Knie. Er bekam kaum Luft. Brennender Schmerz breitete sich in seinem Unterleib aus. Keuchend krümmte er sich am Boden.

Das Kinn des Generals war inzwischen blutüberströmt

und noch immer rann Blut seinen Hals hinab, obwohl er den Kopf in den Nacken gelegt hatte. Aus seiner Hosentasche zog er ein Taschentuch hervor und hielt es unter die Nase.

»Schaffen Sie ihn raus!«, brüllte er den Wachsoldaten an.

Der Sergeant bückte sich und riss Damon auf die Füße, dann stieß er ihn grob vorwärts.

14

2134

Wilbur erwachte in dem Moment aus seiner Ohnmacht, als es nicht weit entfernt von ihm einen lauten Knall gab. Erschrocken sprang er auf und schaute sich um. Die Sonne verschwand gerade hinter den Häusern, die lange Schatten auf die Straße warfen. Er befand sich auf einem verwahrlosten Grundstück. Überall Müll und Unrat. Papierfetzen und Plastikstreifen hatten sich im verrosteten Maschendraht des Zaunes verfangen, der das Grundstück umgab. Vertrocknetes Gras raschelte leise im Wind. Ansonsten war es still. Niemand zu sehen.
Wo bin ich?
Wo sind die anderen?
Er drehte sich einmal um seine eigene Achse. Keiner da.
Dann entdeckte er eine dünne schwarze Rauchsäule, die wie ein Faden zum Himmel stieg. Höchstwahrscheinlich war von dort der laute Knall gekommen. Was ihn ausgelöst haben mochte, wusste er nicht, aber vielleicht befand sich ja einer der anderen in Gefahr. Wilbur beschloss nachzusehen.
Er kletterte den Zaun hoch und schwang sich darüber. Das Nachbargrundstück endete direkt an der Straße. Wilbur schlich die Hauswand entlang und presste sich gegen die schmierige Ziegelsteinmauer. Vorsichtig lugte er um die Ecke.
Da lag ein seltsames Fahrzeug auf der Seite. Die Windschutzscheibe zerplatzt und nur noch einzelne Glassplitter steckten im Rahmen. Die Rauchsäule, die er entdeckt hatte, stammte vom Motor des Fahrzeugs, der qualmend brannte.

Der Fahrer schien tot zu sein. Blutend hing er im Sicherheitsgurt und rührte sich nicht. Vor dem Wagen lag ein weiterer Mann. Nein, eine Frau. Nein, ein ...
Die linke Gesichtshälfte funkelte im Sonnenlicht.
Jenny!
Oder jemand, der aussah wie sie. Nun bemerkte Wilbur auch den Metallarm des Fahrers, den er im Halbdunkel des Wagens kaum ausmachen konnte. Zudem wandte ihm der Soldat seine menschliche Gesichtshälfte zu. Offenbar hatte es einen schweren Unfall gegeben und die Beifahrerin war aus dem Wagen geschleudert worden.

Er kniff die Augen zusammen. *Kann es sein ...?*
... Ja! Sie ist es!

Er wollte gerade zu ihr gehen, als er eine Bewegung hinter dem Fahrzeug ausmachte. Der Schemen eines hochgewachsenen Mannes tauchte als schwarzer Schattenriss vor dem Hintergrund der untergehenden Sonne auf. Irgendetwas an der Gestalt war merkwürdig. Der Typ trug ein kurzes Rohr auf den Schultern, an dem eine Zieloptik befestigt war, die er jetzt einklappte.

Panzerfaust, schoss es durch Wilburs Gehirn.

Er hatte solche Dinger schon im Fernsehen gesehen. Nun verstand er auch, woher der Knall rührte, den er gehört hatte. Der Kerl hatte auf das gepanzerte Fahrzeug geschossen und es zerstört. Der Fahrer war definitiv tot, das erkannte man deutlich an der unnatürlichen Haltung, in der er im Sicherheitsgurt hing. Wie stark Jenny verletzt war, konnte er nicht einschätzen. Im Gesicht hatte sie keine Schnitte und blutete auch nicht, allerdings machte ihm große Sorgen, wie regungslos sie dalag und sich auch nicht rührte, als der Mann laut auf den Fingern pfiff.

Plötzlich kam Leben in die Umgebung. Überall lösten sich Schatten von den Hauswänden und aus den Türeingängen und strömten zu dem Mann, der laut Befehle gab.

Wilbur wurde bewusst, dass er Glück gehabt hatte, bisher nicht bemerkt worden zu sein. Er presste sich noch enger an die Wand und ging in die Hocke.

Was soll ich jetzt tun?
Und wo sind die anderen?

Die Entscheidung wurde ihm abgenommen, als er sah, wie der Kerl einem anderen seine Panzerfaust in die Hand drückte und sich hinabbeugte, um Jenny zu untersuchen. Dann winkte er nach hinten und eine flache Rolltrage wurde herangeschoben. Schließlich hievten vier Mann gleichzeitig das bewusstlose Mädchen darauf und zogen sie fort. Jenny musste sehr schwer sein, wenn man sie nicht tragen konnte.

Mit dem toten Fahrer ging man weniger rücksichtsvoll um. Zwei Männer zerrten ihn mit einem Ruck aus dem zerstörten Fahrzeug, banden ein dickes Seil um seine Füße und schleppten ihn hinter sich her, ohne darauf zu achten, dass sein Kopf dabei über den Boden schepperte. Bei dem Geräusch zog sich Wilburs Magen zusammen.

Was mache ich jetzt?

Er blickte sich noch einmal um. Von Malcom, Amanda und Damon war nichts zu sehen, und Jenny wurde gerade fortgebracht.

Wenn er nicht schnell eine Entscheidung traf, würden die Männer mit ihr verschwinden und ihr ganzes Vorgehen ließ nichts Gutes erahnen.

Jenny war in großer Gefahr.

Wilbur entschied, der Gruppe heimlich zu folgen.

Als man Amanda in den nackten Raum ohne Fenster schob, war sie noch benommen und verstand nicht, wo sie war. Ein Soldat, der wie Jenny aussah, hatte ihr Handschellen angelegt, sie grob an der Schulter gepackt und vor sich hergestoßen.

»Setzen!«, befahl ein schlanker Mann in Uniform. Ebenfalls mit glänzender Metallseite.

Amandas Blick schweifte umher und sie entdeckte einen Stahlstuhl, der im Boden verschraubt war. Der Soldat in ihrem Rücken schubste sie vorwärts und sie landete ungeschickt darauf.

Keuchend versuchte sie Luft zu holen.

Wo zum Teufel bin ich?
Und wer sind diese Typen?
Silbergötter?

Sie schüttelte sich, um die Benommenheit abzustreifen und einen klaren Geist zu bekommen. Der Typ, der im Raum auf sie gewartet hatte, kam ihr vage bekannt vor. Er schien aus der Nase zu bluten, denn er hielt ein nicht mehr ganz sauberes Taschentuch davor.

»Wie heißen Sie?«, bellte er dumpf.

Amanda hob träge den schweren Kopf. *Was?*

»Ihr Name?«

»Amanda.«

»Und weiter?«

»Nichols.«

»Na, immerhin, das ist schon mal mehr, als uns der andere Typ verraten hat.«

Das Taschentuch verschwand und nun konnte Amanda deutlich sehen, dass er verletzt war. Der ganze Mund und der Hals waren mit verkrustetem Blut bedeckt.

»Gefällt Ihnen, was Sie sehen?«, knurrte er. »Habe ich Ihrem Freund zu verdanken.«

Von wem redet er da?

Welcher Freund?

Dann verstand sie, dass er Malcom, Wilbur oder Damon meinte. Ganz offensichtlich waren die anderen auch in seiner Gewalt, aber wer war der Kerl, warum hatte man sie gefesselt und weshalb hatte ihn einer von ihnen angegriffen?

»Wer sind Sie?«, fragte Amanda.

»General Matterson.«

Amanda starrte ihn an. »Unmöglich«, sagte sie.

»Was ist unmöglich?«

»Dass Sie Matterson sind.«

Nun schien der General verwirrt. »Müssten wir uns kennen?«

»Wo bin ich?«, fragte Amanda. »Und warum hat man mich gefesselt?«

»Im Hauptquartier der Black Force, deren Kommandant ich bin. Sie und Ihre Freunde wurden in einer Risikozone III aufgegriffen, was Sie automatisch verdächtig macht, noch dazu besitzt keiner von Ihnen einen ID-Chip.«

»Was ist das?«

»Genau diese Frage habe ich erwartet. Entweder spielen Sie hier eine perfekte Rolle oder Sie wissen es tatsächlich nicht.«

»In welcher Stadt befinde ich mich?«

»Anchorage, Alaska.«

Amanda versuchte, sich ihre Überraschung nicht anmerken zu lassen. »Welches Jahr haben wir?«

Der General legte den Kopf schief. »Seltsam, dass Sie das fragen. Einer Ihrer Freunde wollte genau das von einem meiner Soldaten wissen. Warum kennen Sie das Datum nicht?«

»Sagen Sie es mir?«

»Nein, erst will ich wissen, was hier los ist. Wer seid ihr? Woher kommt ihr? Was wollt ihr hier?«

Das werde ich dir ganz sicher nicht sagen. Ich denke, es ist an der Zeit, dich noch einmal eindringlicher zu fragen.

Amanda begann leise zu singen. Sie rief ihre Magie herbei und legte sie in ihren Gesang, aber etwas stimmte nicht. Das Gesicht des Generals wurde nicht weich, ganz im Gegenteil. Seine Stirn legte sich in Falten und um seinen Mund bildeten sich harte Züge.

»Was soll das?«, fragte er brüsk.

Und Amanda verstand, dass sie diesmal wirklich in Schwierigkeiten steckte.

Sie hatten Damon einen langen Gang entlang und dann über eine Metalltreppe viele Stockwerke in die Tiefe geführt. Zwei Soldaten gingen vor ihm, zwei hinter ihm. Schließlich machte der Trupp vor einer Stahltür halt.

Einer der Silbergötter schob einen schweren Riegel zurück und öffnete die Tür. Er befahl den drei Männern, die sich in der Zelle befanden, an die Wand zu treten, dann stieß er Damon an.

»Rein da!«

Damon blickte ihn hasserfüllt an und überlegte, ob er ihm ebenfalls die Nase brechen sollte, aber da wurde er schon grob in den Raum geschoben. Hinter ihm fiel die Tür zu.

Die Hände auf den Rücken gefesselt, stand er ruhig da und betrachtete die drei Kerle vor ihm. Jeder von ihnen war mindestens einen Kopf größer als er. Muskelbepackte

Fleischberge mit Tätowierungen am Hals und im Gesicht. Zusammengekniffene Augen musterten ihn.

»Wer bist du denn?«, meinte einer der Klopse.

»Damon.«

»Was für ein hübscher Name.«

»Danke.«

»Und überhaupt ein gut aussehendes Bürschlein. Ich frage mich, warum man dich zu uns sperrt. Du siehst nicht nach einem Gangmitglied aus, nicht nach einem Dealer oder wie jemand, der sich auf Raubüberfälle spezialisiert hat. Eigentlich siehst du wie eine Schwuchtel aus.«

Er lachte meckernd, die anderen fielen ein.

»Ich weiß nicht, was das ist«, sagte Damon.

»Oder du bist ein Illegaler. Vielleicht ein Hacker, der sich der Regierung widersetzt und sein eigenes Ding durchziehen will.«

Langsam wurde Damon das Gespräch zu blöd. Sein Magen schmerzte noch immer vom Schlag des Soldaten und er wollte sich hinlegen. In dem Raum gab es vier Metallpritschen, ohne jeden Bezug, aber das war ihm gleichgültig. Er musste darüber nachdenken, wo die anderen waren und was er tun konnte, um sie zu finden.

Da er erst in dem Verhörraum zu sich gekommen war, hatte er keine Ahnung, wo er sich befand und wie er mit seiner Suche beginnen konnte.

»Wo bin ich hier?«, fragte er.

Die Männer glotzten ihn an. »Weißt du das nicht?«

Damon schüttelte den Kopf.

»Im Hauptquartier der Black Force. Die Pisser machen die Drecksarbeit für den Staat, gehen überall dorthin, wohin sich die normale Polizei oder die Armee nicht hinwagt.

Aufgerüstete Wichser, die alles und jeden plattmachen, der sich ihnen widersetzt.«

»Welches Jahr haben wir?«

»Sag mal, willst du mich verarschen?«

»Ich will nichts von deinem Arsch.«

»Du hast ein ganz schön großes Maul«, sagte der Mann und schaute seine zwei Kumpane an. »Wird Zeit, dass wir es dir stopfen, und so wie ich die Sache sehe, ist das auch der Grund, warum du bei uns gelandet bist. Die da oben wollen, dass wir dir Manieren beibringen.«

Alle drei lachten dröhnend.

Damon hatte nicht verstanden, was der Typ meinte, aber er begriff, dass sie ihn angreifen würden. Er atmete leise aus, schob seinen rechten Fuß hinter den anderen und machte sich bereit.

Der große Brocken, der die ganze Zeit mit ihm gequatscht hatte, kam langsam auf ihn zu. Die Arme des Kerls baumelten selbstbewusst hinunter, anscheinend erwartete er keinen Widerstand.

Damon wirbelte auf dem Absatz herum und hämmerte ihm seine Ferse gegen die Schläfe. Der Kerl brach sofort bewusstlos zusammen. Während die anderen beiden noch auf ihren Kumpanen starrten, sprang Damon in die Luft und rammte dem zweiten Typen seine Fußkante gegen den Hals. Als er landete, warf er sich nach vorn und donnerte dem Dritten seine Stirn gegen den Schädel. Die beiden ersten Gegner waren bereits bewusstlos, bei dem letzten Kerl musste er mit einem Fußkick gegen das Kinn nachhelfen. Dann herrschte Ruhe im Raum. Damon war nicht einmal außer Atem.

Er stand zwischen den drei Fleischbergen und überlegte,

was er tun sollte. Die Antwort war einfach. Er musste erst einmal die Fesseln loswerden, damit er wieder frei agieren konnte. Er zog heftig daran, aber der Stahl war unnachgiebig. Schließlich setzte er sich auf den Boden und schob seine Hände unter dem Hintern durch. Zwar war er danach immer noch gefesselt, aber jetzt konnte er seine Magie einsetzen, ohne sich den Arsch zu verbrennen.

Er hob beide Hände und spürte, wie die Kraft seiner Welt in ihn strömte. Als das helle Flirren auftauchte, knurrte er zufrieden.

Dann schoss er einen Energiestrahl gegen die Metalltür, die krachend aus den Angeln gerissen wurde und in den Gang hinausflog.

Dort standen zwei Silbergötter und starrten ihn verblüfft an. Damon lächelte. Einer von den beiden würde ihm ganz sicher die Handschellen abnehmen. Daran gab es keinen Zweifel.

15

2134

Wilbur huschte von Hauswand zu Hauswand, dabei blieb er stets gebückt und versuchte jeden sich ihm bietenden Schatten auszunutzen. Dass die Sonne hinter den Häusern verschwunden war und nur noch ein schwaches Leuchten die Umgebung erhellte, war ein eindeutiger Vorteil für ihn. Allerdings schien die Gruppe nicht davon auszugehen, dass sie verfolgt wurde. Keiner der Männer drehte sich auch nur ein einziges Mal um, aber alle starrten in regelmäßigen Abständen zum Himmel.

Zunächst konnte sich Wilbur darauf keinen Reim machen, aber dann begriff er, dass die Gang Angst vor Drohnen hatte, die sie, aus weiter Ferne gesteuert, angreifen konnten.

Je weiter sie vorankamen, desto mehr wunderte sich Wilbur über die Verwahrlosung der Umgebung. Die Häuser machten deutlich, dass er sich in einer urbanen Umgebung befand. Wahrscheinlich im Vorort einer Großstadt, denn am Horizont konnte er die Silhouetten mächtiger Hochhäuser ausmachen.

Nun war er also in der Zukunft gelandet, wusste nicht, wo er sich befand und in welchem Jahr. Amanda, Damon und Malcom waren nicht hier und Jenny bewusstlos, vielleicht sogar ernsthaft verletzt. Sie trug eine schwarze Kampfmontur und war mit einem anderen Soldaten unterwegs gewesen.

Malcom hatte ihm ausführlich erklärt, dass die Zeitreise sie an Stellen bringen würde, die für ihre Entwicklung wichtig waren. Nun war Jenny an der Reihe. Offensichtlich

war sie in ihrer Welt eine Soldatin, und dadurch bekamen die körperlichen Veränderungen Sinn, die aus ihr zur Hälfte eine Maschine gemacht hatten.
Warum nehmen sie Jenny und den toten Mann mit?
Und dann verstand er. Die Angreifer waren normale Menschen, die Soldaten aufgerüstete Kampfmaschinen. Es war sehr wahrscheinlich, dass die Räuber die kostbare Technik für sich nutzen wollten.
Ein Schrecken durchzuckte ihn.
Sie wollen die beiden ausschlachten. Darum schleppen sie den Toten mit.
Jenny war wahrscheinlich noch am Leben. Warum hatten sie mit ihr nicht kurzen Prozess gemacht, wenn es nur um die Metallteile ging? Darauf fand er keine Antwort, aber Wilbur wusste nun, dass er es mit einem äußerst brutalen Gegner zu tun hatte, der wahrscheinlich vor keiner Grausamkeit zurückschreckte. Die Tatsache, dass diese Männer ein Militärfahrzeug angegriffen hatten, sprach entweder von großem Selbstbewusstsein oder einem schwachen Staat, der nicht einmal seine eigenen Soldaten schützen konnte.
Hier findet ein Krieg statt.
Und so wie es aussah, war es ein Krieg Reich gegen Arm. Die Männer des Trupps trugen Lumpen, waren zum Großteil schmutzig, unrasiert und wirkten unterernährt, wohingegen Jenny und der tote Fahrer in einem blitzsauberen Militärfahrzeug gesessen hatten.
Langsam wurde es merklich dunkler. Wilbur musste näher an die Männer heranrücken, um sie nicht aus den Augen zu verlieren, aber allzu dicht durfte er sich nicht heranwagen, wenn er unentdeckt bleiben wollte.
Die Gruppe zog im Schatten der Häuser eine lange Straße

entlang. Schließlich blieben die Männer vor einer verwahrlosten U-Bahn-Station stehen. Eine Treppe mit verrostetem Handlauf führte in die Tiefe. Überall lag Müll und Papier herum.

Anchorage Subway, Downtown West 5th AV
Wilbur starrte auf das Schild.
Ich bin in Alaska.
Eine Taschenlampe wurde angeschaltet. Der Anführer pfiff erneut auf den Fingern. Dann schoben zwei Männer den toten Fahrer zum Treppenabsatz und stießen ihn wie einen aufgerollten Teppich hinunter. Der Metallschädel des Mannes schepperte bei jeder Stufe.

Jenny wurde auf dem Gestell festgeschnallt, mit dessen Hilfe man sie hierhergezogen hatte, und langsam, durch ein Seil gesichert, nach unten abgelassen. Auch dabei gab es ordentlich Lärm, aber die Männer schien das nicht zu kümmern. Ganz offensichtlich fühlten sie sich bei Dunkelheit sicher.

Schließlich verschwand Jenny aus seinem Sichtfeld und der Rest des Trupps ging die Treppe hinunter. Wilbur wartete mehrere Minuten, dann schlich er hinterher.

Der Treppenschacht gähnte wie der dunkle Schlund eines Monsters vor ihm. Es war still. Nichts zu hören. Nur der eigene Herzschlag in seiner Brust. Wilbur war heiß und kalt zugleich.

Scheiße!

Er hatte kein Licht, kannte sich da unten nicht aus, wie sollte er Jenny finden? Die Männer, die sie verschleppt hatten, hatten inzwischen einen Vorsprung, und wie immer es dort aussah, es gab in jedem Fall mehr als eine Richtung, in die sie sich gewandt haben konnten.

Los jetzt! Vielleicht hörst du sie unten wieder.
Vorsichtig stieg er die Treppe hinab. Eine Hand an der Wand, damit er sich abstützen konnte, falls er stolperte. Einen Handlauf gab es nicht mehr, den hatte wahrscheinlich jemand schon vor langer Zeit rausgerissen, um das Metall zu verwerten, denn immer wieder stieß Wilbur auf die ehemaligen Halterungen.

Schließlich erreichte er den Fuß der Treppe. Der muffige Geruch von abgestandener Luft und feuchtem Papier wehte ihm entgegen. Und da war noch etwas anderes. Ein widerlicher, süßlicher Duft, der schwer über allem lag.

So riecht der Tod.

Wilbur hatte im Waisenhaus mal eine tote Ratte in einer Ecke des Kellers gefunden, die hatte genauso gerochen. Er begann zu würgen.

Jetzt bloß nicht kotzen.

Er zog den Saum seines Sweatshirts über die Nase und versuchte flach zu atmen. Dann tastete er sich langsam an der Wand entlang, bis er gegen etwas stieß, das auf dem Boden lag. Er bückte sich und streckte seine Hand aus. Was immer …

Wilbur spürte Fell unter seinen Fingern und zuckte zurück. Der Größe nach zu urteilen war es ein toter Hund.

Er richtete sich auf und machte einen großen Schritt über das Tier hinweg. Dann schlich er weiter.

Inzwischen hatten sich seine Augen an die Umgebung gewöhnt und er konnte Umrisse ausmachen. Irgendwo weit vor ihm musste es Licht geben. Licht bedeutete Menschen. Jetzt hieß es, noch vorsichtiger zu sein.

Egal, wie sehr es ihn auch anekelte, ihm blieb keine Wahl. Wilbur ging auf die Knie. Jetzt im Dunkeln zu stolpern und ein Geräusch zu verursachen, konnte sein Ende bedeuten und das von Jenny auch.

Meter für Meter kroch er vorwärts. Da er jetzt beide Hände zum Abstützen brauchte, drang der widerliche Geruch des toten Hundes wieder in seine Nase. Wilbur schluckte schwer.

Unter seinen Fingern raschelten Papierabfälle, und einmal bekam er etwas in die Hand, das sich nach einem Plastikbecher anfühlte. Dazwischen gab es immer wieder leise Plopp-Geräusche.

Hoffentlich ist das Popcorn und keine toten Kakerlaken.

Erneut überkam ihn ein Würgereiz. Diesmal noch stärker und er musste kurz anhalten und durchatmen.

Dann kroch er wieder vorwärts und erreichte eine weitere Treppe. Von unten fiel Lichtschein nach oben. Jemand hatte am Fuß eine brennende Kerze aufgestellt, deren Flamme im Luftzug tänzelte.

Er richtete sich auf und huschte die Treppe hinab. Dort empfing ihn ein kurzer Gang, der offensichtlich zu den Gleisen führte. Nun waren auch wieder Stimmen und Geräusche zu hören.

Wilbur schlich vorwärts und spähte an der nächsten Wand um die Ecke.

Da waren sie. Sechs Männer. Vor ihnen lag der tote Fahrer. Jenny hockte auf dem Boden. Sie war bei Bewusstsein und starrte den Anführer, der eine Waffe auf sie gerichtet hatte, wütend an.

»Das werdet ihr bitter bereuen«, zischte sie. »Meine Kameraden werden euch finden und auslöschen.«

»Ja, ja, bla, bla, bla«, gab der Anführer gelassen zurück. »Tatsache ist: Du befindest dich in meiner Hand und tust genau das, was wir dir sagen.«

»Einen Scheißdreck mache ich!«

Er schlug ihr ins Gesicht. Auf die menschliche Seite.

»Langweile mich nicht«, knurrte der Mann und nickte in Richtung eines anderen Typen, der ein Schweißgerät entzündete. Zischend stieß eine weißblaue Flamme daraus hervor. »Mein Freund hier zerlegt deinen Kumpel vor deinen Augen und anschließend nimmt er sich dich vor. Das wird ganz schön heiß werden in deiner Metallverpackung. Entweder du kooperierst oder das da.«

Erneutes Nicken.

»Was willst du?«

»Du sollst dich mit deinem Hauptquartier in Verbindung setzen. Ich will mit dem General sprechen.«

»Der redet mit Arschlöchern wie dir nicht.«

»Das werden wir sehen.«

»Hier unten funktioniert meine Drahtlosverbindung nicht. Der Stahlbeton ist zu dick und schirmt alles ab.«

»Denkst du, das weiß ich nicht?« Er wandte sich um. »Mike, bist du bereit?«

Ein hagerer Mann mit ausgemergeltem Gesicht und Klamotten, die an seinem Körper schlotterten, hob den Daumen.

»Schalte den Verstärker für die Funkverbindung ein, aber achte darauf, dass ihr Geopositionssignal gestört bleibt. Ich will nicht, dass die Black Force weiß, wo wir uns befinden. Noch nicht.«

»Geht klar, Boss.«

Der Anführer drehte sich wieder zu Jenny. »So, jetzt kannst du deine Zentrale anrufen. Überzeug den Officer, dass er dich weiterverbindet, und dann überbringe Matterson meine Botschaft.«

Matterson. Das war doch der Typ aus der Bar. Der US-Geheimdienstoffizier. Wie war das möglich?
Wilbur hatte das Gespräch verfolgt, aber nun war er vollkommen verwirrt. Konnte es sein, dass er sich noch im Jahr 2017 befand? Nein, es musste später sein. Matterson war zur damaligen Zeit noch Colonel gewesen, wie Malcom ihm erzählt hatte, aber der Anführer der Gang hatte davon geredet, mit dem General sprechen zu wollen.
Also befinden wir uns in einer nahen Zukunft.
»Was soll ich ihm sagen?«, fragte Jenny nun.
»Dass der Fahrer tot ist und du es auch bald sein wirst, wenn er uns nicht ernst nimmt. Ich will ein Treffen mit ihm. Allein. Ohne seine Männer. Keine Drohnen in der Luft und auch keine Fernortung, die uns Raketen an den Hals jagt.«
»Dem wird er niemals zustimmen.«
»O doch, ganz sicher sogar, denn wir haben seine Nichte.« Jenny lächelte. »Hier? Ich sehe niemanden.«
»Sie hockt direkt vor mir.«

Malcom saß mit Handschellen gefesselt auf einem harten Metallstuhl und wartete darauf, dass etwas geschah. Irgendetwas. Hauptsache, er musste nicht mehr auf die kahlen Wände starren und sich den Kopf darüber zerbrechen, wo und in welcher Zeit er sich befand und wie es den anderen ging.
Er hoffte darauf, dass jemand kam, der seine Fragen beantwortete, aber ganz sicher würde dieser Jemand auch ihm Fragen stellen und das war ziemlich heikel. Wie viel konnte er preisgeben? Irgendetwas musste er sagen, denn es würde mit Sicherheit auf einen Handel herauslaufen – du beantwortest mir meine Fragen, dann beantworte ich deine.

Über die Mission konnte er auf keinen Fall sprechen. Das hier war die Zukunft und womöglich stammte der Feind, den sie bekämpfen sollten, aus genau dieser Zeit. Es galt also vorsichtig zu sein.

Hoffentlich verraten die anderen nichts.

Plötzlich hörte Malcom Stimmen. Ein hochgewachsener Mann mit kurzen grauen Haaren trat ein. Seine Nase schien gebrochen worden zu sein, denn ein Cut und die Blauverfärbung der Haut zeugten davon. Die linke Gesichtshälfte war von silbernem Metall bedeckt. Ein umgerüsteter Mensch wie Jenny. Ein weiterer folgte ihm. Es war der Typ, der ihn gefangen genommen hatte und sich jetzt neben die Tür stellte.

»Mein Name ist Jeff Matterson. Kommandierender General der Black Force, in deren Gewahrsam Sie sich befinden.«

Matterson?

Malcom kniff die Augen zusammen und starrte den Mann an.

Sie waren eindeutig in der Zukunft gelandet, denn alles, was er bisher von der Welt gesehen hatte, ließ keinen anderen Schluss zu. Zudem gab es in seiner Zeit nur eine Person, die halb Mensch und halb Maschine war. Nun standen zwei weitere vor ihm und einer von den beiden behauptete, sein Name sei Matterson. Zufall? Nein. Wenn man genau hinsah, war eine gewisse Ähnlichkeit zu entdecken. War es möglich, dass er ausgerechnet einem Nachfahren des Colonels in die Hände gefallen war?

Es muss so sein.

»Sagen Sie mir Ihren Namen.«

»Malcom Floyd.«

Der General lauschte in sich hinein. Ganz offensichtlich rief er Daten ab.

»Es gibt keinen Eintrag über einen Malcom Floyd in Alaska aus den letzten fünfzig Jahren, und älter werden Sie kaum sein. Stammen Sie aus den USA?«

Das konnte er dem Offizier verraten, da er fehlerfreies Englisch mit amerikanischem Akzent sprach, würde der General sowieso darauf tippen.

»Ja«, gab er zu.

»Wie haben Sie es geschafft, die USA zu verlassen, Kanada zu durchqueren und hier aufzutauchen?«

Oh, anscheinend war das in Zukunft nicht so einfach wie im Jahr 2020. Es musste sich viel verändert haben, wenn es keine Reisefreiheit mehr gab.

Wieder lauschte der Offizier in sich hinein.

»In den letzten fünfzig Jahren wurden auf dem amerikanischen Staatsgebiet der USA außerhalb Alaskas hundertsechsunddreißig Malcom Floyds geboren. Ihrem geschätzten Alter zufolge kommen nur sieben Personen infrage. Welcher dieser Malcom Floyds sind Sie?«

Er hat kein Bildmaterial, sonst wüsste er längst, dass ich keiner von denen bin.

»Ich stamme aus New York«, sagte Malcom in der Hoffnung, dass sich wenigstens eine der entdeckten Personen dort befand.

Wieder horchte der General in sich hinein, vielleicht wurden ihm aber die Daten auch auf sein künstliches Auge projiziert.

»Es gibt einen Malcom Floyd in New York.«

Malcom stieß unauffällig den angehaltenen Atem aus. Treffer! Versenkt!

»Was machen Sie in Alaska und warum tragen Sie keinen ID-Chip? In welcher Beziehung stehen Sie zu den anderen Personen, die wir ebenfalls in diesem Gebiet aufgegriffen haben und die wie Sie keinen Chip besitzen? Sind Sie ein Team? Warum sind Sie hier? Was ist Ihr Auftrag?«
Er geht davon aus, dass wir Agenten sind. Okay, lasse ich ihn in dem Glauben.
»Das alles darf ich Ihnen nicht sagen«, erklärte Malcom ruhig. »Wir befinden uns auf einer geheimen Mission. Mehr müssen Sie nicht wissen.«
Der General starrte ihn an. »Nein, ihr drei seid viel zu jung dafür. Du tischst mir hier Bullshit auf, und wenn es so eine geheime Mission tatsächlich gäbe, wäre ich informiert worden. Nichts geschieht in Alaska ohne mein Wissen.«
»Welches Datum haben wir?«, fragte Malcom.
»Warum fragt ihr mich das immer wieder? Wisst ihr es nicht? Was hat das zu bedeuten?«
»Das kann ich Ihnen nicht sagen, aber es ist sehr wichtig.«
»Irgendetwas stimmt hier nicht«, murmelte der General und begann auf und ab zu gehen. »Ganz und gar nicht.«
Plötzlich blieb er abrupt stehen. Lauschte in sich hinein. »Dafür habe ich jetzt keine Zeit. Ich bin in einem Verhör.« Pause.
»Wer will mich sprechen? Meine Nichte? Ich ... Stellen Sie durch!«
Im Gesicht des Generals ging ein Wandel vor. Der Ausdruck veränderte sich von Ärger in Verblüffung und wich schließlich Besorgnis, während er seinem Gesprächspartner lauschte, den nur er hören konnte.
»Ja, Caitlin, ich bin dein Onkel. Ich habe auch dafür gesorgt, dass dich die Black Force aufgenommen hat. Das war

ich deiner Tante schuldig … Warum ich dir nichts gesagt habe? Das hier ist eine Spezialeinheit des Militärs, kein Familientreffen. Ich habe darin keinen Sinn gesehen. Warum meldest du dich bei mir? Hast du keinen Dienst?«
Der General nahm seine Wanderung wieder auf.
»Man hat dich und deinen Fahrer überfallen? Der andere Soldat ist tot und nun will mich der Mann treffen, der für all das verantwortlich ist?«
…
»Spinnt der Typ? Ich komme nirgendwo hin.«
…
»Caitlin, dir wird nichts passieren. Das Geld kann er haben, aber dafür muss ich ihn nicht treffen. Er soll uns Koordinaten geben und wir werfen das Lösegeld per Drohne ab. Sag ihm, dass wir ihn suchen und finden werden, wenn dir etwas geschieht. Es wird keine Gerichtsverhandlung geben. Das muss ihm klar sein.«

Plötzlich erstarrte der General. Er schaute zu dem Wachsoldaten an der Tür und sagte: »Die Verbindung ist unterbrochen.«

16

2134

Über einen kleinen Lautsprecher lauschten die Gangmitglieder dem Gespräch zwischen dem General und Jenny – und so konnte auch Wilbur alles mitanhören. Der Anführer der Gang stand hinter Jenny und presste ihr die Mündung seiner Waffe in den Nacken. Eine stumme Drohung, dass er sie sofort erschießen würde, sollte sie das Falsche sagen.

»Ja, Caitlin, ich bin dein Onkel. Ich habe auch dafür gesorgt, dass dich die Black Force aufgenommen hat. Das war ich deiner Tante schuldig ... Warum ich dir nichts gesagt habe? Das hier ist eine Spezialeinheit des Militärs, kein Familientreffen. Ich habe darin keinen Sinn gesehen. Warum meldest du dich bei mir? Hast du keinen Dienst?«, dröhnte die Stimme aus dem Lautsprecher.

»Ich hatte dienstfrei und die Genehmigung, meine Familie zu besuchen. Auf dem Rückweg zur Zentrale wurden wir angegriffen. Mein Fahrer, Private Baker, starb bei diesem Überfall. Nun werde ich von einer Gruppe gefangen gehalten. Der Anführer möchte dich treffen. Allein. Ohne Überwachung. Ohne Überraschungen.«

»Spinnt der Typ? Ich komme nirgendwo hin.«

Wilbur beobachtete, wie sich der Anführer runterbeugte und ihr etwas ins Ohr flüsterte.

»Er sagt, er will fünfzig Millionen Dollar, die du ihm persönlich bringen sollst, oder er tötet mich.«

»Caitlin, dir wird nichts passieren. Das Geld kann er haben, aber dafür muss ich ihn nicht treffen. Er soll uns Koordinaten geben und wir werfen das Lösegeld per Drohne ab.

Sag ihm, dass wir ihn suchen und finden werden, wenn dir etwas geschieht. Es wird keine Gerichtsverhandlung geben. Das muss ihm klar sein.«

Wilbur stutzte, als er hörte, dass der General Jenny Caitlin nannte. War das ihr richtiger Name? Er wurde von diesem Gedanken abgelenkt, als er sah, wie der Anführer verärgert das Gesicht verzog und seine Waffe durchlud. Ganz offensichtlich wollte er einen Beweis dafür liefern, dass er es ernst meinte. Er würde auf Jenny schießen. Sie verletzen. *Das kann ich nicht zulassen.*

Wilbur hielt die Zeit an, rannte um die Ecke, direkt auf die Männer zu. Alles stand still, keiner regte sich. Um jedem Gangmitglied die Waffe abzunehmen, reichte die Zeit nicht, aber sie genügte dazu, das Spiel umzukehren. Wilbur stürzte nach vorn und riss dem Anführer die Maschinenpistole aus der Hand. Als die Zeit weiterlief, presste er dem Mann die Mündung direkt an die Stirn.

Der Typ glotzte ihn an, als sähe er ein Gespenst. Sein Verstand schien nicht begreifen zu können, wie Wilbur so unvermittelt vor ihm aufgetaucht sein konnte und ihm die Waffe abgenommen hatte. Sein Blick jagte zwischen seinen leeren Händen und der Maschinenpistole hin und her. Den anderen Gangmitgliedern erging es genauso. Alle starrten Wilbur an.

Ach ja, die Tätowierungen. Für die sehe ich wie ein Dämon aus.

»Keiner bewegt sich! Waffen auf den Boden. Hände hoch.«

Niemand rührte sich.

»Ich sage es nicht noch einmal.«

Der Anführer nickte und die Pistolen fielen scheppernd zu Boden.

»Wer bist du?«, fragte er.

»Das spielt keine Rolle. Ich habe die Knarre. Das Mädchen und ich gehen jetzt. Versucht nicht, uns aufzuhalten. Jenny steh auf.«

»Wer?«, fragte sie.

»Ich meine, Caitlin. Heb die Waffen auf, aber bleib aus seiner Reichweite.«

Jenny erhob sich, schritt die Männer nach und nach ab und nahm deren Waffen an sich, entlud sie und warf sie auf die Gleise.

»Also los. Gehen wir«, sagte Wilbur und löste sich von dem Anführer, indem er einen Schritt zurücktrat. »Bleibt einfach ruhig stehen.«

Dann gingen er und Jenny rückwärts um die Ecke des Bahnsteigs.

»Los, die Treppe rauf!«, raunte er ihr zu.

»Wer bist du? Warum hilfst du mir?«

»Später! Jetzt müssen wir erst mal von hier weg.«

Er stolperte, fiel aber nicht, da Jenny blitzschnell seinen Arm packte.

»Gib mir deine Hand. Ich habe einen eingebauten Restlichtverstärker und kann sehen, wo wir langlaufen müssen.«

Er tat es und spürte ihre warmen Finger zwischen den seinen.

Während sie rannte, murmelte Jenny vor sich hin. Sie versuchte dem General mitzuteilen, dass sie geflohen war und er Unterstützung schicken sollte, aber es schien nicht zu klappen.

»Die Funkverbindung ist unterbrochen, seit du aufgetaucht bist. Keine Ahnung, warum.«

Sie rannten einen Tunnel entlang und erreichten den

Aufgang. Draußen empfing sie frische, kühle Nachtluft und das kalte Licht des Vollmonds. Nun konnte Wilbur wesentlich mehr erkennen, aber trotzdem hielt er weiter Jennys Hand fest, als sie ihn mit sich zog und die Straße hinunterlief. Nach zwei Blocks bog sie um eine Hausecke und blieb stehen. Wilbur keuchte. Er bekam kaum Luft wegen der Rennerei.

Verdammt, im nächsten Leben werde ich öfter joggen gehen.

Jenny schaute ihn neugierig an.

»Wer bist du?«, fragte sie.

»Wilbur«, schnaufte er. »Ich bin Wilbur.«

»Also, warum hast du mir geholfen? Warum hast du mich vorhin Jenny genannt?«

»Das ist eine lange Geschichte. Sollten wir nicht …«

»Mach dir keine Sorgen. Wir werden nicht verfolgt. Ich kann zwar das Hauptquartier nicht per Funk erreichen, aber sie sollten jetzt mein Geopositionssignal wieder auf dem Schirm haben. Es wird nicht lange dauern, bis die Black Force auftaucht.«

Wilbur erschrak. »Sind die so wie du und der Fahrer?«

»Wie meinst du das?«

»Na …« Er zögerte. »… ich meine, verändert. Aufgerüstet.«

»Was ist das denn für eine Frage? Jedes Kind weiß, wer wir sind und was wir machen. Warum du nicht? Und wie hast du es geschafft, die Typen zu überraschen, ohne dass ich dich habe kommen sehen?«

Misstrauen schwang in ihrer Stimme mit.

»Ich …«

Wilburs Gedanken jagten sich. Die Jenny der Vergangenheit war eine Freundin und Verbündete gewesen, diese hier hieß nicht einmal so und wusste von nichts.

Malcom hatte ihm die ganze Sache zwar ausführlich erklärt, aber wie sollte er Jenny in diesem Augenblick davon überzeugen, dass sie durch die Zeit gereist war, um die Welt zu retten? Dass Malcom, Damon, Amanda und er in der Zukunft gelandet waren, um ihr zu helfen, ihr Schicksal und somit das der ganzen Welt zu erfüllen?

Wilbur bekam Kopfschmerzen bei all den komplizierten Überlegungen, und vor ihm stand Jenny, die ihn mit bohrendem Blick anschaute und immer misstrauischer zu werden schien.

Was sage ich ihr? Und wo zum Henker sind die anderen? Was ist das für eine verdammte Scheiße, in die ich da geraten bin?

»Wir kennen uns aus einer anderen Zeit«, platzte es aus ihm heraus. Fuck, das hätte er nicht sagen sollen.

»Wie bitte? Was meinst du? Von früher?«

»Nein, aus dem Jahr 2020.« Nun musste er es durchziehen.

Jenny stieß ein ungläubiges Lachen aus. »Bist du verrückt? Das war vor einhundertvierzehn Jahren. Ich wurde 2116 geboren …«

»Du musst mir glauben«, beschwor er sie. »Du bist durch die Zeit gereist und wir haben uns im Jahr 2020, nein, eigentlich schon 2017 kennengelernt. Vielmehr wurden wir alle zusammengebracht …«

»Alle?«

»Ja, es gibt noch Amanda, Damon und Malcom.«

»Und die sind auch hier und wollen …«

»… die Welt vor dem Untergang retten. Du warst ein Teil des Teams, das durch die Energieportale gegangen ist.«

»Es gibt die Erde doch immer noch.«
»Aber sie ist nicht so, wie sie sein sollte.«
»Ich verstehe kein Wort von dem, was du da sagst, aber lassen wir das mal kurz beiseite. Du behauptest, du kennst mich. Dann weißt du ja sicherlich einiges über mich.«
»Ich ...«
»Wie heißen meine Eltern?«
»Das weiß ich nicht.«
»Habe ich Geschwister? Einen zweiten Vornamen? Ein Haustier? Wann bin ich in die Black Force eingetreten?«
»Kann ich dir nicht sagen.«
»Und warum nicht?«
»Weil du das alles nicht wusstest, als wir uns begegnet sind. Du hattest dein Gedächtnis verloren und konntest dich an nichts erinnern.«
»Du machst es dir sehr einfach. In Ordnung, sag mir irgendetwas. Etwas, das man nur weiß, wenn man mich wirklich kennt.«

Wilbur begann zu schwitzen. Was konnte das sein? Dann wusste er es plötzlich.

»Malcom hat mir erzählt, dass in deinen Schädel eine Minibombe implantiert ist, die Befehlsverweigerungen verhindern soll und die dich tötet, wenn du Gedanken daran hast, deinen Auftrag nicht erfüllen zu wollen.«

Jenny schüttelte den Kopf. »In meinem Kopf gibt es nichts dergleichen. Ist doch alles Quatsch. Ich bin dir dankbar, dass du mich gerettet hast, aber ganz offensichtlich brauchst du Hilfe. Die Black Force wird sich um dich kümmern.«

»Das möchte ich vermeiden. Nach allem, was man mir erzählt hat, ist sie der Feind.«

»Was redest du da?« Sie runzelte die Stirn. »Wir sind niemandes Feind, ganz im Gegenteil, wir versuchen die Menschen zu schützen und die allgemeine Ordnung aufrechtzuerhalten.«

»Das denkst du vielleicht, aber die Black Force reist durch die Zeit und tötet Menschen. Im alten Ägypten habt ihr versucht, Nianch-Hathor, die Mutter von Amanda, zu töten, damit sie niemals geboren wird. Du selbst warst auch dort, hast uns geholfen, das zu verhindern.«

»Halt den Mund! Ich will davon nichts mehr hören. Das ist doch verrückt. Totaler Blödsinn. Ich habe einen harten Tag hinter mir. Erst meine Familie, dann wurde ich angegriffen, Baker ist tot, ich wurde verschleppt, danach erfahre ich, dass General Matterson mein Onkel ist, und du tauchst wie ein Geist aus der Dunkelheit auf und rettest mich, aber dann erzählst du mir nur gequirlte Scheiße. Damit ist jetzt Schluss. Die Black Force wird ...«

Wilbur hörte nicht mehr zu. Er hatte das Licht weit entfernter Scheinwerfer entdeckt und begriff, dass er sich in großer Gefahr befand. Sollte ihn die Black Force schnappen, war alles aus.

Ich muss Malcom, Damon und Amanda finden. Malcom wird wissen, was zu tun ist. Er hat immer einen Plan.

»Ich muss jetzt gehen, Jenny.«

»Nenn mich nicht so und ...«

Wilbur hielt die Zeit an und verschwand.

Damon grinste, als er die verblüfften Gesichter der beiden Soldaten sah. Noch bevor sie reagieren konnten, schoss er einen Energiestrahl neben sie in die Wand.

Nachdem sich der Staub gelegt hatte, war da ein faustgroßes, schwarzes, qualmendes Loch. Er hielt seine Hände hoch.

»Nehmt mir die ab!«, befahl er.
Beide Männer schienen ihre Chance abzuschätzen, ob es ihnen gelingen könnte, die Pistolen aus den Halftern an ihren Gürteln zu ziehen.
»Denkt nicht einmal daran!«, knurrte Damon.
Der kleinere der beiden, ein Mann mit dunklen Haaren, fischte ein Gerät aus der Tasche, fuhr damit über die Handschellen, die sich mit einem Klicken öffneten. Damon nahm sie ab und warf sie achtlos zu Boden.
»Gib mir das!«, befahl er dem Soldaten und zeigte auf das Gerät.
Als er es in der Hand hielt, fragte er: »Wie hast du die Fesseln damit geöffnet?«
»Da ist ein Knopf, den man drücken muss, während man über die Handschellen fährt.«
Damon nickte zufrieden.
»Wo ist Matterson?«, fragte er den zweiten Wachsoldaten, der strohblond und mindestens einen Kopf größer als sein Kamerad war.
»Vier Stockwerke über uns. Den Gang entlang. Er müsste in den Verhörzimmern sein.«
Damon dachte darüber nach, was er mit den beiden Soldaten machen sollte. Malcom hatte ihm verboten, einfach so Menschen zu töten, aber er konnte sie auch nicht mitnehmen. Plötzlich ging ein Alarm los. Die Deckenlichter erloschen, dafür tauchten Signallampen den Gang in blinkendes Rot. Eine klagende Sirene ertönte. Damon war einen Moment abgelenkt und der dunkelhaarige Soldat griff an seine Hüfte. Damons Energiestrahl traf seine Metallseite und brachte sie zum Glühen. Der Mann verdrehte sein menschliches Auge und sank stumm zu Boden. Offensichtlich war

sein System überhitzt. Damon lächelte und setzte den anderen Wachsoldaten ebenfalls außer Gefecht.

Problem gelöst.

Zufrieden mit sich selbst stapfte er den Gang entlang. Er erreichte die Metalltreppe, über die man ihn in die Zelle geführt hatte, und blieb stehen. Von oben dröhnte das Stampfen schwerer Stiefel. Soldaten waren auf dem Weg nach unten.

Damon zog sich etwas zurück und setzte sich in der Ecke des Ganges auf den Boden. Durch das blinkende Licht und die Dunkelheit dazwischen würden die Männer einen Moment brauchen, um ihn zu entdecken. Genug Zeit, sie zu erledigen. Allerdings spürte er eine seltsame Schwäche in seinem Körper, die in seinen Füßen begann und die Zehen taub werden ließ.

Das merkwürdige Gefühl kroch seine Beine empor und verursachte Übelkeit in seinem Magen.

Was ist das?

Derartige Empfindungen kannte er nicht, doch dann fiel ihm ein, dass Malcom ihm erzählt hatte, dass der menschliche Körper nicht in der Lage sei, mehrfach und in kurzen Abständen hintereinander große Energiemengen durch sich hindurchzuleiten. Dass es viel Kraft kostete und dass er möglicherweise in Ohnmacht fiel, wenn er zwischen den Angriffen nicht ruhte.

Darauf kann ich jetzt keine Rücksicht nehmen.

Der erste Soldat erreichte den Treppenabsatz.

Damon hob seine Hände.

Dann begann das Inferno.

17

2134

Malcom beobachtete den General, der unruhig auf und ab ging und immer wieder Befehle in ein nicht sichtbares Mikrofon an seinem Körper bellte.

Seit die Verbindung zu seiner Nichte unterbrochen worden war, hatte er verschiedene Maßnahmen koordiniert und unter anderem Drohnen sowie einen Trupp Soldaten in das Gebiet gesandt, in dem sie vermutet wurde.

Als alles getan war und er sich wieder Malcom zuwenden wollte, ertönten Rufe auf dem Gang. Ein Alarm ging los. Das Licht im Raum erlosch und schaltete auf ein rotes Warnsignal um.

Malcom spürte Unruhe in sich aufkommen. Sein Magen zog sich schmerzhaft zusammen. Was war hier los? Drohte Gefahr?

Matterson schien einen Moment nicht zu verstehen, was passierte. Offensichtlich ging er von einem Angriff auf das Hauptquartier aus, denn er fragte lautstark in der Zentrale nach, was geschehen sei.

Die Antwort schien ihn etwas zu beruhigen, aber gleich darauf verkündete er Miller: »Ein Gefangener ist ausgebrochen und liefert sich ein Gefecht im Zellentrakt. Wir haben die Verbindung zum Trupp verloren ...«

Plötzlich flog die Tür aus den Angeln und Miller mit ihr an die Wand. Bewusstlos blieb er liegen. Matterson hatte Glück gehabt, aber irgendetwas hatte ihn am Kopf getroffen, denn da war plötzlich ein langer Riss auf seiner menschlichen Gesichtshälfte. Blut strömte daraus hervor und lief den

Hals hinab, wo es sich mit dem bereits getrockneten Blut aus seiner Nase vermischte.

Damon stand taumelnd im noch glühenden Türrahmen. Er war kreidebleich. Die Lippen nur ein dünner Strich, die weißen Haare klebten an seiner Stirn.

Ein Energiestrahl traf Mattersons Metallseite und setzte ihn außer Gefecht.

Malcom schaute Grey verblüfft an. Er nickte zum General. »Ist er tot?«

»Nein, aber sie fallen um wie die Fliegen, wenn die Blechseite heiß wird.« Er lächelte. »Ich habe keinen getötet, so wie du gesagt hast.«

Er kam zu Malcom und trat hinter ihn. Die Fesseln lösten sich. Malcom rieb sich die Handgelenke und schaute auf das Gerät, mit dem ihn Damon befreit hatte.

»Wo hast du das her?«

»Gefunden«, sagte der Dämon.

Von draußen drang Lärm herein.

»Du siehst nicht gut aus«, meinte Malcom.

Grey strich sich die Haare aus der Stirn. »Ehrlich?«

»Weißt du, wo die anderen sind?«

»Ich glaube, sie haben uns nicht alle erwischt. Aus Mattersons Worten konnte ich hören, dass sie drei von uns gefunden haben. Zwei Männer und eine Frau. Dass Jenny nicht dabei war, habe ich erwartet. Wilbur ist vermutlich irgendwo da draußen und sucht uns verzweifelt. Wir müssen los.«

Malcom ging zu Miller hinüber und nahm ihm die Pistole ab. Das Ding sah ziemlich futuristisch aus. Mattschwarz, glatt, er konnte keinen Abzug entdecken.

Wie feuert man so eine Waffe ab?

»Mir ist schlecht«, sagte Damon unvermittelt.

»Kotzen kannst du später.«

»In Ordnung.«

Malcom ging zur Tür und spähte hinaus. Niemand zu sehen, aber das musste nichts heißen. Das Licht des Alarmsignals ließ die Umrisse verschwimmen und täuschte die Sinne.

Egal!

Er trat in den Gang hinaus.

Niemand schoss auf ihn. Das war gut.

Links und rechts befanden sich schwere Metalltüren in den Wänden. Zellen oder weitere Verhörzimmer. Malcom hoffte, dass sich hinter einer Amanda befand.

Er öffnete die erste Tür.

Damon schaute ihm erstaunt zu. »Ich hätte bloß den Riegel zurückschieben müssen?«

»Ja, aber so war es eindrucksvoller und die beiden Soldaten wurden überrascht. Ich weiß es nicht, ob es auf normale Art und Weise geklappt hätte, sie zu überwältigen. Wahrscheinlich hätten sie dich erschossen, bevor du den ersten Schritt ins Zimmer gemacht hättest.«

»Ich bin unsterblich.«

»Dein Körper nicht.«

»Das stimmt«, seufzte Damon.

Malcom entriegelte die nächste Tür und lächelte. Vor ihm, an einen Stuhl gefesselt, saß Amanda und starrte ihn wütend an.

»Na, das hat ja gedauert«, schimpfte sie.

»Ich bin …«, setzte Damon an, aber Malcom winkte ab.

»Sie meint das nicht so. Ist Amandas Art zu sagen, dass sie sich freut, uns zu sehen.«

»Wenn ich nicht gefesselt wäre, würde ich dir den Finger

zeigen«, zischte die Göttin. »Könnt ihr mir die Handschellen abnehmen?«

Grey tat es.

»Waffen?«

Malcom hob die erbeutete Pistole hoch. »Und wir haben den da.« Er nickte zu Grey.

»Mir ist nicht gut«, sagte der und kippte um.

»Tja«, meinte Amanda. »Es bleibt wohl bei der Pistole. Gib her.«

»Warum?«, wollte Malcom wissen.

»Damon ist zu schwer. Ich kann ihn unmöglich schleppen und ich schieße sowieso besser als du.«

Malcom reichte ihr die Waffe. Amanda blickte sie verwirrt an. »Wie funktioniert das Ding?«

»Keine Ahnung«, gab Malcom zu.

Amanda drehte die Pistole hin und her und entdeckte eine leichte Einbuchtung an der rechten Seite. Sie legte ihren Zeigefinger darauf und eine blaue Ladestandanzeige leuchtete auf. Sie hob die Waffe an und ein leises Summen erklang.

»Ich glaube, ich habe es raus«, sagte sie. »Dann mal los!«

»Wir sind im Hauptquartier einer schwer bewaffneten Eliteeinheit. Jeder von den Typen ist so stark wie Jenny und wahrscheinlich gibt es Hunderte davon. Wir kommen nicht mal über den Hof, geschweige denn bis zum Tor.«

»Hast du einen Vorschlag?«

»Lass uns den General als Geisel nehmen. Er ist unsere einzige Chance, hier lebend rauszukommen.«

»Warum hast du das nicht gleich gesagt?«

»Ich habe bis gerade eben nicht daran gedacht. Sorry, Amanda, dass ich ein wenig gestresst bin. Liegt vielleicht an

der Tatsache, dass ich gefangen genommen und verschleppt wurde, nicht weiß, wo Jenny und Wilbur sind, und die einzige relevante Möglichkeit, sich zu verteidigen, derzeit ohnmächtig ist. Ich würde sagen, das erklärt so einiges.«
»Ich hatte den gleichen Tag wie du. Also Schluss mit dem Gejammer. Holen wir uns den General.«

Wilbur hatte aus seinem Versteck in einer Hausruine beobachtet, wie zwei gepanzerte Mannschaftstransporter die Straße langsam entlangrollten und schließlich vor Jenny stehen blieben. Die Seitenscheibe des vorderen Wagens wurde heruntergelassen, aber der Mann darin befand sich im Schatten. Offensichtlich sagte er etwas zu Jenny, die wild den Kopf schüttelte und in seine Richtung deutete. Wilbur zog den Kopf noch weiter ein.

Dann hörte er den scharfen Ton eines Befehls, und Jenny ging zur Rückseite des Transporters, wo sich eine Tür öffnete. Jenny stieg ein, die Tür wurde geschlossen und der kleine Konvoi setzte sich wieder in Bewegung.

Wilbur blieb allein zurück.

Was mache ich jetzt? Wo finde ich die anderen?

Er trat aus der Ruine und schaute sich im bleichen Licht des Mondes um. Wilbur versuchte zu erkennen, woher Jenny und er gekommen waren, und konnte auch die Richtung bestimmen, aber würde er den Weg zurück zu dem Areal finden, in dem er aufgewacht war?

Dort war es wohl am wahrscheinlichsten, die anderen zu finden, aber dazwischen lag gefährliches Gebiet und womöglich lauerte irgendwo die Gang auf ihn.

Wilbur atmete tief ein und dann wieder aus. Letztendlich hatte er keine Wahl.

Im Schatten der Häuser, verborgen vor dem bleichen Licht des Mondes, hastete er die Straße entlang. Sein Mund war staubtrocken und Durst macht sich in ihm breit, aber hier gab es kein Wasser.

Die Häuser links und rechts waren allesamt mindestens drei Stockwerke hoch und sahen sich recht ähnlich. Es war nicht mehr zu erkennen, ob es sich um ein ehemaliges Wohngebiet handelte oder ob es Teil eines Geschäftsviertels gewesen war.

Fast alle Fensterscheiben waren zerbrochen und der Wind flüsterte leise in den Ruinen. Ab und zu hörte er ein Rascheln, manchmal ein Fiepen. *Ratten.*

Er kannte die Biester aus dem alten Weinkeller im Waisenhaus. Nicht, dass ihm die Tiere jemals etwas getan hätten, aber es ekelte ihn noch heute, wenn er daran dachte, dass sie manchmal im Schlaf über ihn gekrabbelt waren. Bei der Erinnerung kroch eine Gänsehaut seinen Nacken empor.

Während er weiterschlich und versuchte, möglichst kein Geräusch zu verursachen, dachte er darüber nach, wie sich sein Leben in kürzester Zeit so dramatisch verändern konnte.

Eben noch war er in einem Keller eingesperrt gewesen und hatte zwei weitere freudlose Jahre im Waisenhaus vor sich gehabt, nun war er von Kopf bis Fuß tätowiert, konnte so etwas Verrücktes tun, wie die Zeit anhalten, und befand sich in der Zukunft.

Wahnsinn.

Seine Gedanken wanderten zu Malcom, Damon, Amanda und auch Jenny. Waren das seine Freunde? Hatte er zum ersten Mal wirklich Freunde oder war das Ganze nicht mehr als ein Zweckbündnis?

Sich in Jennys Nähe aufzuhalten, hatte sich in der Vergangenheit, aber auch heute, gut und richtig angefühlt. Wenn er ihre Hand hielt, fing alles in ihm an zu kribbeln. War das so etwas wie Verliebtsein?

Wilbur hatte keine Erfahrung mit der Liebe. Als er damals die Tochter der Pflegefamilie geküsst hatte, war es nicht aus Liebe, sondern aus Neugierde geschehen. Die anderen Jungs im Heim kannten praktisch kein anderes Thema als Mädchen, und so hatte er bei der ersten Gelegenheit, die sich ihm bot, herauszufinden versucht, was an der ganzen Sache dran war.

Das Ergebnis war enttäuschend gewesen. Betty hatte verbissen die Lippen zusammengepresst, die Augen zugekniffen und vor lauter Angst, dass man sie beim Knutschen erwischen würde, so stark gezittert, dass sie kaum stillhalten konnte.

Mit Jenny würde es sicherlich anders sein. Ihre Metallseite störte ihn nicht, denn sie machte Jenny kein bisschen weniger attraktiv. Ganz im Gegenteil: Wenn man für einen Moment vergaß, dass sie eine aufgerüstete Kampfmaschine war, sah es sogar ziemlich stylisch aus.

Hier in der Zukunft gab es mehr wie sie, und ihr Anblick war sicherlich wesentlich weniger ungewöhnlich, als im Jahr 2017.

Werden wir die Mission erfüllen und in unsere Zeit zurückkehren?

Laut Malcom bestand bei einem Versagen die Möglichkeit, dass sie in der Zukunft festhingen.

Tolle Aussichten! Ich habe noch nichts von meinem Leben gehabt und es soll schon vorbei sein?

Aber was hätte er tun sollen? Den Ruf des Schicksals verweigern? Malcom und den anderen erklären, dass ihm das Leben von sieben Milliarden Menschen egal war?

Nein, das war keine Option gewesen. Irgendetwas hatte bestimmt, dass er in diesem wahnwitzigen Plan eine Aufgabe zu erfüllen hatte, und scheiß drauf, er würde sie erfüllen!

Wilbur traf erneut auf die U-Bahn-Station und umging sie in weitem Bogen. Von den Gangmitgliedern war nichts zu sehen, trotzdem blieb er vorsichtig. Schließlich erreichte er ein verlassenes Grundstück, von dem er glaubte, dass er hier erwacht war. Er schaute sich um. Lauschte in die Nacht.

Nichts.

Für einen Moment überlegte er, ob er nach den anderen rufen sollte, entschied sich aber dagegen. Wenn dies das Jagdgebiet der Gang war, die den Panzerwagen überfallen hatte, war es besser, keine Aufmerksamkeit zu erregen.

Wilbur durchstreifte die Gegend, suchte nach Spuren oder Hinweisen, die ihm sagen konnten, ob Malcom, Amanda oder Damon hier gewesen waren, aber er wurde nicht fündig.

Schließlich blieb er erschöpft stehen und lehnte sich mit dem Rücken an eine graffitiverschmierte Hauswand.

Wilbur schloss die Augen.

»Rühr dich nicht«, sagte eine leise Stimme. »Oder du trittst in drei Sekunden deinem Schöpfer entgegen.«

Caitlin saß im Mannschaftstransporter und verfolgte den aufgeregten Funkverkehr des Fahrers mit der Zentrale. Durch die Trennwand konnte sie keine Einzelheiten verstehen, merkte aber an der Aufregung, dass etwas Außergewöhnliches geschehen sein musste.

Im trüben Licht der kleinen Fahrzeuglampe blickte sie zu den zwei Soldaten, die auf der anderen Seite des Fahrzeuges hockten und stumm ihre Gewehre umklammerten. Es waren Black Force wie sie, aber Caitlin kannte sie nicht.

»Wisst ihr, was da los ist?«

»Nein«, sagte der eine. Auf dem Namensschild an seiner Brust las sie *Sgt. Noden*. »Als dein Signal auf dem Schirm aufgetaucht ist, haben sie uns losgeschickt, dich zu suchen.«

Der zweite Soldat, Private Mendez, schaute sie neugierig an. »Stimmt es, dass du entführt wurdest?«

»Ja.«

»Von einer Gang?«

»Schwer zu sagen, könnten auch Leute der Rebellion sein.«

»Warum haben sie dich nicht getötet?«

»Lösegeld. Fünfzig Millionen Dollar.«

»Scheiße, echt jetzt? Matterson zahlt niemals so viel für einen von uns.«

»Täusch dich da mal nicht«, sagte sein Kamerad. »Unsere Hard- und Software ist pures Gold wert, und das Metall, das wir mit uns rumschleppen, ist eine Speziallegierung, so was kostet.«

Mendez nickte. »Wahrscheinlich hast du recht.« Dann wandte er sich wieder an Caitlin. »Wie konntest du abhauen?«

»Jemand kam und half mir.«

»Jemand?«

»Keine Ahnung, wer das war. So ein tätowierter Typ tauchte aus dem Nichts auf, schnappte dem Anführer die Knarre weg und floh mit mir.«

»Warum hat er das getan?«

»Was weiß ich? Keine Ahnung! Der Kerl hat nur Mist geredet.«

»Ein Blue-Meth-Junkie?«

»So hat er nicht gewirkt. Der war vollkommen klar im Kopf und schien von dem überzeugt zu sein, was er da quatschte. Aber es war blanker Unsinn.«

»Zum Beispiel?«

»Er sagte, er würde mich aus der Vergangenheit kennen.«

»Kann doch sein. Vielleicht wart ihr Kindergartenfreunde oder habt mal auf einer Party rumgeknutscht.«

»Aus dem Jahr 2017.«

»Wow … das ist ja mal krass. Hey, zu der Zeit hätte ich echt gern gelebt, damals war die Welt noch in Ordnung und nicht in so einer Scheißsituation.«

»Alles nur Bockmist.«

»Und weiter? Was hat er noch gesagt?«

»Dass wir der Feind sind.«

Mendez lachte bellend, was den Fahrer dazu veranlasste, nach hinten zu brüllen.

»Haltet eure verdammte Schnauze. Im Hauptquartier ist die Hölle los. Irgendjemand hat General Matterson als Geisel genommen.«

18

2134

»Er blutet«, sagte Malcom.

Amanda blickte erst zu ihm, dann zum General, dem sie die Mündung der Pistole an die Schläfe presste.

»Und was soll ich jetzt machen?«

»Weiß ich nicht, aber das muss genäht werden.«

»Sag mal, hast du sie noch alle? Es geht um das Schicksal der ganzen Welt, dieser Arsch ist unser Feind und du machst dir Gedanken um seinen Gesundheitszustand?«

»Ich meine ja nur.«

»Meine etwas anderes und halt die Schnauze.« Sie wandte sich an den General. »Ihn mag es interessieren, wie es dir geht, aber mir ist das scheißegal. Eine falsche Bewegung und dein Großhirn vereinigt sich mit dem Kleinhirn. Soll heißen: Ich schieß dir ein Loch in deinen blöden Schädel. Da das zwischen uns geklärt ist, stelle ich dir jetzt die Gewinnfrage: Wie kommen wir hier raus?«

»Gar nicht.«

»Ach, schau an, ein Held. Du willst dich opfern ...«

»Sagt mir, wer ihr seid und was ihr wollt. Vielleicht können wir verhandeln.«

»Darüber können wir sprechen, General, wenn wir in Sicherheit sind«, sagte Malcom, der zum Fenster hinaus auf den Vorplatz spähte. »Ich verspreche Ihnen, dass wir Ihre Fragen beantworten, aber aus naheliegenden Gründen sollten wir das Gespräch verschieben. Wie ich sehe, geht da draußen gerade ein ganzes Bataillon in Stellung.«

»Was wollt ihr?«

»Ein Fahrzeug, das uns in das Gebiet zurückbringt, in dem ihr uns gefunden habt.«

»Das ist alles?«

»Das ist alles«, wiederholte Malcom. »Und natürlich sollte niemand auf uns schießen. Es wäre ebenfalls unschön, wenn uns am Zielort irgendwelche Überraschungen erwarteten.«

»Was geschieht, wenn ihr dort seid?«

»Darüber reden wir später. Nehmen Sie jetzt Kontakt zu Ihren Männern auf und befehlen ihnen, dass sie sich zurückziehen sollen. Ich möchte, dass in spätestens fünf Minuten ein Wagen vor der Tür steht. Sagen Sie nichts anderes, als das, was ich Ihnen befohlen habe, oder Amanda erschießt Sie.«

Demonstrativ presste Amanda die Waffe noch stärker gegen die Schläfe des Generals.

Matterson machte mit einem kurzen Nicken deutlich, dass er einverstanden war, dann sprach er in das nicht sichtbare Mikrofon.

»Hier ist Matterson. Wer lässt da draußen gerade die ganze Einheit aufmarschieren?«

Kurz war es ruhig, als der General in sich hineinlauschte, dann sagte er: »Snyder. Hören Sie mir gut zu und machen Sie genau das, was ich Ihnen sage. Keine Tricks, keine Sperenzchen.«

...

»Die Männer sollen sich zurückziehen. Lassen Sie einen MT-600 vorfahren. Niemand schießt, wenn ich mit den Gefangenen das Gebäude verlasse und wegfahre. Das ist ein Befehl!«

...

»Nein. Kein Position Controlling! Ich melde mich wieder, bis dahin unternehmen Sie nichts ohne meine Anordnung. Mir ist klar, dass Sie gern den Helden spielen würden, aber damit bringen Sie nur mein Leben und das der Männer in Gefahr. Ich habe gesehen, wozu die Fremden fähig sind, also halten Sie sich zurück.«

...

»Ich will keine Diskussion, haben Sie das verstanden? Okay, dann ist ja gut und jetzt lassen Sie die Karre herbringen.«

Die Verbindung wurde offensichtlich unterbrochen, denn Matterson blickte wieder Malcom an, der wiederum zu Damon schaute, der gerade dabei war, sich zu regen.

Grey richtete sich auf, fasste an seinen Kopf und stöhnte. Dann fragte er: »Was ist passiert?«

»Du bist ohnmächtig geworden«, erklärte Amanda.

»Verdammt, mir tut alles weh und ich fühle mich schwach.«

»Wie hat er das vorhin gemacht? Hat er die Tür aufgesprengt? Und mit welcher Waffe hat er auf mich geschossen?«, fragte Matterson. »Ich habe nichts in seinen Händen gesehen.«

»Ich bin ein Dämon«, sagte Grey. »Das habe ich dir bereits gesagt. Ich verfüge über Macht, die du dir nicht einmal annähernd vorstellen kannst.«

Der General starrte ihn an. Offensichtlich war er nun bereit, Damon zu glauben.

»Wie kann das sein?«, fragte er. »Was ...«

»Später, General«, sagte Malcom. Er hatte ein Geräusch von draußen gehört, ging nun zum Fenster und schaute vorsichtig hinaus.

»Kugelsicheres Glas«, sagte Matterson. »Du musst dir keine Sorgen machen, dass dich ein Scharfschütze erledigt.«

Malcom wandte sich nicht einmal um. »Ich mache mir keine Sorgen, und falls wirklich jemand auf uns schießt, müssen Sie sich einen Moment später um gar nichts mehr Gedanken machen.« Er nickte Amanda zu. »Der Wagen ist da.«

Damon stand schwankend auf. Amanda blickte ihn an. »Alles okay? Kannst du gehen?«

»Ja, ich denke schon.«

»Dann los. General, Sie voran.« Amanda wechselte die Position und stellte sich hinter Matterson. Die Mündung der Waffe wurde nun in sein Genick gedrückt.

»Damon soll dir folgen«, erklärte Malcom. »Ich bilde die Rückendeckung.«

Alle vier stellten sich in einer Reihe auf, der General vorne. Dann verließen Sie mit kleinen, engen Schritten den Raum und gingen den Gang entlang. Als sie zur Tür kamen, die nach draußen führte, befahl Malcom: »Machen Sie auf und bleiben Sie ruhig stehen.«

Der General gehorchte.

Nun konnte Malcom an allen vorbei nach draußen schauen. Nichts zu sehen. Die Männer hatten sich tatsächlich zurückgezogen, aber natürlich versteckten sie sich bloß und behielten sie im Visier.

»Langsam zum Auto.«

»Ich muss fahren«, sagte der General. »Alle Militärfahrzeuge der Black Force sind codiert, damit sie nicht gestohlen werden können. Der Wagen wird ohne meine ID nicht anspringen.«

»Okay, dann machen wir es so. Amanda, du setzt dich auf den Beifahrersitz und behältst ihn im Auge. Damon und ich nehmen hinten Platz.«

»Alles klar.«

Sie schubste den General mit der Waffe an und Matterson setzte sich wieder in Bewegung. Als sie das Fahrzeug erreichten, schlüpften Malcom und Damon hastig hinein. Der General ging langsam um das Auto herum, während Amanda die Waffe auf ihn gerichtet hielt. Dann stiegen auch sie ein.

Das Fahrzeug roch nach Plastik und Metall. Es war einem SUV aus dem Jahr 2020 nicht unähnlich, allerdings wesentlich stromlinienförmiger und bei der Innenausstattung war auf jeden Luxus verzichtet worden. Es gab keine gepolsterten Sitze, sondern Hartplastikschalen, aus denen sich seltsame Schienen schoben, die den Körper sicherten. Das Pendant zu den Sicherheitsgurten seiner Zeit.

Als der General seinen Blick auf die Konsole unterhalb der Windschutzscheibe richtete, erwachte sie blinkend zum Leben. Verschiedene Systeme fuhren hoch, über deren Zweck Malcom nur spekulieren konnte. Ein verborgenes Lenkrad, das einem dicken Kleiderbügel ähnelte, fuhr aus der Konsole. Matterson legte die Hände darauf. Dann startete der Wagen.

Fast nichts zu hören.

Die Zeit der Verbrennungsmotoren schien endgültig vorbei zu sein. Wenigstens ein Gutes hatte diese Zukunft.

»Wissen Sie, wohin Sie fahren müssen?«, fragte er den General.

»Ja. Downtown West. Risikogebiet Klasse IV.«

»Was bedeutet das?«

»Liegt außerhalb der geschützten Zone von New Anchorage. Ganggebiet. Rebellenunterschlupf.«

»Ich verstehe kein Wort.«

»Ihr scheint tatsächlich nicht von hier zu sein. Ein Großteil der alten Stadt und sämtliche Vororte wurden aufgegeben. Dort leben zwar immer noch viele Menschen, aber es ist ein Gebiet der Gesetzlosigkeit, in das sich nur noch die Black Force und Spezialeinheiten der Polizei wagen und das auch nur bei Tag. Erst heute wurde ein Fahrzeug mit zwei Soldaten überfallen. Der Fahrer wurde getötet, die Soldatin entführt. Es wurde ein Lösegeld gefordert, aber die Verbindung zu den Entführern brach aus ungeklärten Gründen ab, und dann ist mir die Tür um die Ohren geflogen. Seitdem weiß ich nicht, was Sache ist. Vielleicht haben diese Kerle sie längst getötet und schlachten nun ihren Körper aus.«

Malcom schauderte bei dem Gedanken.

»Ist ja eine nette Unterhaltung«, meinte Amanda vom Beifahrersitz. »Aber sollten wir nicht langsam losfahren, bevor irgendjemand da draußen etwas Dummes tut?«

»Du hast recht«, sagte Malcom. »General.«

Das Fahrzeug setzte sich langsam in Bewegung. Matterson fuhr einen weiten Bogen und hielt auf das Metalltor der Kaserne zu, das sich automatisch öffnete. Wachsoldaten waren nicht zu sehen.

Von seiner Position erkannte Malcom nicht, wie der General Gas gab, aber vielleicht hatte sich seine KI mit der Fahrzeug-KI verbunden. Ebenso wenig konnte er beurteilen, ob Matterson Nachrichten über Funk empfing. Unhörbar senden konnte er anscheinend nicht, denn sonst hätte er in den mitverfolgten Gesprächen nicht laut reden müssen. Malcom war jedoch sicher, dass die Zentrale ihre Position auf dem Radar verfolgte und längst Drohnen in der Luft und auf dem Weg ins Zielgebiet waren. Was Matterson auch immer befohlen hatte, sein Stellvertreter würde eigene Entscheidungen treffen. Auch wenn er noch nicht eingriff, behielt er doch alle möglichen Optionen in seinen Händen.

Sie fuhren auf eine unbelebte Straße und rollten sie langsam entlang. Malcom schaute durch die Scheiben hinaus und erblickte eine Meile entfernt die funkelnde Silhouette von Anchorage. Überall leuchteten und blinkten Lichter. Selbst von hier aus konnte man die holografische Werbung sehen, die über die gigantischen Hochhäuser lief. Rechts davon als dunkler Schatten das Meer, über das silbernes Mondlicht kroch. Und trotzdem, das alles wirkte, als hätte sich die Menschheit in den letzten einhundert Jahren technisch kaum weiterentwickelt.

Seltsamerweise waren keine Menschen und keine weiteren Fahrzeuge zu sehen. Malcom vermutete, dass sie sich noch im Sperrgebiet befanden.

Das Auto machte keine Geräusche. Auch sonst war von draußen nichts zu hören, aber vielleicht war das Fahrzeug ja auch akustisch abgeschirmt. Dieser Gedanke brachte ihn zu einer weiteren Überlegung.

»General.«

»Ja?«

»Verfügt das Fahrzeug über einen Tarnmodus oder eine Abschirmung zur Außenwelt, die Sie aktivieren können?«

Kurzes Schweigen. Anscheinend hatte Matterson nicht geglaubt, dass Malcom auf diesen Gedanken kommen würde.

»Den Tarnmodus gibt es und ich kann unser Geopositionssignal deaktivieren.«

»Tun Sie das bitte. Da ich davon ausgehe, dass nicht nur das Fahrzeug ein Signal aussendet, sondern auch Ihr Körpersystem, muss ich Sie bitten, auch dieses auszuschalten.«

»Das ist nicht möglich, aber im Tarnmodus wird das Fahrzeug komplett abgeschirmt, sodass kein Signal nach außen dringt.«

»Gut.«

»Ich mache jetzt die Scheinwerfer aus und schalte auf Infrarotsicht um. Es wäre in den Gebieten, die wir gleich passieren, gefährlich, wenn man uns schon von Weitem kommen sieht.«

Niemand sagte etwas dazu. Amanda behielt den General unter Kontrolle und Damon hockte zusammengesackt in seinem Sitz.

Die Verwahrlosung war schon nach wenigen Metern zu sehen und nahm mit jeder Meile zu, die sie zurücklegten. Es schien fast ein physikalisches Gesetz zu sein, dass mit zunehmender Entfernung von der Basis auch der Umfang der Zerstörung wuchs.

Schließlich änderte sich das Straßenbild noch auffälliger und ähnelte mehr einem Slum oder einem ehemaligen Kriegsgebiet. Fast alle Häuser wiesen schwere Beschädigungen auf. Viele waren ausgebrannt und kaum eine Fensterscheibe war heil geblieben. Graffiti verschmierten die Wände und überall lag Müll herum. Seltsamerweise kreuzten sie aber auch immer wieder Häuser, die weniger verfallen schienen, und in manchen brannte sogar gedämpftes Licht. Das Gebiet war also nicht menschenleer, sondern nur von einem Großteil seiner Bewohner aufgegeben worden.

Malcom sah streunende Hunde und Katzen, aber keine Menschenseele.

Was ist nur mit dieser Welt geschehen? Er überlegte, ob Matterson ihm die Wahrheit sagen würde, aber was hatte er schon zu verlieren?

»Welches Datum haben wir heute?«

»Warum fragt ihr das immer wieder?«

»Antworten Sie einfach.«

»Den 12. August 2134.«

Verdammt, wir befinden uns einhundertvierzehn Jahre in der Zukunft. Mir war klar, dass wir in eine Zeit reisen, in der Jenny existiert, aber dass es so viele Jahre sind …

Vom Beifahrersitz erklang ein Stöhnen. Damon hingegen blieb ungerührt.

»General.«

»Ja?«

»Was wissen Sie über Zeitreise?«

Der Wagen hielt abrupt an. Malcom wäre nach vorn geschleudert worden, hätten ihn die Sicherheitsschienen nicht im Sitz festgehalten.

»Was sagst du da, Junge?«, fragte Matterson. Seine Stimme hatte einen harten Klang angenommen.

»Bitte fahren Sie weiter und beantworten einfach meine Frage.«

»Das werde ich nicht tun. Erst erklärst du mir, warum du mich das fragst.« Er wandte den Kopf zu Amanda. »Und es ist mir auch egal, ob du schießt, denn wenn du das tust, bist du wenig später ebenso tot wie ich. Ich bin nur mit euch mitgegangen, um zu erfahren, wer ihr seid und was euer Auftrag ist.«

Ich hätte mir denken können, dass ihm sein eigenes Leben

nicht viel wert ist. Matterson ist Soldat durch und durch und kennt nur seine Pflicht.

Immerhin war er ebenso modifiziert und aufgerüstet wie alle seine Soldaten.

»General, ich habe Ihnen versprochen, dass ich Ihre Fragen beantworten werde, zuvor brauche ich aber gewisse Informationen. Sind Sie oder ist einer Ihrer Untergebenen jemals durch ein Energiefeld getreten, das Sie in die Vergangenheit brachte?«

»Nein.«

»Lügen Sie mich an?«

»Es gibt ein Projekt, draußen vor der Küste auf den Inseln. Wir versuchen die Meere zu retten.«

Plötzlich wurde Malcom alles klar. Es konnte gar nicht anders sein.

»Nein, General, ich denke, es ist genau andersherum, Sie zerstören die Ozeane. Vermutlich ist es Ihre Technologie, mit der ein Energiefeld aufgebaut wurde, das bis in das Jahr 2017 zurückreicht und dort die Meere leer fischt. Sie vernichten meine Welt. Wir kommen aus dieser Zeit.«

Matterson drehte sich im Fahrersitz um. »Dann seid ihr Zeitreisende?«

Malcom nickte.

Der General war nun sichtlich aufgeregt. Sein menschliches Auge zuckte. »Professor Deakson ist der Leiter der Mission *Sea Fire*. Draußen im Meer stehen gigantische Maschinen, die ein künstliches Wurmloch erzeugen. Eine Einstein-Rosen-Brücke, die unvorstellbare Energiemengen verschlingt. Hör mir gut zu, Junge, nicht wir waren es, die das Meeresleben zerstört haben. Ihr wart es. Die Menschheit Anfang des 21. Jahrhunderts. Das weiß in meiner Zeit jedes Kind. Im Jahr 2021 brach irgendwo in einer Fischfarm ein tödlicher Virus aus, der alle Fische und einen Großteil der Meeressäuger innerhalb von drei Jahren tötete. Alle Lebewesen, die nicht sofort starben, aber auf irgendeine Art und Weise mit dem Meer verbunden waren, starben kurz darauf ebenfalls aus. Dazu gehörten beispielsweise Seevögel und Robben. Hungerkatastrophen wüten bis heute, und jetzt kommt ihr daher und sagt, das wäre unsere Schuld?« Er lachte bitter.

Nun verstand Malcom auch, warum sich die Menschheit nicht in dem Umfang technisch und sozial weiterentwickelt hatte, wie es nach einem Zeitraum von einhundert Jahren zu erwarten gewesen wäre. Der Kampf gegen den Hunger musste das vorrangige Ziel der Wissenschaft gewesen sein und so hatte man alle verbliebenen Ressourcen diesem Ziel untergeordnet.

Matterson fuhr fort. »Die Gier nach billigem Fisch hat dafür gesorgt, dass es so weit kam. Abertausende von Fischen auf engstem Raum unter unnatürlichen Bedingungen gehalten ... es war nur eine Frage der Zeit, bis so etwas geschehen würde. All die Antibiotika und chemischen Stoffe, die ihr eingesetzt habt, konnten nicht verhindern, dass der tödliche Virus entstand, der dem Leben auf der Erde, so wie ihr es kanntet, ein Ende setzte. Ich selbst kenne ein solches Leben nicht, aber ich bin bereit, alles dafür zu tun, dass das Projekt *Sea Fire* Wirklichkeit wird. Erste Versuche waren bereits erfolgreich.«

»Was meinen Sie damit?«

»Es gelingt uns, Fische und Meeressäuger ins Portal zu locken. Sie tauchen in einem abgesperrten Areal vor der Küste auf. Wir versuchen ein ganzes Ökosystem neu aufzubauen, das eines Tages Menschen und Tiere ernähren kann. So wie es sein sollte.«

»Ist der Virus nicht mehr aktiv?«

»Alle befallenen Tiere sind seit Jahrzehnten ausgestorben und mit ihnen der Virus.«

»Ich verstehe es nicht«, gab Malcom zu. »Sie sagten, keiner Ihrer Männer sei durch das Portal gegangen. Richtig?«

»Ja, bisher funktioniert das Tor nur in eine Richtung: aus der Vergangenheit in die Zukunft. Aber durch die Bereitstellung größerer Energiemengen ist es Deakson und seinem Team gelungen, ein weiteres Wurmloch in eine andere Zeit zu öffnen. Morgen will er zum ersten Mal ein Team hindurchschicken, das in der Vergangenheit einen wichtigen Auftrag zu erfüllen hat.«

Malcom starrte den General fassungslos an. Morgen würde alles seinen Lauf nehmen. Menschen reisten durch die Zeit und forderten die Gesetze des Universums heraus. Langsam verstand er die Zusammenhänge.

Es ging nicht nur um Jenny. Das Portal hatte sie in die richtige Zeit, an den richtigen Ort gebracht, damit sie ihr Schicksal erfüllen konnten, das unlösbar mit dem Schicksal der ganzen Menschheit verbunden war.

All unsere Fähigkeiten wurden uns gegeben oder sogar durch uns erschaffen, damit wir verhindern können, dass diese großartige Welt untergeht.

»Müssen wir hier rumstehen?«, maulte Amanda. »Ich habe das Gefühl, auf dem Präsentierteller zu sitzen.«

»Das ist jetzt wichtig«, blaffte Malcom und wandte sich wieder an Matterson. »Ich weiß, dass Sie vorhaben, Nianch-Hathor zu töten, bevor Amanda geboren wird. Dafür reisen

Ihre Männer Jahrtausende in die Vergangenheit. In die Zeit des alten Ägypten.«

»Woher weißt du das?« Der General glotzte ihn verblüfft an.

»Hören Sie mir einfach zu«, verlangte Malcom, »denn ich glaube, es ist alles ganz anders, als Sie denken.«

Und dann erzählte er Matterson ihre Geschichte.

19

2134

Wilbur hob zögerlich beide Hände. Sein Herz raste. Verdammt, er hätte vorsichtiger sein müssen.

»Dreh dich langsam um und keine hastigen Bewegungen.«

Wilbur folgte der Aufforderung und blickte in ein hartes, ausgemergeltes Gesicht mit struppigem grauem Bart. Die Augen wirkten im Halbdunkel wie schwarze Kieselsteine, als ihn der andere anstarrte.

»Wie siehst du denn aus?«, fragte der Mann verblüfft.

Wilbur überlegte, ob er die Zeit anhalten und ihm das komische Gewehr abnehmen sollte, das er in den schmalen Fingern hielt, aber eine Stimme in ihm flüsterte davon, noch abzuwarten.

Der dürre, alte Kerl war sicherlich kein Gangmitglied und eine große Gefahr schien er auch nicht darzustellen. Davon abgesehen: Er war allein. Wilbur konnte niemand anderen entdecken und war ziemlich sicher, dass er einen Einzelgänger vor sich hatte.

Der Typ kennt sich hier bestimmt aus. Vielleicht weiß er etwas über Malcom, Amanda oder Damon, und selbst wenn nicht, hat er Informationen über die Zeit, in der wir gelandet sind.

»Die Tattoos habe ich mir selbst gestochen«, sagte er ruhig.

»Alle?«

»Ja, ich hatte aber Hilfe.«

»Was bedeuten sie?«

Damit kann man die Zeit anhalten oder Dämonen beschwören, dachte Wilbur, sagte aber: »Nichts, ich finde es nur cool, nicht wie alle anderen auszusehen.«

»Das tust du ganz sicher nicht. Was machst du hier? Mitten in der Nacht? Das ist Gangland, Junge.«

»Mein Name ist Wilbur. Nicht Junge. Ich suche Freunde von mir. Sie haben sich in diesem Gebiet verirrt.«

»Hier?« Der Alte schüttelte heftig den Kopf. »Junge, erzähl mir keinen Mist. Niemand kommt hierher und verirrt sich. Das ist Bullshit. Also rück jetzt mit der Wahrheit raus oder ich brenne dir ein Loch in den Pelz.«

Okay, dann eben anders.

Wilbur hielt die Zeit an und nahm dem Mann das Gewehr ab. Fünf Sekunden später glotzte der ihn erstaunt an.

»Du hast dir meine Knarre gegriffen«, krächzte er. »Wie hast du das gemacht?«

»Ist egal. Sie waren für einen Moment unaufmerksam.«

»Einen Scheiß war ich. Das ist Magie. Zauberei. Hexenkunst. Voodoo. Was weiß ich!«

Wilbur richtete die Waffe auf ihn. »So und jetzt nehmen Sie die Hände hoch.«

Der Alte lachte meckernd. »Ist nicht geladen. Hab schon seit Jahren keine Munition mehr. Alles auf wilde Hunde und Gangboys verballert.«

Wilbur seufzte. »Haben Sie was zu trinken?«

»Du meinst Schnaps?«

»Ich meine Wasser.«

»Klar. In meinem Versteck. Ist nicht weit von hier. Kannst mitkommen. Ist auch noch ein bisschen gegrillte Ratte da. Kriegst was ab.«

Wilbur erschauderte. Klar hatte er Hunger, aber so sehr

nun auch wieder nicht. Die Aussicht auf etwas zu trinken, gab ihm aber neue Kraft und Hoffnung. »Okay, gehen wir.«

»Kann ich mein Gewehr wiederhaben?«

Wilbur reichte es ihm. Sofort wurde die Waffe erneut auf ihn gerichtet.

»Ich denke, das Ding ist nicht geladen.«

»War eine Lüge. Jungchen, mit deiner Gutgläubigkeit wirst du es nicht weit im Leben bringen und jetzt noch einmal: Wie hast du es geschafft, mir die Knarre abzunehmen.«

»So«, sagte Wilbur und hielt die Zeit an.

Als er nach dem Gewehr griff, erfasste ihn ein seltsamer Schwindel. Plötzlich fühlte er sich kraftlos. Jede Bewegung fiel unendlich schwer. Die fünf Sekunden waren um, bevor es ihm gelang, dem Alten die Waffe aus der Hand zu reißen.

Malcom hat mich gewarnt, meine Fähigkeit nicht zu oft nacheinander einzusetzen.

»Was soll das?«, fragte der Alte und wich einen Schritt vor der ausgestreckten Hand zurück. Dann glotzte er ihn neugierig an. »Irgendetwas stimmt nicht mit dir. Selbst bei dem beschissenen Mondlicht kann man sehen, dass es dir nicht gut geht. Deine Augen sind ganz glasig.«

»Ich fühle mich nicht wohl ... brauche etwas zu trinken.«

Wilbur sackte auf die Knie, rappelte sich aber wie ein Boxer nach dem Niederschlag sofort wieder auf. Taumelnd wankte er hin und her.

Der alte Mann packte seinen Oberarm, bevor er erneut umkippen konnte.

»Junge, mach dir keine Sorgen, der alte Joe gibt dir was.« Das Gewehr wurde gesenkt. »Komm.«

Wilbur wurde mitgezogen. Er setzte einen Fuß vor den anderen, aber es fiel ihm schwer. Keuchend wankte er vorwärts, und ohne die haltende Hand wäre er längst wieder umgekippt.

Sie gingen nicht weit. Der Alte blieb vor einem verfallenen Haus stehen und schob eine vergammelte Holzpalette zur Seite, die ein Loch in der Hausmauer verborgen hatte.

»Stoß dir nicht den Kopf an«, sagte er.

Wilbur bückte sich und kroch durch den Mauerdurchbruch. Drinnen richtete er sich auf und stöhnte.

Joe schob von innen die Palette in Position und zog einen dicken schwarzen Vorhang davor, wahrscheinlich damit kein Licht nach draußen drang, als er eine einzelne Glühbirne anzündete.

Woher hat er den Strom?

Wilbur fiel das Denken schwer. Er sackte gegen die Wand und rutschte langsam daran hinunter, bis er auf dem Boden hockte. Noch immer ging sein Atem schwer wie nach einem Marathonlauf.

Langsam hob er den Kopf und schaute sich um. Joes Versteck war ein einziger weitläufiger Raum, vollgestopft mit alten Möbeln und Regalen. Wilbur entdeckte eine kleine Küche und sogar einen summenden Kühlschrank.

Eine braune Ledercouch stand an der linken Wand unter einem Gemälde, das die Kreuzigung Jesu zeigte. Gleich daneben hing das Bild einer nur dürftig bekleideten Frau mit ausladenden Brüsten. Obwohl er sich nicht gut fühlte, musste Wilbur grinsen.

Es gab noch einen schwarzen Stoffsessel und einen grob gezimmerten Tisch, auf dem ein Schachbrett mit aufgestellten Figuren stand. Davor zwei Stühle. Überall lagen Bücher und alte Zeitungen herum.

Alles war unordentlich, aber sauber, und wenn er nicht

gewusst hätte, dass er sich mitten in einem Slum aufhielt, hätte sich dieses Zimmer auch in irgendeiner Kleinstadt befinden können.

Aber hier gab es keine Fenster und die einzige Tür war mit Latten vernagelt. Joe hatte sich eine kleine Festung geschaffen.

In Wilburs Blickfeld tauchte eine grüne Plastikflasche auf.

»Trink«, befahl der Alte.

Wilbur tat es und sofort kehrte Kraft in seine Glieder zurück.

»Danke«, sagte er und reichte ihm die Flasche wieder.

Joe nickte, dann hockte er sich ihm gegenüber auf den Boden. Das Gewehr legte er griffbereit neben sich.

»Willst du ein Stück Ratte?«

Wilbur schüttelte den Kopf.

»Okay, dann erzähl mir jetzt, wie du hierhergekommen bist, und versuch nicht, mich anzulügen. Ich höre an deinem Akzent, dass du nicht aus Anchorage stammst, eher aus dem mittleren Westen der USA, aber das kann eigentlich nicht sein, denn dort unten ist das Land seit Jahrzehnten verlassenes Dürregebiet. Da lebt und wächst nichts mehr.«

Wilbur dachte darüber nach, was er sagen sollte. Die Wahrheit würde ihm der Alte niemals glauben.

Plötzlich gab es ein Geräusch. Knistern und dumpfe Stimmen drangen an sein Ohr.

Joe stand auf und ging zu einer schweren Holzkiste hinüber. Er hob den Deckel an und ein seltsamer Apparat wurde sichtbar. Der Alte nahm ein am Boden liegendes Kabel und verband es mit dem Gerät.

»Ist ein Funkgerät. Habe ich selbst gebastelt«, erklärte er

stolz. »Das Kabel führt zu einer versteckten Satellitenschüssel, die ich auf das Dach montiert habe.«
»Woher hast du den Strom?«
Joe grinste. »Solarzellen. Ebenfalls auf dem Dach. Habe ich in einem verlassenen Baumarkt entdeckt. Die Hochleistungsbatterien, die den Strom speichern, habe ich mitgehen lassen, als sie mich aus meinem letzten Job feuerten. Ich bin Energieanlagenspezialist und habe an einem geheimen Projekt draußen vor der Küste mitgearbeitet. Aber irgendwann haben sie mir gekündigt, sagten, ich saufe zu viel, meine Hände würden zittern, das passe nicht zur Arbeit mit Starkstrom.« Er wischte sich über den Mund. »Okay, war vielleicht wirklich ein wenig zu viel, aber seit June gestorben ist, waren die Abende einsam und die Tage lang. Da greift man schon mal zum Glas. Wer würde das nicht tun?«
»Warum sind Sie in der Gegend geblieben?«
»Nach Junes Tod und meinem Rauswurf reichte die Abfindung nicht lange und von der Sozialhilfe kann kein Schwein leben. Mich bei der Wohlfahrt für einen Teller Suppe anzustellen, ist nicht mein Ding. Also bin ich hierher zurückgekehrt. June und ich haben hier vor dreißig Jahren gelebt, als es noch eine gute Gegend war. Mit Nachbarn, Bäumen und so, aber die Bankenkrise hat alles zerstört und die Menschen sind nach New Anchorage, in die Innenstadt, geflohen. Nun kontrollieren Gangs das Gebiet und ein paar Spinner, die sich großkotzig *Die Rebellion* nennen, laufen hier auch noch rum, aber eigentlich gibt es nichts mehr. Was man finden konnte, wurde längst gefunden, und zum Ausschlachten ist nichts mehr da. Sie haben sogar die Kupferleitungen aus den Wänden gerissen und die Abflussrohre weggetragen. Deswegen scheiße ich hinten im Hof, aber nur im Dunkeln. Ich

mag keine Überraschungen, und am helllichten Tag gehe ich nicht raus.«
»Wozu das Funkgerät?«
Der Alte hob die Augenbrauen. »Es verbindet mich mit der Außenwelt. Man muss doch wissen, was los ist. Ich höre den Funkverkehr der Black Force, der Cops und der Gangs ab. So bin ich immer auf dem Laufenden, was in meinem Viertel geschieht, und wenn es mal hart auf hart kommt, kann ich rechtzeitig verschwinden.«
»Was meinen Sie damit?«
»Die Regierung plant schon seit Jahren eine Säuberungsaktion in diesem Gebiet. Direkt nebenan liegt ein Viertel, das teilweise noch bewohnt ist. Gangs dringen von hier aus dort ein, töten Menschen, rauben und verticken Drogen. Nach jeder Aktion ziehen sie sich wieder zurück. Hier findet sie keiner. Hausen wie Ratten in den alten U-Bahn-Schächten, aber sie sind nicht blöd. Haben ein paar gute Leute, die ebenfalls den Funkverkehr abhören und sich in das Computersystem der Regierung hacken. So sind sie immer auf dem neuesten Stand und darüber informiert, wo es was zu holen gibt.«

Nun verstand Wilbur auch, wie die Typen, die Jenny entführt hatten, wissen konnten, dass sie die Nichte eines Generals war.

Wenn sie den Funkverkehr belauscht haben, wussten sie, dass sie sich in der Nähe befand, und danach war es kein Problem mehr, ihr aufzulauern.

Das Knistern des Funkgerätes wurde lauter. Aufgeregte Stimmen waren zu hören. Joe stöpselte einen Kopfhörer ein und setzte ihn auf. Danach wurde es still im Raum.

»Das sind die White Boys, Scheißnazigang. Sie suchen jemanden ...« Er blickte zu Wilbur. »Zwei Leute, die ihnen entkommen sind. Ein weiblicher Black Force und ein tätowierter Kerl. Was sagst du dazu?«

»Nichts.«

»Was hast du mit der Black Force zu schaffen?«

»Lange Geschichte.«

»Die ich hören will.« Plötzlich hob der Alte die Hand, signalisierte Wilbur, dass er still sein sollte. »Jetzt reden sie darüber, dass ein Militärfahrzeug ins Gebiet eingedrungen ist. Nachts? Sehr ungewöhnlich. Es steht im Tarnmodus irgendwo in der Nähe der Lincoln Road und rührt sich nicht. Die Scheißgangs haben es trotzdem entdeckt und überlegen jetzt, ob sie es angreifen sollen. Sie vermuten eine Falle. Warte mal, ich schalte um.« Joe drehte hektisch an einem kleinen Knopf, dann lauschte er wieder. »Etwas Großes muss geschehen sein, die Black Force ist ganz aus dem Häuschen. So wie ich das verstehe, wurde ihr Kommandant als Geisel genommen. Es geht eine Meldung an ihre verdeckt in den Slums lebenden Agenten raus, nach zwei Männern und einer Frau Ausschau zu halten. Einer der Kerle soll hochgefährlich sein und eine seltsame Energiewaffe benutzen.«

Damon!

Wilbur hätte vor Freude am liebsten aufgebrüllt. Zwei Männer und eine Frau. Das konnten nur seine Freunde sein. Zwar hatte er keine Ahnung, was geschehen war und was sie mit einer Geiselnahme zu tun hatten, aber sie waren am Leben und vielleicht gar nicht so weit entfernt.

»Wo ist es?«

»Was?«

»Das Militärfahrzeug. Wo befindet es sich gerade?«

»Ach, jetzt verstehe ich. Du denkst, die Geiselnehmer und der Kommandant sitzen in dem Militärfahrzeug, das hier in der Gegend herumfährt. Macht Sinn, denn diese Ärsche trauen sich doch sonst nachts nicht hierher. Kennst du jemanden von denen? Du hast mir immer noch nicht gesagt, wer du eigentlich bist und was du in meinem Viertel zu suchen hast. Dann noch die Sache mit der weiblichen Black Force. Arbeitest du etwa für die Regierung?«

Nicht für deine.

»Bei den Geiselnehmern handelt es sich wahrscheinlich um meine Freunde. Ich muss zu ihnen.«

»Du hast mächtig seltsame Freunde. Niemand legt sich mit der Black Force an, und ihren General zu entführen, ist eine Scheißidee.«

»Wo sind meine Freunde im Augenblick?«

»Tja, ich weiß es, du nicht. So und jetzt raus mit der Sprache. Was ist hier los?«

Wilbur hatte keine Wahl. Er konnte zwar versuchen, dem Alten erneut die Waffe abzunehmen, aber danach wäre er sicherlich zu schwach, um das Funkgerät zu bedienen. Außerdem kannte er sich mit so etwas nicht aus.

»Okay, die Kurzfassung. Wir haben keine Zeit.«

»Ich höre.«

Wilbur seufzte. »Wenn es stimmt, dass in diesem Fahrzeug meine Freunde sind, haben wir noch eine Chance, unseren Auftrag zu erfüllen.«

»Was für einen Auftrag?«, fragte der Alte misstrauisch.

»Die Welt retten.«

Joe lachte heiser. »Die Welt ist voll im Arsch. Da gibt es nichts zu retten, Junge.«

»Ich spreche nicht von deiner Welt«, sagte Wilbur. »Sondern von meiner.«

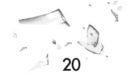

20

2134

Der General starrte ihn an, als hätte Malcom ihm gerade erklärt, dass es den Weihnachtsmann in Wirklichkeit gebe und der Mond aus Marzipan sei.

»Ich kann das nicht glauben«, sagte Matterson.

»Es ist, wie ich es sage. Ihr Vorfahre in meiner Zeit, ihr Urururgroßvater, hat uns in das Energiefeld geschickt, das eure Wissenschaftler erschaffen haben. Wir hatten überhaupt keine Ahnung von einem Virus. Haben nur bemerkt, dass Fische aus unseren Meeren verschwinden und dass sie durch ein riesiges Energieportal abgezogen werden. Wir wussten nicht, wer oder was dafür verantwortlich ist. Unser Auftrag ist es, das Portal zu zerstören und damit die Menschheit zu retten. Ihr braucht die Fische, um den Hunger in eurer Zeit zu bekämpfen. Aber wir brauchen sie ebenfalls. Zum Überleben der ganzen Menschheit. Das Portal muss zerstört werden. Falls eure Leute jetzt damit anfangen, durch die Zeit zu reisen und den Ablauf der Dinge zu verändern, könnte alles umsonst gewesen sein.«

»Das verstehe ich nicht«, gab Matterson zu.

»Die Zeit verläuft nicht linear aus der Vergangenheit über die Gegenwart in die Zukunft. Sie ist ein Kreis, dessen Anfang zum Ende zurückkehrt. Ändert sich daran etwas, beginnt ein neuer Kreislauf und der alte erlischt. Genau das haben eure Wissenschaftler vor, indem sie versuchen Nianch-Hathor zu töten, bevor Amanda geboren wird, dabei ahnen sie aber nicht, was sie tatsächlich damit bewirken.«

»Leute, ich sage es noch einmal«, meldete sich Amanda.

»Wir sollten hier nicht herumstehen. Ich habe kein gutes Gefühl.«

Malcom ging nicht darauf ein, sondern sprach weiter: »Wenn es euch gelingt, einen von uns fünf zu töten oder seine Geburt zu verhindern, können wir unser Schicksal nicht erfüllen. Das müssen wir aber, denn unsere Meere dürfen nicht sterben und vor allem darf der amerikanische Präsident das Portal nicht mit Atomwaffen angreifen, was er jedoch tun wird, wenn wir keinen Erfolg haben. Die Auswirkungen eines solchen Angriffs sind nicht abzusehen und könnten im schlimmsten Fall die Welt zerstören.« Malcom sah den General ernst an. »Und wenn es unsere Welt nicht mehr gibt, verschwindet auch eure. Es wird sein, als hätte sie nie existiert.«

Matterson schwieg eine Weile, dann stützte er sein Kinn auf eine Hand und schaute nach draußen auf die verlassenen Häuser.

Plötzlich blinkte ein kleines rotes Licht am Armaturenbrett auf. Matterson zuckte zusammen, hatte sich aber gleich darauf wieder im Griff.

»Was ist los?«, fragte Amanda.

»Draußen ist jemand. Mehrere Personen nähern sich uns. Ihre Wärmesignaturen haben das automatische Warnsystem des Fahrzeugs ausgelöst.«

»Black Force?«

»Das glaube ich nicht. Ich tippe auf Gangs.«

»Ich habe gleich gesagt, dass es keine gute Idee ist, hier rumzustehen.«

»Ja, hast du«, gab Malcom zu.

»Der Wagen ist gepanzert«, sagte Matterson. »Solange sie kein schweres Gerät ... Was ist das?«

Auf dem Radar tauchte ein größerer Punkt auf, der sich rasant näherte.

»Verdammt«, brüllte der General. »Die wollen uns rammen.«

Malcom warf einen Blick durch die Fensterscheibe nach draußen. Ein mächtiger Schatten flog auf sie zu.

Matterson gab Gas und der MT-600 schoss nach vorn, aber es war zu spät.

Der alte Truck, den die Gang einsetzte, krachte ins Heck des Fahrzeugs und wirbelte es herum.

Amanda schrie auf. Malcoms Kopf wurde hart gegen die Fensterscheibe geschleudert, flog dann zurück und prallte gegen Mattersons Schulter.

Damon brüllte irgendetwas in der Sprache der Dämonen und versuchte sich von den Sicherheitsschienen zu befreien, aber es gelang ihm nicht.

Die Schleuderbewegung des Militärfahrzeugs kam zum Stillstand, aber der Motor war ausgegangen. Sämtliche Lichter des Armaturenbretts erloschen. Der Truck, der sie angegriffen hatte, rührte sich ebenfalls nicht mehr. Wie ein totes Ungeheuer, das sich zum Sterben niedergelegt hatte, ragte er vor ihnen auf.

Malcom spürte, wie Blut seine rechte Schläfe hinablief, aber dafür war jetzt keine Zeit. Fieberhaft überlegte er, was zu tun war.

»Der Tarnmodus ist deaktiviert«, keuchte Matterson, der am Mund blutete. Es war nicht ersichtlich, ob er sich gestoßen oder auf die Lippe gebissen hatte. »Wir sind jetzt wieder auf dem Schirm der Black Force. Ich muss Unterstützung anfordern.«

»Nein …«

»Wir haben keine Wahl!«, brüllte der General. »Das da draußen sind Tiere. Sie werden uns aus dem Fahrzeug schneiden und einzeln töten, wenn wir nichts unternehmen.«
Dann wandte er sich ab und schloss sein rechtes Auge. Kurz darauf öffnete er es wieder und schaute Malcom verzweifelt an.
»Mein Kommunikationssystem muss beim Aufprall beschädigt worden sein. Ich kann keinen Kontakt zur Basis aufnehmen. Das heißt: Wir sind auf uns allein gestellt.«
Malcom nickte stumm und spähte in die Dunkelheit. Es dauerte einen Moment, dann entdeckte er erste Schemen, die zwischen den Häuserwänden auftauchten.

Caitlin betrat die Kommandozentrale, um Bericht zu erstatten, und war verblüfft über das Chaos, das sie vorfand.

Normalerweise war das ein Ort, an dem in reduzierter Lautstärke gesprochen und konkrete Anweisungen gegeben wurden, aber im Augenblick herrschte wildes Durcheinander und alle redeten gleichzeitig.

Colonel Snyder stand inmitten dieses Wirbelsturms und starrte sie an, als wäre sie für all das verantwortlich. Seine kurz geschnittenen schwarzen Haare und sein dunkles Auge ließen ihn noch bedrohlicher aussehen als alle anderen Black Force im Raum.

Er musterte sie, dann schrie er: »Ruhe, verdammt noch mal!«
Sofort trat Stille ein.
»Wo zum Teufel kommen Sie her? Und wer hat Ihnen erlaubt, die Basis zu verlassen?«
»Ich soll mich morgen für einen Spezialeinsatz melden

und habe meine Familie noch einmal besucht. Es hieß, die Sache sei gefährlich, und ich wollte ein paar Dinge regeln. Sergeant Cunnings hat mir die Erlaubnis erteilt.«

»Was ist geschehen?«

»Baker und ich waren auf der Rückfahrt in die Basis, als wir angegriffen wurden. Er starb, ich wurde von einer Gang verschleppt, die General Matterson erpressen wollte. Er sollte ihnen fünfzig Millionen Dollar für meine Freilassung zahlen.«

Snyder lachte laut auf. »Warum sollte er das tun?«

»Ich bin seine Nichte.«

Snyder schaute sie ungläubig an. »Was?«

»Sir, ich wusste auch nichts davon.«

»Wie ist es Ihnen gelungen zu entkommen?«

Caitlin überlegte, ob sie dem Colonel von Wilbur erzählen sollte, aber eine innere Stimme riet ihr davon ab.

Snyder war ein karrieregeiles Arschloch, der rücksichtslos mit seinen Untergebenen umging. Jeder in der Basis kannte seinen Ehrgeiz und wusste, dass er auf einen Fehler von General Matterson lauerte, der ihn den Job kosten würde. Der Kommandant hingegen genoss einen guten Ruf bei den Frauen und Männern der Spezialeinheit. Er galt als besonnen und war fürsorglich im Umgang mit der Truppe. Nun hatte Caitlin erfahren, dass der General ihr Onkel war. Sie hatte keine persönliche Beziehung zu ihm, aber sie würde Snyder auch nicht in die Hände spielen und ihm dabei helfen, Matterson zu stürzen.

»In einem unbewachten Moment konnte ich fliehen, Sir. Darf ich fragen, was hier inzwischen geschehen ist? Der Fahrer des Transporters, der mich zurückgebracht hat, sprach davon, dass General Matterson als Geisel genommen wurde.«

Snyders Mundwinkel wurden hart. »Normalerweise ist es nicht nötig, Sie zu informieren, aber da jetzt klar ist, dass Sie familiär betroffen sind, muss ich Ihnen leider sagen, dass der General von drei geflohenen Gefangenen als Geisel genommen wurde. Bei den drei Personen handelt es sich um zwei junge Männer und eine junge Frau, die wir im selben Risikogebiet gefunden haben, in dem Sie überfallen wurden. Wissen Sie etwas darüber?«

Zwei Männer und eine Frau? Caitlin hatte die Namen vergessen, die Wilbur ihr genannt hatte, aber ganz offensichtlich waren das seine Gefährten. Nun fiel ihr auch die abstruse Geschichte wieder ein.

Er hatte behauptet, sie seien durch die Zeit gereist, um ihre eigene Welt Anfang des 21. Jahrhunderts zu retten, und sie selbst sei ein Teil dieses Teams gewesen. Die Sache wurde immer verwirrender.

Was hat das Ganze mit Matterson zu tun? Warum haben sie ihn als Geisel genommen?

Dass Wilbur verrückt war und sich Hirngespinste ausdachte, konnte man jederzeit glauben, aber dass gleichzeitig drei andere Personen durchdrehten und ein derartiges Risiko eingingen, war äußerst unwahrscheinlich.

Hier läuft etwas, und ich habe keine Ahnung, was das sein könnte.

Und dann war da noch die ganze Sache mit der Zeitreise. So etwas gab es doch nicht.

Oder doch?

Ihre Gedanken wurden unterbrochen, als sich ein Soldat von seinem Platz an einem Computermonitor erhob und sagte: »Sir, das Fahrzeug der Entführer hat den Tarnmodus aufgegeben. Es steht bewegungslos in Sektor 5. Die Wärmesignatur des Motors sinkt, daher ist davon auszugehen, dass er abgeschaltet oder beschädigt wurde. Eine Drohne kreist über dem Gebiet und hat die Wärmeabstrahlung eines großen Trucks sowie Körpersignaturen ausgemacht, die sich dem Fahrzeug des Generals nähern. Ganz offensichtlich Rebellen oder Gangs, die den Wagen angreifen wollen. Wie lautet Ihr Befehl?«

»Haben Sie Funkverbindung zum General?«

»Es kommt nichts rein, aber vielleicht kann er uns hören, wenn wir ihm eine Nachricht schicken.«

»Irgendwelche Anzeichen eines Waffeneinsatzes?«

»Nein, Sir.«

Snyder verzog den Mund. »Der General darf diesen Leuten nicht in die Hände fallen. Das ist unbedingt zu vermeiden. Er kennt sämtliche Geheimnisse der Black Force und weiß alles über Befehlsstrukturen, Geheimoperationen, Ausrüstung, Waffensysteme und noch vieles mehr. Wenn die ihn zum Reden bringen, wäre das eine Katastrophe. Ich ordne absolute Funkstille an. Der Feind darf nicht wissen, dass wir ihn auf dem Schirm haben.«

»Sir …«

»Angreifen!«, befahl der Colonel. »Schicken Sie sofort bewaffnete Drohnen ins Gebiet. Vernichten Sie das Fahrzeug und sämtliche Angreifer. Ich will, dass dort kein Stein auf dem anderen bleibt. Ist das klar?«

»Sir, ja, Sir.«

Caitlin hielt den Atem an, dann stieß sie die Luft mit einem einzigen Keuchen wieder aus.

»Das können Sie nicht tun«, sagte sie.

Snyder wirbelte herum. »Was haben Sie gesagt?«

»Colonel, wir wissen nicht, ob der General tatsächlich an-

gegriffen wird. Genauso gut könnte er einen Unfall gehabt haben, und jetzt versucht jemand, ihm zu helfen.«
»Sind Sie geisteskrank, meinen Befehl infrage zu stellen?«, brüllte er sie an. »Wegtreten! Sofort! Melden Sie sich bei der Einsatzleitung. Sie werden noch heute verlegt, damit Sie morgen früh Ihre Mission antreten können.«
»Sir ...«
»Gehen Sie mir aus den Augen oder bei Gott: Sie landen vor einem Erschießungskommando.«
Caitlin sah ein, dass sie keine Wahl hatte. Sie redete sich um Kopf und Kragen, und ganz offensichtlich war niemand in der Zentrale bereit, sich Snyders Befehl zu widersetzen. Alle anderen Soldaten hatten sich abgewandt oder bemühten sich, sie nicht anzublicken.
Caitlin salutierte, drehte sich auf dem Absatz um und ging zur Tür.
Sie hörte noch, wie Snyder laut sagte: »Bereit machen für Feuerbefehl.«
Dann verließ sie den Raum. Hinter ihr schlossen sich die Türen hermetisch. Nichts und niemand konnte jetzt noch die Zentrale betreten, es sei denn, Snyder erlaubte es.

»Was für eine tolle Geschichte«, sagte der Alte und grinste Wilbur an. »Leider glaube ich dir kein Wort.«
»Aber es ist die Wahrheit.«
»Nein. Trotzdem habe ich mich gut amüsiert, das rechne ich dir hoch an. Hier ist nicht viel los und Kontakte zu Menschen habe ich seit Jahren nicht mehr, also war das doch ganz unterhaltsam.« Er hob die Waffe an und richtete sie auf Wilbur. »Ich muss dich jetzt leider erschießen.«
»Warum?«, ächzte Wilbur.

»Wenn ich dich so anschaue, würde ich sagen einhundertfünfzig Pfund.«

»Was?«

»Körpergewicht. Fleisch für Monate. Gegrillte Ratte hängt mir schon lange zum Hals raus.«

»Sind Sie verrückt?«

»Würde ich hier leben, wenn es anders wäre? Aber war nur Spaß.«

Plötzlich drangen aufgeregte Worte aus dem Kopfhörer, den Joe abgenommen hatte. Er setzte ihn wieder auf und lauschte.

»Was ist los?«, fragte Wilbur.

»Die Basis der Black Force weist alle Agenten an, das Gebiet zu verlassen, in dem das Militärfahrzeug steht. Irgendetwas ist da los, denn das Auto fährt nicht mehr und der Motor ist aus. Der Funker spricht von sich nähernden Wärmesignaturen.«

»Gangs?«

»Was sonst? Oder es sind Rebellen. Kommunistenärsche, die die Regierung stürzen wollen. Eigentlich auch bloß Terroristen, nicht besser als die Gangtypen, bei denen man immerhin weiß, woran man ist. Die Kommis erzählen etwas über die Schaffung einer besseren Welt, aber letztendlich wollen sie sich nur den Bauch vollschlagen.«

»Ich muss da hin«, sagte Wilbur.

»Sag mal, bist du blöde? Weißt du nicht, was das bedeutet? Die Black Force zieht ihre Leute aus diesem Gebiet ab. Das heißt, es steht ein Angriff bevor.«

»Trotzdem, ICH MUSS DA HIN und zwar sofort.«

»Allein schaffst du das nie. In der Nacht sieht hier alles gleich aus. Du wirst dich hoffnungslos verirren.«

»Hilf mir«, bat Wilbur.
»Glaubst du ernsthaft, ich führe dich?«
»Wäre toll, wenn du es tust. Es geht um das Schicksal der ganzen Welt.«
»Ach, die Scheiße wieder. Geht es auch konkreter? Was bekomme ich von dir, wenn ich es mache, und denk bitte daran: Die Sache ist sehr gefährlich.«
»Wenn wir die anderen retten und wir unsere Mission erfüllen, bleibe ich bei dir. Dann bist du nicht mehr allein.«
Der Alte glotzte ihn an. Dann wanderte ein wehmütiges Lächeln über sein Gesicht. »Das würdest du tun?«
»Ja.«
Warum er das gesagt hatte, wusste Wilbur selbst nicht, aber tief in sich spürte er, dass es nichts Materielles gab, das sich der alte Mann wünschte. Nur etwas Nähe und ein geteiltes Schicksal.
»Wir könnten die gleichen Bücher lesen«, sagte Joe aufgeregt, »und anschließend darüber sprechen. Du kannst doch lesen?«
Wilbur nickte.
»Und Schach spielen.«
»Ja, das werden wir tun, aber jetzt müssen wir los, Joe.«
»In Ordnung. In Ordnung. Halt mal das Gewehr. Ich habe noch ein paar Handgranaten. Aus dem Lager einer Gang geklaut, die von den White Boys fertiggemacht wurden. Die müssen hier irgendwo rumliegen. Ah … da sind sie.«
Er griff nach einer Stofftasche und hängte sie sich über die Schulter. Wilbur sah die verdächtigen Beulen, die sich durch den Stoff drückten.
»Ist es nicht gefährlich, sie einfach so herumzutragen?«
»Warum?«

»Ich weiß nicht …«

Der Alte winkte ab. »Los jetzt. Uns bleibt nicht viel Zeit.«

»Wie weit entfernt ist es?«

»Nicht weit. Die Scheiße wäre uns sowieso um die Ohren geflogen, denn die Ruine, in der ich hause, hat keinen Keller. Wir müssen uns beeilen. So wie ich gehört habe, sind Drohnen unterwegs. Wir sollten vor ihnen dort sein oder es wird sehr, sehr ungemütlich.«

Mit diesen Worten schob der Alte die Palette vor dem Loch weg und kroch hinaus in die Dunkelheit.

21

2134

»Wir müssen aus dem Fahrzeug raus«, sagte Matterson. Seine Stimme klang ruhig, aber die Anspannung war ihm anzumerken. »Sofort.«

Er öffnete seinen Sicherheitsgurt und half dann Malcom, sich ebenfalls zu befreien. Amanda tat das Gleiche für sich und dann für Damon, der sie finster anstarrte. Seine Augen glühten regelrecht. Ohne ein weiteres Wort riss er die Fahrzeugtür auf und trat hinaus in die fahle Dunkelheit.

»KOMMT HER! KOMMT ALLE! IHR WERDET MEINE SKLAVEN WERDEN UND MIR IN MEINER WELT DIENEN, WENN ES AN DER ZEIT IST«, brüllte Grey.

Amanda blickte hinaus. Niemand zu sehen. Nichts bewegte sich.

Dann ein einzelner Schuss.

Die Kugel schlug direkt neben Damon in das Fahrzeug ein.

»AAAAH!«, sagte Damon und hob beide Hände.

Gleißend helle Energiestrahlen schossen daraus hervor und jagten durch die Dunkelheit. Es gab eine laute Explosion, als sie auf eine Hauswand trafen und ganze Brocken herausrissen. Jemand schrie schmerzerfüllt auf.

»KOMMT ALLE!«

Amanda öffnete ihre Tür und ließ sich hinaus auf die Straße fallen. Im Schutz des Transporters kroch sie zu Damon und zog an seiner Hose. Sein Gesicht wurde von den glühenden Händen gespenstisch erleuchtet, als er den Kopf wandte und zu ihr herabschaute.

»Was willst du?«
»Komm in Deckung.«
»Lass mich sie alle töten.«
»Komm in Deckung, du Idiot. Sonst knallen sie dich wie einen wilden Hund ab.«
»NEIN! DAS WERDEN SIE NICHT TUN«, schrie er und feuerte eine neue Energiewelle in die Dunkelheit. »SIE WERDEN ALLE STERBEN!«
Zwei Kugeln pfiffen über ihn hinweg. Grey beachtete sie nicht einmal.
Amanda spürte ihr Herz in der Brust rasen. Ihre Hände begannen zu zittern. Damon war völlig außer sich.
»Runter mit dir. Verdammt noch mal.«
»Weißt du, dass ich dich liebe«, brüllte er. Er grinste wild. »Ich habe darüber nachgedacht. Es muss Liebe sein. Ihr habt mir davon erzählt, und ich glaube, es ist das, was ich für dich empfinde.«
Seine Worte versetzten sie in einen wilden Taumel widersprüchlicher Gefühle. Endlich war das geschehen, was sie sich die ganze Zeit erhofft hatte. Damon hatte seine Gefühle für sie neu entdeckt. Sie spürte, dass er aussprach, was er empfand. Er liebte sie. Ihr wurde schwindelig bei dem Gedanken, gleichzeitig erfasste sie eine unbändige Wut darüber, dass er sich so leichtfertig in Gefahr brachte.
»Damon, dafür ist jetzt nicht der richtige Zeitpunkt!«
»Zeit existiert nicht.«
Weitere Schüsse erklangen, schlugen vor Grey in den Boden ein und jaulten als Abpraller davon.
»Kugeln existieren ganz sicher. Geh jetzt in Deckung! Verdammte Scheiße!«
Damon kniete sich neben sie und schaute sie an. Der

größte Teil seines Körpers war ungeschützt und der Gegner feuerte immer wilder auf das Militärfahrzeug. Kugeln schlugen im Sekundentakt in die Karosserie ein.
»Liebst du mich auch?«, fragte er.
»Damon, ehrlich ... jetzt ...«
»Tust du es?«
»Wirst du endlich in Deckung gehen, wenn ich dir antworte?«
Er nickte lächelnd.
»Ja, ich liebe dich. Ich glaube, ich habe dich vom ersten Moment an geliebt, als ich dir begegnet bin.«
Damon tippte auf seine Brust. »Ich spüre deine Worte hier. Es ist ein schönes Gefühl. Es ist unglaublich ...«
Der Schuss war nicht gut gezielt, aber als die Kugel vom Heck des Transporters abprallte, war Damon ihr im Weg.
Sein Lächeln erstarb, als er nach hinten kippte.

Caitlin stand auf dem Flur und überlegte, was sie tun könnte, um Matterson zu retten.
Nichts, stellte sie nüchtern fest. Snyder würde die Drohnen in jedem Fall auf den Weg schicken. Es lag nicht in ihrer Macht, das zu verhindern.
Aber ich kann ihn warnen!
Es gab keine Möglichkeit, direkt mit ihm Verbindung aufzunehmen, da er sich nicht mehr in Reichweite des internen Netzwerkes befand. Aber Lucas Haydn, der in der Zentrale derzeit Dienst schob und verantwortlich für die Kommunikation war, konnte es. Sie kannte ihn gut, da sie gemeinsam die Grundausbildung absolviert hatten.
Haydn war ein anständiger Mann, ruhig und bedächtig. Kein Draufgänger, und darum hatte man ihn auch zum

Kommunikationsspezialisten ausgebildet, während sie als Special Op zur Infanterie gekommen war. Ihr Motto lautete: *Eindringen und Ausschalten.* Das war okay und jetzt musste sie irgendwie Snyder austricksen oder ihn aufhalten. Caitlin rief Haydn über den internen Funk an.

»Was soll das?«, kam es leise aus ihrem künstlichen Ohr, in dem Sender und Empfänger für Drahtlosverbindungen implementiert waren.

»Wir müssen Snyder stoppen.«

»Bist du verrückt? Wir landen vor dem Militärgericht.«

»Wir müssen es tun. Er will Matterson aus dem Weg räumen.«

»Caitlin, ich kann nicht reden. Snyder steht keine drei Meter von mir entfernt. Im Augenblick ist niemand in meiner Nähe, aber wenn irgendeiner merkt, dass ich mit dir spreche, kann ich einpacken.«

»Verdammt, Lucas. Jetzt denk mal nicht an dich. Hier geht es um unseren General. Matterson hat uns immer fair behandelt. Ganz anders als dieses Arschloch Snyder.«

»Was willst du?«

»Verbinde mich mit Matterson.«

»Du bringst mich in Teufels Küche ... scheiße, ich mach's.«

Dann hörte Caitlin ein Knistern.

»General, hören Sie mich?«, flüsterte sie.

Nichts.

Nur Rauschen.

»Sir?«

Nichts.

Dann: »Wer spricht da? Senden Sie mir Ihre Signatur.«

Sie tat es.

»Caitlin?« Im Hintergrund waren Schüsse zu hören. »Bist du in Sicherheit?«

»Ja, ich bin in der Basis. Hören Sie mir zu, die Verbindung kann jederzeit abbrechen. Snyder will Drohnen in das Gebiet schicken, die alles plattmachen sollen. Wenn Sie dabei draufgehen, ist ihm das sicherlich mehr als recht. Er kann dann sagen, er habe Sie schützen wollen und es sei ein tragischer Unfall gewesen.«

»Dieses Schwein. Kannst du irgendetwas dagegen tun?«

»Nein. Er hat mich aus der Zentrale geworfen.«

»Sprich mit Captain Weston, er …«

»Der ist mit Snyder in der Kommandozentrale. Er hat sich ihm nicht widersetzt. Sie müssen dort sofort weg.«

»Okay …«

Plötzlich war die Verbindung unterbrochen. Zwei Soldaten standen wie aus dem Boden gewachsen vor ihr.

»Mitkommen!«, sagte der eine. »Snyder hat angeordnet, dass wir dich zur Unterkunft begleiten und dafür sorgen, dass du dein Zeug packst. In einer Stunde geht es für dich los. Dein Spezialauftrag wartet auf dich.« Er grinste verächtlich. »Warum ausgerechnet du dafür ausgesucht wurdest, verstehe ich nicht.« Er deutete mit dem Daumen auf seinen Kameraden. »Bliggman und ich wären viel geeigneter.«

»Ihr wisst nicht einmal, worum es geht«, sagte Caitlin.

»Du doch auch nicht. Du hast bloß eine große Fresse, und wahrscheinlich ziehen sie dich vor, weil du die Nichte des Generals bist.«

»Davon hatte ich bis heute keine Ahnung.«

»Aber Matterson.«

»Wisst ihr was, Jungs. Leckt mich am Arsch.«

»Süße, das würden wir gern tun, aber unsere Befehle lauten anders«, meinte Bliggman.

Dann packte er sie grob an ihrem menschlichen Arm und zog sie mit sich.

Malcom fasste Grey am Kragen seiner Jacke und riss ihn in Deckung. Noch immer feuerte der Feind auf das Fahrzeug, aber der Beschuss hatte abgenommen.

Wahrscheinlich kein gutes Zeichen. Malcom vermutete, dass der Gegner dabei war, sich ihnen zu nähern. Viel Zeit blieb ihnen nicht mehr.

Damons Gesicht war blutüberströmt, aber Malcom fand kein Einschussloch. Die Kugel hatte ihn nur gestreift, nichtsdestotrotz war ihre einzige Waffe in diesem Kampf außer Gefecht.

Neben ihm schluchzte Amanda leise. »Ist er tot?«

Malcom schüttelte den Kopf. »Das wird wieder. Ist nur eine Menge Blut, aber er scheint nicht ernsthaft verletzt zu sein.«

Matterson kroch um das Fahrzeug herum und legte ihm die Hand auf die Schulter.

»Wir müssen sofort abhauen. Kampfdrohnen sind auf dem Weg. Sie werden die Gegend dem Erdboden gleichmachen.«

»Was?«

Malcom verstand kein Wort.

»Ich nehme an, mein Stellvertreter sieht seine Chance gekommen, meinen Posten zu übernehmen. Ihm gefällt mein Führungsstil nicht und noch weniger die Tatsache, dass ich mit euch gegangen bin. In seinen Augen ist das Verrat.«

»Wir können hier nicht weg«, widersprach Malcom heftig. »Die knallen uns ab, sobald wir den Schutz des Fahrzeugs verlassen, und der Einzige, der das verhindern könnte, liegt blutend und ohnmächtig auf dem Boden.«

»Wie schlimm ist es?«, fragte der General.

»Streifschuss. Wie lange dauert es, bis die Drohnen hier sind?«

»Keine Ahnung. Ich weiß nicht, wann Snyder den Befehl dafür gegeben hat. Die Drohnen müssen aufgetankt und bewaffnet werden. Aber selbst unter günstigsten Umständen bleibt uns nicht mehr viel Zeit.«

Malcom überlegte fieberhaft, was er tun konnte.

Die Antwort war schlicht.

Sie waren am Ende ihres langen Weges angekommen und würden heute sterben.

Jenny hat noch eine Chance, und wo Wilbur ist, wissen wir nicht. Vielleicht schaffen es die beiden, die Mission zu erfüllen.

Aber so richtig daran glauben konnte er nicht. Jenny lebte in dieser Zeit, ahnte nichts von der Bedrohung in der Vergangenheit und Wilbur …

Er seufzte.

Niemand wusste, was mit ihm geschehen war und ob er noch lebte.

»Ich zähle bis drei, dann springen wir auf und laufen los«, sagte Matterson bestimmt. »Wir versuchen, das Haus da drüben zu erreichen.« Er deutete auf eine Ruine, die mindestens einhundert Meter entfernt war. »Ich trage euren Freund und ihr rennt am besten wie die Hasen. Immer im Zickzack.«

»Das Leben ist ein Witz«, sagte Malcom. »Und kein besonders guter.«

Wilbur und der alte Mann waren nicht mehr weit vom Standort des Fahrzeugs entfernt, als die Schießerei begann. Wer da auf wen feuerte, war nicht schwer zu erraten. Sie mussten sich beeilen.

»Los, schneller«, rief er Joe zu.

Sie huschten zwischen den Häuserruinen hindurch und versuchten möglichst in Deckung zu bleiben. Um eventuelle Geräusche, die sie verursachten, mussten sie sich bei dem Lärm keine Gedanken machen.

»Komm!«, raunte ihm Joe zu. »Es ist nicht mehr weit. Gleich an der nächsten Ecke, hinter diesem Block.«

Sie hasteten weiter.

Als sie das Gebiet erreichten, mussten sie stehen bleiben und sich orientieren. Wilbur entdeckte im bleichen Licht des Mondes zunächst den umgekippten Truck. Daneben stand bewegungslos ein Militärfahrzeug, auf das Gestalten, die sich in der Dunkelheit verbargen, ohne Unterlass feuerten.

Von Damon und den anderen war nichts zu sehen. Da das Feuer sich auf den Militärtransporter konzentrierte, konnte man davon ausgehen, dass sich seine Freunde darin befanden oder dahinter in Sicherheit gebracht hatten.

Hoffentlich sind alle okay.

Wilbur spähte die Umgebung aus. Er entdeckte vier Schützen. Die Mündungsfeuer der Waffen verrieten ihre Position. Alle vier hielten sich hinter Mauerbruchstücken oder verrosteten Karossen verborgen und schossen aus der Deckung.

»Gib mir die Handgranaten«, flüsterte er Joe zu.

»Lass mich das machen.«

»Nein, sag mir einfach, wie die Dinger funktionieren.«

Der Alte nahm den Stoffbeutel von seiner Schulter. »Sind fünf Stück drin.«

Er holte eine heraus. Sie sah genauso aus, wie Wilbur sie schon oftmals in Kriegsfilmen gesehen hatte, nur dass es bei dieser Version keinen Metallring gab, den man ziehen konnte, um die Granate scharf zu machen.

»Hier oben ist ein Stift«, erklärte der alte Mann. »Einfach mit dem Daumen runterdrücken. Dann bis drei zählen und buuum.«

»Okay, sollte ich hinbekommen.«

»Nach der ersten Granate entdecken sie dich. Du schaffst es niemals, eine zweite zu werfen«, meinte Joe.

Wilbur lächelte ihn an. »Mach dir mal darüber keine Sorgen.«

Er nahm Joe die Granate aus der Hand und ließ sich den Stoffbeutel geben. Dann schlich er davon.

Wilbur blieb geduckt. Langsam näherte er sich dem fremden Gegner, der ihn nicht bemerkte, sondern stur auf das Fahrzeug feuerte.

Sie würden ihn nicht kommen sehen, da sie nicht mit einem Angriff von hinten rechneten. Als er nur noch wenige Meter entfernt war, ging Wilbur hinter einem Mauervorsprung in Deckung. Hier war es dunkel und er musste sich auf sein Gefühl verlassen.

Nacheinander zog er drei weitere Handgranaten aus dem Beutel und legte sie in einer Reihe auf den Boden. Eine ließ er drin, da er sie nicht brauchte.

Wilbur atmete tief ein. Es durfte nichts schiefgehen, sonst würde er eine Hand oder sein Leben verlieren.

Im Kopf ging er seinen Plan durch.

Alle vier Granaten nacheinander scharf machen.

Zeit anhalten.

Handgranaten werfen.

Verdammt, das wird knapp werden. Ich muss vier Granaten in fünf Sekunden in verschiedene Richtung werfen und dabei auch noch genau zielen, damit mir keiner von ihnen entgeht.

Er seufzte.

Wilbur leckte sich über die trockenen Lippen. Er tastete nach den Granaten.

Jetzt oder nie!

22

2134

Amanda beobachtete, wie Matterson den noch immer bewusstlosen Dämon aufhob und ihn sich über die Schulter legte. Grey derartig hilflos zu sehen, schmerzte sie so sehr, dass sie glaubte, es körperlich zu spüren.

Er hat mir seine Liebe gestanden, und ich habe ihm gesagt, dass ich genauso für ihn empfinde.

Sie spürte tief in sich, dass Damon es diesmal ernst meinte. Irgendetwas war mit ihm geschehen.

Sie würden jetzt sterben, aber es beruhigte Amanda, dass sie in den letzten Minuten ihres Lebens wieder zueinandergefunden hatten. Was mit ihr passierte, war gleichgültig. Damon würde überleben. In seine Welt zurückkehren. Das war alles, was zählte.

»Eins …«

»Zwei …«

»Drei!«

Amanda sprang auf. Schüsse erklangen.

Die Kugel, die einen tötet, hört man nicht.

Vor ihr schlug etwas in den Boden ein. Asphaltsplitter surrten durch die Luft.

Sie sprintete los. Plötzlich gab es kurz nacheinander vier helle Lichtblitze. Explosionen ließen den Boden unter ihren Füßen erzittern. Doch sie rannte weiter. Unglaublicherweise erreichte sie lebend die Ruine und ging hinter einer Mauer in Deckung. Malcom warf sich keuchend neben sie. Ihm folgte der General, der Damon vorsichtig auf dem Boden ablegte. Matterson war nicht einmal außer Atem.

»Was war das?«, ächzte Malcom.

»Keine Ahnung«, gab Amanda zu.

»Die Gang wurde angegriffen«, sagte Matterson. »Ich tippe auf Handgranaten. Es war ein koordinierter Angriff von mehreren Personen gleichzeitig. Seitdem wird nicht mehr geschossen.«

Amanda schaute ihn an. »Soldaten?«

»Unwahrscheinlich. Snyder wollte das Problem auf andere Weise lösen. Wer auch immer die Gang ausgeschaltet hat, sollte machen, dass er dort wegkommt. Drohnen sind im Anflug. In wenigen Minuten steht dort kein Stein mehr auf dem anderen.«

»Das heißt, wir sind zu nah dran und müssen weiter«, sagte Malcom.

»Ja.« Matterson fasste Grey unter den Achseln und zog ihn auf die Füße. Schlaff hing Damon in seinen Armen. Noch immer lief Blut seine Wangen hinab.

Amanda beugte sich zu ihm und küsste ihn auf die Stirn.

»Geht ihr weiter«, sagte sie. »Ich werde unseren Retter warnen.«

»Amanda, du weißt nicht, wer das ist«, warf Malcom ein. »Es könnte eine andere, eine verfeindete Gang sein, die die Gelegenheit genutzt hat, alte Rechnungen zu begleichen. Möglicherweise sind die genauso schlimm wie die, die uns angegriffen haben.«

»Ist mir egal. Sie haben uns gerettet und nicht verdient, dafür zu sterben. Geht ihr weiter.«

Malcom seufzte, sagte aber nichts darauf. Matterson übernahm das Wort.

»Okay, ich verstehe dich, aber du musst dich beeilen. Danach kommst du hierher zurück und rennst die Straße hi-

nunter. Wir werden uns in einem Haus verstecken, das ich mit einem großen X markiere.« Er hob seine Metallhand, und Amanda verstand, dass er den Hinweis in die Wand kratzen würde. »Wenn du bei uns bist, beratschlagen wir, wie es weitergeht. Ich muss zurück in die Basis.«
Er legte sich Damon erneut über die Schulter.
»Komm, Junge«, sagte er zu Malcom.
Amanda rannte zurück zum Fahrzeug, blieb stehen und schaute sich um.
»Hallo?«, rief sie in die Dunkelheit.
Etwas raschelte. Ihre Nackenhaare richteten sich auf und ihr Kiefer verkrampfte vor lauter Anspannung.
Wie aus dem Nichts tauchte ein Schatten zwischen den Ruinen auf. Es dauerte einen Moment, bis Amanda erkannte, dass ein alter Mann vor ihr stand. Hager, ausgemergelt, mit struppigem grauem Bart. War das ihr Retter?
Noch bevor sie fragen konnte, erschien ein zweiter Schemen neben ihm und wurde zu …
WILBUR!
Amanda schrie freudig auf, stürzte nach vorn und warf sich in seine Arme.
»Hey, hey, langsam«, sagte Wilbur lächelnd.
»Du warst das? Du hast uns gerettet?«
»Ja, und er.« Er nickte zu Joe. »Er hat mich hergeführt und mir die Handgranaten gegeben, mit denen ich die Gang ausschalten konnte.«
»Wilbur, wir müssen sofort von hier verschwinden!«
»Was ist los?«
»Drohnen sind auf dem Weg. Sie werden alles unter Beschuss nehmen.«
»Woher weißt du das?«

»Ist doch egal. Wir müssen weg.«

»Wo sind die anderen?«

»Ein Stück die Straße runter. Komm jetzt!«

Amanda lief los. Wilbur war hinter ihr. Nach einhundert Metern packte Wilbur Amanda am Arm. Er deutete auf Joe, der weit hinter ihnen zurückgeblieben war. »Warte! Er kommt nicht hinterher. Ich will nicht riskieren, dass er uns im Dunkeln verliert.«

»Wilbur ... darauf können wir keine Rücksicht nehmen oder wir sterben alle.«

Seine Augen glühten. »Ohne ihn gehe ich nicht weiter.«

Qualvolle Sekunden vergingen, dann war der alte Mann endlich heran. Sein Gesicht war bleich. Er keuchte wie eine alte Dampfmaschine, die in den letzten Zügen lag.

»Ich ... kann ... nicht ... so ... schnell ...«

»Soll ich dich tragen?«, fragte Wilbur.

»Gott bewahre ... das schaffst ... du nicht.«

»Wie heißen Sie?«, fragte Amanda.

»Joe Bishop. Kannst mich einfach Joe nennen.«

»Hören Sie mir gut zu, Joe. Ich bin Ihnen dankbar für das, was Sie für uns getan haben, aber wir müssen jetzt weiter, und zwar so schnell wir können. Schaffen Sie das?«

»Ich gebe mein Bestes, Lady.«

»Das reicht mir nicht. Wenn Sie noch einmal stehen bleiben ...« Sie hob abwehrend die Hand, bevor Wilbur etwas sagen konnte. »Lasse ich Sie zurück. Ist das klar?«

Der Alte nickte.

»Amanda ...«

»Nein, Wilbur, sie hat recht. Ihr riskiert euer Leben, wenn ihr auf mich wartet. Du hast nicht die White Boys erledigt, um durch eine Drohne zu sterben. Nehmt auf mich keine

Rücksicht mehr. Der alte Joe kommt klar. Ich lebe schon lange hier. Ich finde euch.«

»Sicher?«, fragte Wilbur.

»Ganz sicher.«

»Suchen Sie nach einem Haus, das mit einem großem X markiert ist. Dort warten wir auf Sie«, erklärte Amanda.

Sie wandte sich um und rannte los. Wilbur neben ihr. Joe fiel sofort wieder zurück.

Dann war da plötzlich ein lautes Rauschen in der Luft.

Caitlin hatte ihre Sachen gepackt und stand nun in der Waffenkammer, um ihre Ausrüstung für den Einsatz in Empfang zu nehmen. Bliggman und das zweite Arschloch, das sie hierher begleitet hatte, standen im Hintergrund und beobachteten sie.

Im Raum befanden sich weitere Soldaten. Männer und Frauen, die mit ihr auf diese geheimnisvolle Mission gehen sollten, von der niemand wusste, worum es sich genau handelte. Caitlin schaute sich um.

Sie erkannte Vegas, einen mittelgroßen Mann südamerikanischer Abstammung, mit dem sie schon ein paar Drinks genommen und Poolbillard gespielt hatte. Direkt neben ihm griff gerade ein hochgewachsener Bursche mit weizenblonden Haaren nach seinem M313-Wolverine-Automatikgewehr.

Links davon ließ sich Kevin Malroy mehrere Granaten reichen. Sie kannte den Typ aus der Grundausbildung. Malroy war ein egoistisches Arschloch, das noch lernen musste, dass das Leben aus Nehmen und Geben bestand. Er hatte sie mal schwer angebaggert, aber nie wieder ein Wort mit ihr gesprochen, nachdem er kalt abgeblitzt war. Auch jetzt ignorierte er sie.

»Hey«, sagte Vegas leise.

»Hey«, gab Caitlin ebenso leise zurück.

Vegas blickte stur auf das Gewehr in seiner Hand und sprach, ohne die Lippen zu bewegen. »Weißt du, was Sache ist?«

»Nein, du?«

»Hab gehört, sie senden uns auf die Insel, draußen vor der Küste. Da läuft so ein wissenschaftliches Projekt, hat irgendetwas mit dem Meer zu tun. Ich denke mal, wir sollen die Anlage vor Terroristen schützen.«

Caitlin schüttelte den Kopf. »Wenn es darum ginge, hätten sie uns schon früher geschickt.«

»Vielleicht hat die Küstenwache den Job bisher gemacht und nun gibt es eine neue Bedrohungslage, von der wir nichts wissen. Ich habe gehört, Matterson wurde entführt.«

»Das stimmt. Ich war gerade auf dem Rückweg zum Hauptquartier, als es geschehen ist. Drei Fremde, die eine Einheit in einem Risikogebiet gefangenen genommen hatte, konnten sich befreien und den General überwältigen. Sie haben gedroht, Matterson zu töten, wenn man ihnen kein Fluchtfahrzeug zur Verfügung stellt. Matterson ist darauf eingegangen. Ich war in der Zentrale, als gemeldet wurde, das Fahrzeug sei zum Stehen gekommen. Dann näherten sich Personen dem Fahrzeug, und Snyder befahl Kampfdrohnen in das Gebiet, die alles auslöschen sollten, was sich bewegt.«

»Was? Das kann nicht sein Ernst sein.«

»Es bedeutet auch Mattersons Tod, aber das ist Snyder egal.«

»Meinst du, das hängt alles zusammen? Ich meine die Sache mit der Entführung und diese merkwürdige Mission?«

»Glaube ich nicht. Den Befehl haben wir schon seit zwei

Tagen. Lange bevor diese Dinge geschahen. Ich denke, dahinter steckt etwas anderes. Schau dir mal die Waffen an, die sie uns geben. Derartig ausgerüstet geht man in den Krieg, nicht auf eine Schutzmission.«

»Da ist was dran«, gab Vegas zu.

Hinter ihr ging die Tür auf. Jemand brüllte: »Achtung!« und alle im Raum nahmen Haltung an.

Major Wakefield trat ein. »Rührt euch.«

Alle entspannten sich wieder, blieben aber an Ort und Stelle stehen, ohne mit ihren Tätigkeiten fortzufahren.

Wakefield kreuzte die Hände hinter dem Rücken und betrachtete einen nach dem anderen.

»Sie alle wurden für eine spezielle Mission ausgewählt und fliegen noch heute Nacht gemeinsam mit mir nach Fire Island. Normalerweise würden wir mit Booten übersetzen, aber in den nächsten zwei Stunden zieht ein Sturm von Nordwest auf, was die Sache heikel macht. Mit den Helis schaffen wir es, bevor sich die Wetterlage verschlechtert.«

Wakefield wartete auf eine Reaktion, die nicht kam. »Sicherlich fragen Sie sich, was das Ziel Ihrer Mission ist. Dazu erfahren Sie auf Fire Island mehr. Im Augenblick müssen Sie nur wissen, dass die Aufgabe, die vor Ihnen liegt, von entscheidender Bedeutung für unsere ganze Nation ist. Das Wohl der freien Welt wird in Ihren Händen liegen, also konzentrieren Sie sich.«

Wakefield wandte sich um und wieder brüllte der Sergeant »Achtung!«, als der Offizier den Raum verließ.

Alle nahmen ihre Bewaffnung auf, aber jetzt herrschte aufgeregtes Gemurmel im Raum. Caitlin und Vegas mussten sich keine Mühe mehr geben, leise zu sprechen, denn alle anderen hatten das gleiche Thema.

»Ich hab dir doch gesagt, es ist was Großes«, sagte Caitlin.

»Yeah, hast recht gehabt. Keine Ahnung, was uns erwartet, aber es klingt nach Ruhm und Ehre und vielleicht gibt es danach Orden und eine Beförderung. Der zusätzliche Sold käme mir gelegen.«

»Schon wieder pleite?«

»In letzter Zeit nur wenig Glück beim Pokern gehabt, aber scheiß drauf, keine Pechsträhne hält ewig, das wird sich auch wieder ändern.«

»Lass einfach die Zockerei.«

»Und mache was? Schachspielen? Tennis? Caitlin, in meinen Adern fließt mexikanisches Blut, wir leben, lieben und vertreiben uns die Zeit mit Glücksspiel, seit es die Welt gibt.«

»Deine Familie lebt seit einem Jahrhundert nicht mehr dort.«

»Ja, sind weggezogen, als die verdammten Meere ausgestorben sind. Wie will ein Fischer sein Geld verdienen und seine Familie ernähren, wenn es keine Fische mehr gibt? Halleluja.«

»Tja und jetzt bist du hier.« Caitlin klopfte ihm mit ihrem mechanischen Arm auf seine menschliche Schulter. »Und ich bin froh darüber.«

Vegas stöhnte. »Scheiße, hau bloß nicht fester drauf.«

Der Sergeant hinter dem Ausgabetisch schleppte weitere Waffen heran und legte sie vor ihnen ab.

Vegas glotzte darauf, als könnte er es nicht glauben.

»Darling, es stimmt, was du gesagt hast, das wird etwas ganz Großes«, sagte er.

23

2134

Etwas flog über sie hinweg. Längliche Schatten, die dunkle Streifen über den vom Mond erleuchteten Himmel zogen. Wilbur wandte sich um. Von Joe war nichts zu sehen. Vor ihm blieb Amanda stehen. Sie deutete auf das kaum sichtbare X an der Hauswand.

»Wir sind da«, sagte sie.

Im Hauseingang erschien Mattersons mächtige Gestalt. »Kommt rein. Sofort!«, schrie er. »In den Keller!«

Amanda stürmte an ihm vorbei. Wilbur zögerte noch, er wollte ...

Dann brach ein Inferno aus. Der Boden unter seinen Füßen erzitterte, glutrote Flammenpilze stiegen zum Himmel auf. Ein mächtiges Brausen fegte über ihn hinweg. Danach kam die Hitze.

»Joe?«, brüllte Wilbur.

Matterson packte ihn grob und riss ihn in den Hausflur. Ohne zu zögern zog er ihn hinter sich die Treppe in den Keller hinunter. Es rumpelte ohrenbetäubend, als sie zwei Stockwerke tiefer endlich anhielten. Hier war es absolut finster. Nichts zu sehen. Wilbur hörte Amandas keuchenden Atem.

»Wo bist du?«, schnaufte er.

Eine Hand tastete nach ihm. Berührte sein Gesicht.

»Setzt euch!«, befahl Matterson. »Kinn runter zwischen die Knie. Beine anziehen. Hände über den Kopf. Nicht aufstehen. Nicht bewegen. Egal, was passiert!«

Wilbur sank erschöpft zu Boden und folgte den Anweisungen.

Obwohl sie sich mehrere Meter unter der Erdoberfläche befanden, war der Lärm der Explosionen unglaublich. Der ganze Raum wackelte wie bei einem starken Erdbeben. Wilbur konnte den Staub nicht sehen, der herabrieselte, aber er setzte sich in seiner Nase fest, ließ ihn husten und niesen.

»Wo ist Damon?«, rief Amanda neben ihm gegen den Krach an.

»Hier bei mir«, sagte der General.

Dann schwieg die Göttin.

Wilbur war schlecht. Nicht nur von der Anstrengung und all der Anspannung, es war der Gedanke, Joe im Stich gelassen zu haben, der diese Übelkeit verursachte.

Ich hätte ihn retten müssen, so wie er mich gerettet hat.

Tränen stiegen in seine Augen. Er konnte sie spüren und fühlte, wie sie seine Wangen hinabrannen, aber das war in Ordnung, hier im Dunkeln sah niemand, dass er um den alten Mann weinte.

Irgendwann fand der Angriff sein Ende. Die Erschütterungen ebbten ab und es gab auch keine Explosionen mehr. Wilbur saß noch immer mit angezogenen Beinen da und brauchte einen Moment, um zu registrieren, dass der Beschuss vorbei war.

Seine Ohren dröhnten, als hätte jemand seinen Kopf in einen Kessel gesteckt und anschließend mit einem Hammer darauf geschlagen. Er spürte den Rotz, der aus seiner Nase gelaufen war, und wischte ihn mit dem Ärmel weg.

»Ist alles okay?«, fragte Amanda.

»Ja«, sagte Wilbur.

Rechts von ihm erklang ein Stöhnen. »Verdammt!«

»Damon?«

»Was ist passiert?«
»Du wurdest angeschossen und bist in Ohnmacht gefallen«, sagte Amanda.
»Schon wieder?«
»Ja, schon wieder. Hör auf damit, das macht mir jedes Mal Sorgen.«
Wilbur konnte Damons Grinsen regelrecht spüren.
»Wo bist du?«, fragte Grey.
Rascheln. Anscheinend kroch Amanda zu ihm rüber.
»Fühl mal«, sagte der Dämon. »Ist noch alles dran an mir? Ich kann nichts sehen. Ich bin blind.«
Sie lachte hell auf. »Bist du nicht. Wir sind in einem Keller. Hier gibt es kein Licht.«
»Aha. Wo ist Malcom?«
»Direkt neben dir«, sagte der. »Alles okay? Was macht der Kopf?«
Wieder ein Stöhnen. »Tut weh.«
Wilbur hörte ein Schnuppern. Dann sagte Damon: »Ist das Blut? Ist das mein Blut?«
»Ich denke schon«, entgegnete Malcom. »Mach dir keine Sorgen, die Verletzung ist nicht schlimm.«
»Das mit diesen ganzen Körperflüssigkeiten verstehe ich nicht«, brummte Grey, ließ es aber dabei bewenden.
»Okay«, meldete sich Matterson zu Wort. »Der Angriff ist vorüber. Wir können hochgehen, allerdings erscheint dann mein Geopositionssignal auf Snyders Schirm, und wenn da oben noch Überwachungsdrohnen sind, registrieren sie eure Wärmeabstrahlung. Da ich mit der Basis keine Verbindung aufnehmen kann, ist es mir nicht möglich, Snyder zu befehlen, mit den Angriffen aufzuhören, und ich weiß nicht, was er als Nächstes tun wird.«

»Das kann er doch nicht einfach so machen«, sagte Malcom. »Sie sind sein Vorgesetzter.«

»Richtig, aber seht es mal aus seiner Perspektive. Wenn mein Signal erscheint und ich umgeben von Wärmesignaturen bin, muss Snyder davon ausgehen, dass ich entweder den Rebellen oder einer Gang in die Hände gefallen bin. Oder dass ich mich noch immer in der Gewalt meiner Entführer befinde. Außerdem ist da jetzt plötzlich noch eine neue Signatur. Eine Person mehr. Was soll er also tun? Snyder hat gar keine Wahl. Ich darf unter keinen Umständen in die Hände der Rebellen fallen, weil ich zu viel weiß. Wenn man mich zum Reden bringen würde, wäre das eine Katastrophe.«

»Dann sitzen wir hier also fest«, meinte Wilbur.

»Mehr oder weniger«, gab Matterson zu.

»Wir können nicht hierbleiben, General«, sagte Malcom. »Wir müssen dem Wahnsinn ein Ende bereiten. Deswegen sind wir hier. Aus diesem Grund sind wir durch die Zeit gereist. Herumsitzen und nichts zu tun, ist keine Option.«

»Das verstehe ich, aber wir haben ...«

Matterson verstummte abrupt.

Dann flüsterte er: »Jemand nähert sich.«

Caitlin stand in der Schlange der achtzehn Männer und Frauen und wartete darauf, in die bereitstehenden Helis steigen zu können. Die beiden Mamba-212X Helikopter wirkten wie gespenstisch große, schwarze Insekten, während ihre Rotoren unermüdlich die Luft aufwirbelten und jede Unterhaltung unmöglich machten. Leichter Regen hatte eingesetzt, der die Soldaten durchnässte, aber noch konnten sie nicht einsteigen.

Wakefield ging auf dem Vorfeld der Landezone die Reihe ab und kontrollierte jeden einzelnen Soldaten, betrachtete seine Ausrüstung und seine Waffen. Er schien sichergehen zu wollen, dass niemand etwas vergaß und dass alle einsatzbereit waren.

Als er vor Caitlin stehen blieb, schaute er sie ernst an. Dann beugte er sich vor und sagte nur für sie hörbar: »Ihr Onkel ist wahrscheinlich tot. Seit dem Angriff durch die Kampfdrohnen ist sein Geopositionssignal verschwunden. Gleiches gilt für die Wärmesignaturen seiner Kidnapper. Es tut mir leid.«

»Danke, Sir.«

»Bitte behalten Sie die Nachricht für sich. Ich möchte nicht, dass die Konzentration der Soldaten vor diesem wichtigen Einsatz gestört wird. Außerdem wäre es schlecht für die Moral, wenn sich herumspräche, dass der General gestorben ist.«

»Ja, Sir.«

»Möchten Sie von dieser Aufgabe befreit werden?«

»Nein, Sir.«

»Gut, ich hatte nichts anderes von Ihnen erwartet.«

Mit diesen Worten ging er zum Mann hinter ihr.

Caitlin spürte, wie ihre Unterlippe zu beben begann. Sie versuchte es zu verhindern, aber das Zittern wurde sogar noch stärker. Dann spürte sie Tränen über die menschliche Seite ihres Gesichts rinnen.

Ihr Onkel war tot. Gerade erst hatte sie erfahren, dass der General zu ihrer Familie gehörte, und nun betrauerte sie schon seinen Verlust.

Wie wird es seine Frau aufnehmen? Meine Tante. Ich weiß nicht einmal, ob er Kinder hat.

Und dann waren da noch die Fremden, die Matterson entführt hatten. Sie gehörten mit Sicherheit zu Wilbur, dem seltsamen jungen Mann mit den unzähligen Tätowierungen, der sie gerettet hatte. Auch sie waren jetzt tot, und das Rätsel, das sie umgab, war mit ihnen gestorben.

Zeitreise, Zerstörung der Meere, Mord.

Caitlin hatte nichts von dem verstanden, was Wilbur versucht hatte, ihr zu erklären.

Ob da vielleicht doch etwas dran war? Es klang unmöglich, vollkommen aberwitzig, Wilbur schien jedoch von dieser Sache absolut überzeugt zu sein.

Aber hält nicht jeder Verrückter seinen Irrsinn für die Wahrheit?

In diesem Moment wurde Caitlin klar, wie sehr sie unbewusst darauf gehofft hatte, Wilbur wieder zu begegnen. Dass er nun vielleicht tot war, berührte sie fast ebenso stark wie der Verlust ihres Onkels.

Was ist das für ein Schicksal? Jemand tritt in dein Leben und gleich darauf ist er verschwunden. Wie Nebel, der zum Himmel steigt und verfliegt. Was bleibt?

Nichts!

Die Antwort war eindeutig.

Caitlin presste die Zähne aufeinander, bis ihre Kiefer schmerzten.

All dieses Elend.

Eine schwerkranke Mutter, die wahrscheinlich das nächste Jahr nicht erleben würde. Ein geistig eingeschränkter Bruder, dessen einziges Glück aus Cornflakes und Comicsendungen bestand. Und ein Vater, der den Sinn des Lebens auf dem Boden einer Schnapsflasche suchte.

Wakefield kam auf seinem Rückweg wieder an ihr vorbei.

Er trat vor die Truppe und hob den rechten Arm. Die Faust geballt.

Das Signal zum Aufbruch.

Gleich würden sie in den Heli steigen und zu einem gefährlichen Einsatz aufbrechen, von dem es vielleicht keine Rückkehr gab.

Aber war das letztendlich nicht egal?

Wilbur lauschte in die Dunkelheit. Da waren eindeutig Schritte, die die Treppe herunterkamen. Schwere Schritte. Schleppende Schritte. Jemand keuchte.

Dann ein Fluch.

Und sein Herz machte einen Sprung.

Joe!

»Wir sind hier!«, rief er. »Hier unten!«

»Verdammte Ratten. Ich hasse die Biester!«

»Das ist Joe. Er hat mich gerettet«, erklärte Wilbur den anderen.

Plötzlich fiel Lichtschein in Wilburs Gesicht und er schloss geblendet die Augen.

»Da seid ihr ja«, sagte eine zufriedene Stimme hinter der Taschenlampe. »Hey, wer ist das?«

Der Lichtstrahl richtete sich auf Matterson.

»Können Sie das lassen?«, fragte der General.

»Ah, der entführte Kommandant«, brummte Joe. »Und das sind deine Freunde, die wir aus der Scheiße rausgeholt haben.«

Die Taschenlampe schwenkte zu Malcom, dann zu Damon.

»Junge, du hast da eine mächtig blutende Wunde, aber ...«

Der alte Mann griff in seine Hosentasche und zog ein

Verbandspäckchen heraus, das er Damon zuwarf.»... Joe ist gut ausgerüstet. Schmerztabletten habe ich leider keine. Schon vor Jahren ausgegangen. Der Rücken ...«

»Joe, wie hast du das überlebt?«, wollte Wilbur wissen.

»Als der Spaß losging, stand ich direkt neben einem alten Schulbus. Ich bin drunter gekrochen und habe mich so klein wie möglich gemacht. War Scheiße heiß und mir ist eine Menge Dreck um die Ohren geflogen, aber ich konnte es durchstehen, weil der Bus keinen direkten Treffer abbekommen hat. Das Monstrum stand da wie in Beton gegossen.« Er räusperte sich. »Danach habe ich das beschissene Zeichen an den beschissenen Hauswänden gesucht. Yeah! Nun bin ich hier. Scheint ja richtig gemütlich zu sein. Ein Black Force General, 'ne hübsche Lady, ein Typ, der aussieht, als hätte er gerade ein Blutbad angerichtet und selbst etwas abbekommen, ein ... na, was auch immer, und du, mein junger Freund. Ich frage mich ernsthaft, was als Nächstes kommt. Die Nacht war ziemlich spannend. Ich begegne nicht oft so vielen Fremden, mische eine Fucknazigang auf und überlebe einen Raketenangriff. Das hat schon was.«

Wilbur sah sein Grinsen. »Halt mal die Lampe etwas tiefer. Bist du verletzt?«

Joe wischte mit dem Ärmel seines alten Mantels über seine Stirn. »Ist bloß Schmutz. Mir geht es gut.«

»Du musst uns noch sagen, wo du die ganze Zeit warst.« Malcom wandte sich an Wilbur. »Und warum du nicht bei uns aufgewacht bist.«

»Keine Ahnung, wieso. Ich habe euch gesucht und dabei Jenny getroffen.«

»Du hast Jenny gesehen?«, fragte Malcom verblüfft. »Wo ist sie?«

»Sie gehört zu den Soldaten dieser Zeit. Den Black Force. Als ich erwachte, fand ein Überfall in meiner Nähe statt. Ein Militärfahrzeug wurde von einer Gang angegriffen. Darin befanden sich Jenny und ein Fahrer. Der Mann wurde bei dem Angriff getötet. Jenny blieb unverletzt, wurde aber von der Gang entführt. Ich bin ihnen nachgeschlichen und habe Jenny befreit. Wie ihr euch denken könnt, erkannte sie mich nicht und wusste nichts über unsere Vergangenheit. Sie war sehr misstrauisch und hat mir nicht geglaubt. Später kamen Soldaten, die sie abgeholt haben.«

»Moment mal«, mischte sich Matterson ein. »Redest du von meiner Nichte Caitlin?«

»Ja«, erklärte Malcom. »Ich habe Ihnen doch von der jungen Frau erzählt, die mit uns durch die Zeit gereist ist.«

»Ja, und ich habe verstanden, dass sie aus dieser Zeit stammen muss, aber ich habe das bisher nicht mit Caitlin in Verbindung gebracht. Die Sache wird immer verrückter.« Matterson schüttelte verwirrt den Kopf, dann sagte er plötzlich: »Scheiße!«

»Was ist?«, wollte Malcom wissen. »Hat es etwas mit Deakson und dem Versuch zu tun? Ist sie einer der Black Force, die durch die Zeit reisen sollen?«

»Ja, ich habe sie selbst dafür ausgewählt«, sagte Matterson. »Ich wollte, dass sie diese einzigartige Chance bekommt, sich zu bewähren. Wenn sie unverletzt gerettet wurde, ist sie mit Sicherheit schon auf dem Weg nach Fire Island.«

»Sie wissen, was das bedeutet? Deakson wird morgen ein Team ins alte Ägypten schicken, das Nianch-Hathor töten soll, bevor Amanda geboren wird.«

»Und vieles daran ist meine Schuld.« Der General brach ab, sah zu Boden und dachte nach. »Deakson hat mich irgendwann nach den alten Unterlagen der Special Command Force, unserer Vorgängereinheit gefragt. Die Einheit existiert seit dem Ausbruch des Virus im Jahr 2021 nicht mehr. Sie wurde aufgelöst. Es gab verschiedene Schriftstücke, vieles von dem Text war geschwärzt, sodass man keinen Sinn daraus erkennen konnte. In der Akte war allerdings das Foto einer Wandmalerei, die man in einem ägyptischen Tempel gefunden hatte. Das Bild zeigte den Sieg der Pharaonin Amandara über Black-Force-Soldaten. Eine der Figuren an der Wand hatte weiße Haare und konnte Feuer aus ihren Händen schießen.« Er sah zu Damon, dann wandte Matterson sich zu Amanda. »Und die Pharaonin, die siegte, das warst du. Ich bin mir ganz sicher. Jedes Detail stimmt. Ich habe dich im Hauptquartier nicht erkannt, aber jetzt, da ich eure Geschichte gehört habe, gibt es keinen Zweifel. Die anderen auf dem Gemälde waren deine Kameraden. Eine Inschrift unter dem Bild sprach von dir als Tochter der Prinzessin Nianch-Hathor und davon, dass du die Enkelin des großen Pharao Djoser bist. Es wurde berichtet, dass Silbergötter auftauchten und den Dorfbewohnern schlimme Dinge antaten, aber dann kamen fünf Fremde aus einem fernen Land und retteten die Prinzessin vor dem sicheren Tod.«

»Dieses Bild haben mit Sicherheit die Bewohner von *Bait Challaf* im Tempel des Horus an die Wand gemalt«, sagte Amanda. »Also wusste Deakson, dass es in der fernen Vergangenheit einen Kampf zwischen den Black Force und einer fremden Macht gegeben hatte. Dass es sich dabei nicht um einfache Ägypter handeln konnte, war augenscheinlich.«

»Ja«, meldete sich nun Malcom zu Wort. »Deakson weiß, wie Zeitreise funktioniert. Deakson und seine Leute versuchen verzweifelt, die Meere wieder mit Leben zu füllen.

In ihrer Zeit gibt es keine Fische und Meeressäuger mehr, also stehlen sie die aus einer anderen Zeit, der Vergangenheit. Nun taucht aber ein Bild auf, das beweist, dass die Black-Force-Soldaten im alten Ägypten von Fremden besiegt wurden. Daraus schließt er erstens, dass es möglich ist, Soldaten in die Vergangenheit zu senden, denn laut dem Wandbild und der Inschrift ist es geschehen, und dass es noch jemanden gibt, der durch die Zeit reisen kann. Er muss befürchten, dass genau diese Leute unter Umständen auch in die Zukunft reisen können, wenn sie Zugang zur weit entfernten Vergangenheit haben.«

»Und Ihre Elitesoldaten hier ebenfalls besiegen«, ergänzte Wilbur. »Deakson muss Angst haben, dass wir irgendwann in seiner Zeit auftauchen. Also will er uns zuvorkommen, und sendet Soldaten in die Vergangenheit, die Nianch-Hathor töten sollen, um Amandaras Geburt zu verhindern.«

»Dass es für diese Männer und Frauen keine Rückkehr geben wird, nimmt er in Kauf«, sagte Amanda.

»Dann habe ich Caitlin und alle anderen in den sicheren Tod geschickt«, sagte Matterson. Die Erschütterung war ihm anzusehen.

»Noch nicht«, sagte Amanda. »Jedenfalls nicht Ihre Nichte. Wir wissen, dass irgendetwas bei der Zeitreise schiefgehen wird, denn Caitlin ist nicht im alten Ägypten, sondern in unserer Zeit aufgetaucht. Sie spielt eine wichtige Rolle bei dieser Mission. Ohne Caitlin wären wir nicht hier, aber sie ahnt von alldem nichts. Was wäre, wenn wir Sie zurück zur Basis bringen und Sie das Kommando wieder übernehmen?«

»Deakson weiß inzwischen vermutlich von der Entführung. Er geht wahrscheinlich davon aus, dass ich tot bin.

Aber auch wenn ich ihn vom Gegenteil überzeugen kann, wird ihn das nicht aufhalten. Deakson hat von der Regierung den Auftrag, alles Nötige zu tun, damit das Projekt der Meeresbelebung nicht scheitert. Wir müssen persönlich nach Fire Island und Deakson davon abhalten, das Einsatzteam durch das Portal zu schicken. Alles andere ergibt keinen Sinn. Wenn ich vor Ort bin, kann ich den Soldaten befehlen, nicht zu tun, was Deakson oder irgendjemand anderes von ihnen verlangt. Ihr könnt dann mit dem Professor reden, ihm erzählen, was ihr mir gesagt habt. Er wird einsehen, dass es das Beste ist, euch statt der Soldaten in die Vergangenheit zu schicken, damit ihr das Virus aufhaltet, bevor es ausbricht.«

»Also, wie kommen wir nach Fire Island?«

Der alte Joe räusperte sich. »Die Subway-Linien führen bis zum Hafen. Dort könnten wir ein Boot nehmen und auf die Insel übersetzen.«

»Wir wissen nicht, ob die Tunnel irgendwo eingestürzt sind«, gab Matterson zu bedenken. »Nein, wir müssen unser Glück an der Oberfläche versuchen.«

»Wie weit ist es bis zum Hafen?«, fragte Amanda.

»Drei Meilen, aber sobald wir oben sind, taucht mein Geopositionssignal auf und der Spaß beginnt von vorn.«

»Das heißt, wir müssen schnell sein«, sagte Malcom. »Schneller als die Drohnen.«

Alle blickten zu Joe.

»Ich schaff das nicht, Leute. Ich würde euch bloß aufhalten.«

Keiner sagte etwas dazu.

»Ihr müsst ohne mich los. Wilbur, kann ich dich mal kurz sprechen?« Er winkte mit der Taschenlampe.

Wilbur erhob sich und folgte dem alten Mann in eine Ecke des Kellers.

»Hör zu, Junge. Ich weiß, du hast mir was versprochen, aber davon befreie ich dich jetzt. Ich verstehe zwar nicht, worum es genau bei dieser Sache geht, aber selbst ich merke, dass es wichtig ist, was ihr vorhabt. Irgendwas mit Rettung der Welt und so. Also geh mit deinen Freunden und tut, was ihr tun müsst. Ich komme schon klar.«

»Und wenn ich …«

Der Alte legte ihm eine Hand auf die Schulter. »Nein, alles ist gut. Ich weiß, dass du nicht wiederkommst. Musst in deine Zeit zurück. Meine Welt ist nicht gut für dich.«

»Joe, ich … danke.«

Wilbur hatte alle Mühe, die Tränen zurückzudrängen, die in seine Augen traten.

»Okay, gehen wir zu den anderen«, meinte Joe und grinste. »Schade, dass ich nicht dabei bin, wenn ihr auf Fire Island aufräumt. Ich denke, es wird ein mächtiger Spaß.«

24

2134

Caitlin saß im Transporthubschrauber und hatte Mühe, sich nicht zu übergeben. Sofort nachdem der Heli abgehoben hatte, erfassten ihn heftige Windböen, die über das Meer herangetrieben wurden.

Wie in einem Karussell ging es hin und her, rauf und runter. Mal sackte der Helikopter urplötzlich durch und fiel zehn Meter in die Tiefe, dann wieder hob ihn der Wind an, und Caitlin hatte das Gefühl, von einem Katapult abgefeuert zu werden.

Neben ihr hielt sich Vegas den Bauch. Beide Hände in die Körpermitte gepresst, stöhnte er laut auf.

»Scheiße, ist das heftig«, meinte er. »Wie weit ist es von der Basis bis zur Insel?«

»Nicht weit. Ein Katzensprung, aber der Sturm weht uns direkt entgegen, das macht es für den Piloten nicht einfach«, sagte Malroy, der neben Vegas saß.

Caitlin blickte zu Colonel Snyder. Im letzten Moment war er auf der Landeplattform aufgetaucht und hatte Wakefield erklärt, dass er mit auf die Insel übersetze. Jetzt wo Matterson tot sei, sei es wichtig, dass nichts bei der Mission schiefgehe.

Caitlin hatte direkt neben den beiden gestanden, als Snyder dem Major mehr oder weniger das Kommando für diesen Einsatz abgenommen hatte. Wahrscheinlich wollte er nach dem Tod des Generals Entschlossenheit zeigen und verband damit die Hoffnung auf eine Beförderung und die Befehlsgewalt über die Black Force.

Du trägst die Schuld am Tod meines Onkels.
Snyder schien ihren Blick zu spüren, denn er wandte sich ihr zu und starrte sie an. Caitlin starrte zurück, senkte aber irgendwann den Kopf. Hier und heute war nicht der Augenblick, Snyder herauszufordern, aber es würde andere Gelegenheiten geben.

Erneut wurde der Heli von einer Böe erfasst und zur Seite geworfen. Irgendjemand schrie auf, kurz darauf hatte der Pilot die Maschine wieder unter Kontrolle.

Dann senkte sich die Schnauze des Hubschraubers und es ging steil nach unten. Obwohl Caitlin wie alle anderen im Sitz angeschnallt war, suchte sie nach etwas, woran sie sich festhalten konnte, fand aber nur das nachgebende Tarnnetz in ihrem Rücken, das dazu gedacht war, den Hubschrauber im Gelände zu verstecken.

Der Heli pendelte sich wieder aus. Nun sanken sie kerzengerade dem Boden entgegen. Alle wurden wild durchgerüttelt, aber der Hubschrauber hielt dem Sturm stand und setzte mit einem heftigen Ruck auf, der Caitlin durch Mark und Bein ging.

Die Heckklappe öffnete sich und alle stiegen aus.

Flutlichtstrahler beleuchteten das gesamte Landefeld. In ihrem Schein wirkte der Regen wie ein grauer Vorhang, der umhergewirbelt wurde. Draußen auf dem Meer war es finster. Blitze zuckten über den Nachthimmel. Donner rollte über die See heran.

Ein mulmiges Gefühl beschlich sie, aber dafür war keine Zeit.

Wakefield ließ alle in einer Reihe antreten. Die Tatsache, dass der Wind ihnen mit mindestens Stärke 8 den Regen ins Gesicht peitschte, schien ihn nicht zu interessieren.

Snyder stellte sich neben ihn und musterte die Soldaten, dann sagte er etwas zum Major, der das Wegtreten befahl. Danach ging Wakefield den Männern und Frauen zu den Unterkünften voraus.

Caitlins Kampfstiefel schmatzten in den Pfützen, die sich auf dem Asphalt gebildet hatten, während sie den anderen hinterhertrottete.

Das plötzlich aufgezogene Unwetter erschien ihr wie ein schlechtes Omen für die bevorstehende Mission. Es machte den Eindruck, als hätte die Hölle ihre Tore geöffnet, um sie vor dem zu warnen, was auf sie zukommen würde.

In diesem Meer haben einmal Fische und andere Tiere gelebt. Unvorstellbar.

Nun war es nur noch ein schwarzer Schlund, der alles zu verschlingen drohte.

»Hey, pass auf, wo du hinläufst«, schimpfte Vegas.

Caitlin war ihm in die Hacken getreten. »Sorry.«

Der Wind zerrte an ihrer Kampfmontur, während der Regen in Bächen über die Metallseite ihres Gesichtes hinab in den Jackenkragen lief.

Nach etwa zweihundert Metern hatten sie die Baracken erreicht. Es waren mehrere flache Gebäude, die sich wie eine Herde Schafe aneinanderkauerten. Die Farbe an den Mauerwänden platzte an vielen Stellen ab und die Fensterrahmen hätten einen neuen Anstrich nötig gehabt.

Von drinnen wurde die Tür geöffnet und Licht fiel heraus. Wakefield befahl ihnen einzutreten.

»Suchen Sie sich ein Bett aus. Ruhen Sie ein wenig. In wenigen Stunden werden Sie zu einem wichtigen Einsatz aufbrechen. Sie müssen fit und konzentriert sein. Also keine Ablenkungen. Kein Gequatsche. Um fünf Uhr werden Sie abgeholt und in die Kantine geführt. Dort gibt es ein leichtes Frühstück, bevor Sie aufbrechen.«

Er deutete auf den Flur. »Hängen Sie Ihre nassen Sachen auf. Waffen und Ausrüstung in die Spinde dort drüben. Jeder Spind hat eine Nummer, merken Sie sich die. Ich möchte nicht, dass jemand mit dem Gewehr eines anderen Soldaten herumläuft und im Gefecht feststellt, dass die Knarre nicht funktioniert.«

Er sprach damit den Umstand an, dass jede Waffe bei der Übergabe an seinen Benutzer durch Fingerabdruck personalisiert wurde. So war gewährleistet, dass kein Feind die Waffe eines gefangenen Soldaten einsetzen konnte.

Caitlin blickte auf das M17-Hellbound in ihren Händen. Sechzig Schuss Munition, dazu ein halbes Dutzend Gewehrgranaten. Feuergeschwindigkeit dreitausend Schuss pro Minute. Konnte sowohl Patronen als auch Nadel-Geschosse abfeuern, je nachdem, was sie lud. Sie hatte beides in der Waffenkammer ausgehändigt bekommen.

Das wird mein erster richtiger Einsatz und dann gleich mit allem, was die Black Force zu bieten hat.

Sie hatte beobachtet, dass andere Soldaten schwere Maschinengewehre und transportable Granatwerfer mit sich rumschleppten. Dazu kamen Hawk-Raketen für den Boden-Luft-Kampf und Grizzly-Panzerfäuste, die alles stoppten, was auf vier Rädern oder Ketten fuhr. Damit konnte man aber ebenso Stellungen ausheben oder Bunker knacken.

Wir ziehen in einen verdammten Krieg, aber wo findet er statt?

Auf Fire Island sicherlich nicht. Caitlin ging davon aus, dass sie im Morgengrauen auf ein Schiff verladen wurden, das die Truppe zum Einsatzgebiet schippern würde. Allein der Gedanke, bei diesem Seegang ein Boot zu besteigen, verursachte ihr Übelkeit. Sollte einer von ihnen über Bord gehen, würde er nie wieder auftauchen. Schwimmen war nach der Umrüstung keine Option mehr.

Es hatte keinen Sinn, darüber nachzugrübeln, was gewesen war oder was sein würde. Caitlin war nach diesem anstrengenden Tag erschöpft und müde. Ein paar Stunden lang die Augen zuzumachen, würde ihr neue Kraft geben. Hoffentlich schnarchte keiner von den Typen, mit denen sie sich den Schlafsaal teilen musste.

Sie standen im Hauseingang und schauten einander an. Malcom sah, dass es Wilbur schwerfiel, den alten Mann zurückzulassen. Er hatte ihn noch einmal umarmt und sich mit Tränen in den Augen abgewandt.

»Bereit?«, fragte Matterson.

»Nein«, sagte Wilbur. »Aber lassen Sie es uns trotzdem tun.«

»Eines noch«, meinte der General. »Ich bin technisch aufgerüstet und laufe diese Distanz normalerweise in unter zehn Minuten. Dass ihr da nicht mithalten könnt, ist mir klar, also drehe ich nicht voll auf. Wenn ich trotzdem zu schnell bin oder ihr eine Pause braucht, sagt mir Bescheid. Euch sollte allerdings bewusst sein, dass da oben immer noch Überwachungsdrohnen kreisen. Wenn wir uns nicht sputen, schickt Snyder erneut bewaffnete Drohnen auf den Weg.«

»Was machen wir, wenn wir am Hafen sind?«, fragte Malcom.

»Das erstbeste Boot mit Unterdeck kapern und raus aufs Meer. Kann einer von euch ein Boot steuern?«

Stille kehrte ein.

»Ich kann es«, sagte Amanda.

»Echt jetzt?«, fragte Malcom.

»O Mann, Malcom. Ich bin seit fünftausend Jahren auf der Welt. Da lernt man schon das ein oder andere. Zum Beispiel, einen schweren Truck fahren. Segeln. Eine Motorjacht steuern. Fallschirmspringen. Elche ausweiden, Stricken oder die Relativitätstheorie zu verstehen. Weißt du, wie lang fünftausend Jahre sind? Da kann es einem schon mal langweilig werden und dann probiert man eben etwas Neues aus. Wenn ich diesen Mist hier überlebe, werde ich vielleicht Astronautin und fliege irgendwann zum Mars. Irgendetwas wird kommen, mit dem ich mir die Zeit vertreibe. Letztendlich habe ich ja keine andere Wahl, als immer weiterzumachen.«

»Du könntest dich ...« Malcom sprach nicht weiter.

»Umbringen? Muss ich nicht. Das haben im Lauf der Jahrhunderte schon viele andere versucht, und wenn ich an unsere jetzige Situation denke, ist die Lage nicht besser geworden. Dass Drohnen mir den Garaus machen sollen, ist selbst für mich neu.«

»Also einen Skipper haben wir«, stellte Matterson fest. »Navigieren müssen wir nicht, die Insel liegt drei Meilen vor der Küste. Aber die Wettervorhersage hat einen schweren Sturm angekündigt. Die Überfahrt wird also nicht einfach werden.«

»Na super«, stöhnte Malcom. »Ich werde mir die Seele aus dem Leib kotzen.«

»Ich finde das toll«, sagte Damon. »Ein richtiges Abenteuer und viele neue Erfahrungen für mich. Der Kampf gegen die Gang hat Spaß gemacht. Leider konnte ich die Sache nicht zu Ende bringen und alle töten, da ich ohnmächtig geworden bin.«

»Du wurdest angeschossen«, stellte Amanda fest.

»Ja, jetzt weiß ich, wie mein Blut schmeckt.«

»Grundgütiger!«, sagte Malcom.

Wilbur lachte. »Ich finde diese Einstellung erstrebenswert.«

»Ähm«, meldete sich Joe zu Wort. »Ich denke ihr solltet mit dem Gequatsche aufhören und euch auf den Weg machen.«

»Er hat recht«, sagte Malcom. »Gehen wir es an!«

Matterson rannte los. Damon und die anderen direkt hinter ihm.

Draußen trieb der aufgekommene Wind dunkle Wolken über den Himmel. Das Licht des Mondes blieb als bleicher Schein dahinter verborgen. Regen peitschte Grey entgegen. Dankbar öffnete er den Mund und streckte seine Zunge raus. Es war lange her, seit er das letzte Mal getrunken hatte.

Der Wind wehte durch seine weißen Haare, wirbelte sie wie ein lebendiges Wesen um seinen Kopf. Blut pulsierte in seinen Adern, und er genoss das Gefühl, lebendig zu sein.

All diese Empfindungen.

Leben war eine einzigartige Erfahrung.

Neben ihm rannte Amanda durch die fahle Dunkelheit. Er hörte ihren Atem. Kraftvoll und gleichmäßig. Bewunderte die Eleganz und Geschmeidigkeit, mit der sie lief. Amanda war atemberaubend.

Damon spürte noch immer die Stelle in seiner Brust, von der alle Liebe für sie ausging.

Er war davon erfüllt.

So wie der Wind über die Welt brauste, tobten die Stürme in seinem Inneren.
Amanda.
Göttin.
Frau.
Gefährtin.
Das ist Liebe.
Damon spürte, dass er lächelte.
Ich möchte mehr sein, als ich bin.
Ich möchte die Erfahrung machen, mich dieser Frau hinzugeben und ihre Hingabe an mich erfahren.
Grey wandte den Kopf und schaute zu Malcom, der keuchend versuchte, mit Matterson, Amanda und ihm Schritt zu halten.
Er ist bloß ein Mensch. Sterblich wie jedes Wesen dieser Welt und doch riskiert er sein Leben für andere. Wie ungewöhnlich.
Damon dachte darüber nach, dass das Gefühl der Sterblichkeit die ultimative Erfahrung sein musste. Zu wissen, dass seine Existenz in jedem Moment enden konnte, machte ihn einzigartig in der Zeit. Und da für Menschen alles begrenzt war, lebten und liebten sie von einem Moment zum nächsten, und doch war es immer nur dieser eine Augenblick, in dem sie existieren konnten.
Der Schöpfer hat ihnen ein Geschenk gemacht, das er Göttern und Dämonen verwehrt. Es ist voller Kostbarkeit und Schönheit und führt sie zu ihm zurück.
Als Damon das erkannte, wich alle Bitterkeit aus ihm, und er konnte die Menschen sehen, wie sie waren. Wie sie wirklich waren und er betrachtete ihre Existenz ohne Neid.
Sie sind die Kinder des Schöpfers und wir haben ihnen zu

dienen. Das ist der Grund unserer Existenz. Im kosmischen Spiel muss es Gut und Böse geben, denn das eine versteht man nicht ohne das andere.

Vor ihm bog Matterson in eine Nebenstraße ab. Hier war es noch dunkler als auf der Hauptstraße, der sie bisher gefolgt waren, und Damon musste sich konzentrieren, um nicht zu stolpern.

Hinter ihm schnaufte Malcom, als versuchte er ein sterbendes Tier zu imitieren. Langsam fiel er zurück.

Wilbur, der als Letzter in der Reihe gelaufen war, zog an ihm vorbei.

»Wartet«, rief Damon nach vorn und blieb stehen. Ohne darauf zu achten, ob Matterson und Amanda anhielten, drehte er sich um. Malcom stolperte praktisch in seine Arme. Er atmete schwer und sein Oberkörper sackte nach vorn. Sein Brustkorb hob und senkte sich in schnellem Rhythmus, während er verzweifelt versuchte, Luft zu holen.

»Wie geht es dir?«, fragte Damon.

»Pr... prima. Könnte ... nicht ... besser ... sein.«

»Du siehst nicht gut aus.«

»Ach ... was. Lustig, dass du ... das sagst.«

Amanda kam heran und legte Malcom eine Hand auf die Schulter.

»Brauchst du eine Pause?«

»Nö, stehe hier ... nur rum ... und schaue mir das Muster auf dem Asphalt an.«

»Na, zumindest hast du deinen Humor noch nicht verloren.«

»Geht gleich weiter«, röchelte Malcom. »Nur einen Moment.«

Matterson stand stumm daneben und sagte nichts, aber

er blickte immer wieder vielsagend zum Himmel, als suchte er eine weitere Bedrohung.

Schließlich richtete sich Malcom auf und bog den Rücken durch. »Wie weit ist es noch?«

»Nicht mehr weit«, sagte Matterson. »Du schaffst das.«

»Gut, dass wenigstens einer in dieser Gruppe daran glaubt.«

Er trabte los.

25

2134

Sie erreichten den Hafen tief in der Nacht und blieben vor einem hohen Maschendrahtzaun stehen. Ein gelbes Hinweisschild verkündete mit einem stilisierten Totenschädel und einem gezackten Blitz, dass der Zaun unter Strom stand.

Der Sturm war stärker geworden. Weiße Schaumkronen bedeckten nachtschwarze Wogen, die sich an der Kaimauer brachen. Der Wind zerrte heftig an Malcom. Er war total verschwitzt, aber unendlich froh, es bis hierher geschafft zu haben.

Es waren keine Drohnen aufgetaucht, die sie beschossen hatten, und von irgendwelchen Gangs war auch nichts zu sehen gewesen.

Malcom schöpfte etwas Hoffnung, die sich aber gleich wieder zerschlug, als er aufs Meer blickte. Sich dort mit einem kleinen Boot hinauszuwagen, war der absolute Wahnsinn. Matterson war verrückt, daran auch nur einen Gedanken zu verschwenden.

Nein, ist er nicht, denn letztendlich haben wir keine Wahl.

In seinem Bauch begann es zu grummeln und ihm war schlecht. Hinzu kam brennender Durst und langsam auch Hunger. Er hatte seit Ewigkeiten nichts mehr gegessen.

Man sollte die Welt nicht mit leerem Magen retten müssen.

Neben ihm streckte Amanda den Rücken. Es sah aus, als vollführte sie Dehnübungen nach einer kleinen Joggingeinlage.

Der Teufel soll sie holen.

Und Damon ebenso, denn Malcom musste feststellen, dass

Grey anscheinend nicht einmal ins Schwitzen gekommen war. Gleiches galt für Matterson, dessen Metallseite im Licht der einzelnen Hafenlaterne glänzte. Zu seiner Beruhigung schnaufte und keuchte Wilbur entsprechend. Malcom beschloss, dass er den tätowierten Jungen ab jetzt noch mehr mochte.

Verdammt, wenigstens einer, der genauso leidet wie ich.

Der Wind peitschte den Regen in sein Gesicht, und es war schwer, etwas von der Umgebung zu erkennen.

Vor ihm lag die Hafenmauer. Dahinter einzelne Motor- und Segelboote. Links vom Pier standen mehrere flache Gebäude, die aber allesamt verlassen wirkten. Obwohl der Hafen etwas heruntergekommen aussah, gab es hier keine Zerstörung. Keine eingebrochenen Fensterscheiben und selbst die unvermeidlichen Graffiti an den Hauswänden hielten sich in Grenzen. Sie mussten sich in einem Gebiet befinden, das noch nicht aufgegeben worden war. Es hieß also, vorsichtig zu sein.

Matterson winkte sie zu sich und Damon, Wilbur, Amanda und Malcom drängten sich um ihn.

»Das ist ein privater Hafen. Die Anlage wird sicherlich von Kameras überwacht, und im Augenblick habe ich keine Idee, wie wir den Zaun überwinden sollen. Irgendwelche Vorschläge?«

Damon wandte sich um und hob beide Hände. Ein heller Energiestrahl schoss daraus hervor und brannte ein mannshohes Loch in den Maschendraht.

Dann drehte er sich, ohne ein Wort zu sagen, wieder zu Matterson.

»Nachdem dieses Problem gelöst ist, haben wir bald Ärger am Hals, denn die Unterbrechung des Stromnetzes wird sicherlich einen Alarm in der Zentrale des Sicherheitsdienstes ausgelöst haben.«

»Es gab keine andere Möglichkeit«, meinte Damon. »Und außerdem haben wir es in der Schweiz so auch gemacht.«

Matterson ging nicht darauf ein.

»Uns bleibt also nicht viel Zeit. Zuerst müssen wir ein geeignetes Boot finden und dann im Bootshaus nach dem Schlüssel suchen.«

»Wie sollen wir vorgehen?«, fragte Amanda.

»Wir teilen uns auf. Grey, du und ich gehen zum Pier. »Malcom und …« Er schaute hilflos den tätowierten Jungen an.

»Wilbur«, sagte der.

»Malcom und Wilbur brechen in das kleine Restaurant neben dem Bootshaus ein. Wir brauchen unbedingt Wasser und vielleicht findet ihr etwas zu essen. Waffen wären auch nicht schlecht, aber da mache ich mir keine Hoffnung. Dann kommt ihr wieder hierher. Beeilt euch. Ich weiß nicht, wo die Zentrale des Wachdienstes ist und wie lange deren Einsatzkräfte bis zum Hafen brauchen, aber es wäre besser, wir wären dann schon auf See.«

»Okay«, sagte Malcom.

Er und Wilbur liefen los. Sie erreichten das Gebäude und pressten sich an die Hauswand, die mit blassblauer Farbe gestrichen war. In den Fenstern hingen Vorhänge und über dem Eingang ein Schild.

White Goose, las Malcom. Wilbur huschte zum Eingang. Er zögerte kurz, dann rammte er seinen Ellbogen in die Glastür. Mit einem lauten Klirren fielen die Scherben nach innen.

Malcom zuckte bei dem Lärm zusammen, was unsinnig

war, wie er fand, denn der Alarm war ja längst durch Damons Aktion ausgelöst worden.

Malcom trat zu Wilbur, der jetzt seine Hand durch die zerbrochene Scheibe schob und den Knauf drehte. Die Tür schwang im Wind klappernd auf.

Sie huschten hinein und versuchten sich im Dunkeln zu orientieren. Von draußen fiel nur wenig Licht in den Gastraum, aber es reichte aus, um die Schemen der Tische und Stühle auszumachen.

»Komm«, raunte Wilbur ihm zu.

Gebückt durchquerten sie den Raum und erreichten eine weitere Tür. Wilbur öffnete sie.

Die Küche.

Er zog Malcom mit sich hinein. Durch die großen Fenster an ihrer rechten Seite drang etwas Licht, und nachdem sich Malcoms Augen an die fahle Dunkelheit gewöhnt hatten, entdeckte er noch einen weiteren Durchgang.

Wilbur und er schlichen hinüber und öffneten ihn.

Vor ihnen lag ein kleiner Lagerraum. Sie traten ein, schlossen die Tür und Malcom tastete nach einem Lichtschalter. Hier drin gab es keine Fenster und es war stockdunkel. Als er mit seiner Hand über eine flache Metallplatte fuhr, ging die Deckenbeleuchtung an.

Glück gehabt!

Hier gab es Konserven und Getränke.

Wilbur griff nach etwas und hielt es sich dicht vor die Nase. »Champagner.«

»Wir haben nichts zu feiern.«

»Immerhin bis hierher überlebt.«

»Stell das wieder hin. Wir müssen einen klaren Kopf behalten.«

Malcom wandte den Kopf und entdeckte mehrere Plastikflaschen in einer seltsam geformten Kiste. Er zog eine heraus. Dann öffnete er den Schraubverschluss, schnupperte. Kein Geruch.

Wasser!

Vorsichtig nahm er einen Schluck. Eindeutig Mineralwasser.

»Hast du etwas gefunden?«, fragte Wilbur.

»Ja. Wasser. Und du?«

»Hier sind Dosen. In manchen scheint sich Obst zu befinden. Alles in Plastik verpackt, aber ich sehe keine Lasche oder sonst eine Möglichkeit, so ein Ding zu öffnen.«

»Nimm einfach ein paar mit. Matterson wird wissen, wie man die aufkriegt.«

»Der General hat gesagt, wir sollen nach Waffen Ausschau halten. Im Ernst, Malcom, das hier ist eine Küche. Wir werden nichts als ein paar Messer finden, was sich als Waffe verwenden lässt. Außerdem haben wir Damon, und Matterson ist eine lebende Kampfmaschine. Was helfen uns da Messer?«

»Ich denke, er meinte richtige Knarren. Vielleicht hat er geglaubt, der Restaurantbesitzer hat irgendwo welche rumliegen.«

»Wir haben keine Zeit, danach zu suchen, und mal ehrlich, wenn wir auf der Insel sind, stehen wir schwerbewaffneten Spezialeinheiten gegenüber. Was immer wir hier auch finden, es wird nutzlos gegen die Black Force sein«, sagte Wilbur.

»Denkst du wirklich, wir könnten das alles überleben? Es zurück in unsere Zeit schaffen?«

»Keine Ahnung. Uns bleibt nur die Hoffnung.« Wilbur lächelte ihn an. »Hattest du schon mal ein Mädchen?«

»Was meinst du?«
»Na, du weißt schon ...«
Malcom dachte an Nianch-Hathor. *Ja, ich habe geliebt. Mit allen Sinnen ... und es war wunderbar.* Aber das konnte er Wilbur nicht sagen.
»Nein. Noch nie«, log er.
Wilbur seufzte. »Wäre doch schade, wenn wir draufgehen, ohne es wenigstens einmal getan zu haben.«
Darauf gab es nichts zu sagen.
»Wir haben alles. Lass uns abhauen.«

Amanda ging den Pier entlang und schaute hinunter zu den fest vertäuten Booten. Der Wind klatschte ihr den Regen ins Gesicht und sie musste die Augen zusammenkneifen, um etwas zu erkennen.
Scheißregen!
Hier gab es zwar in Abständen von zwanzig Metern Laternen, aber ihr Licht wurde vom Regen regelrecht verschluckt. Matterson und Grey suchten auf der anderen Seite des Piers nach einem geeigneten Boot.
Damon wird ihm keine Hilfe sein. Der hat in seinem ganzen Dasein noch kein Boot gesehen und das Meer wahrscheinlich auch nicht.
Sie kam an einer Reihe kleiner Segeljachten vorbei. Fünf Jollen, die ohne Takelage im Seegang dümpelten. Hier im Hafenbecken war das Wasser nur aufgewühlt, draußen vor der Steinmauer türmten sich die Wellen zu Bergen auf, klatschten gegen die Felsen und die Gischt schäumte meterhoch.
Das wird so richtig lustig, wenn wir da raus müssen. Auch eine unsterbliche Göttin kann ertrinken.

Sie dachte über den Tod nach. Oft hatte sie darüber gegrübelt, wie es sein mochte, nicht mehr zu sein. Selbst nach fünftausend Jahren war das ein unvorstellbarer Gedanke.

In den vergangenen Jahrhunderten hatte der Tod sie stets begleitet. Alle Menschen, die sie kennengelernt hatte, waren irgendwann gestorben. Jeder Liebhaber alt geworden und verfallen. Jede Freundin ausgelöscht.

Der Tod war ihr Feind, der ihr stets alles nahm, was sie liebte und begehrte.

Natürlich hatte es Zeiten gegeben, in denen sie sich gewünscht hatte, ebenfalls sterben zu können, aber selbst den Schritt vom Leben ins Nichts zu tun, hatte sie nicht über sich gebracht.

Amanda wusste, dass sie eine große Klappe hatte. Dass sie maßlos und unbeherrscht war, aber sie war auch auf der Suche nach Liebe. Hatte die Jahrtausende nach dem einen Menschen durchforscht, den sie lieben konnte und der sie liebte. *So wie sie war.*

Maßlos und unbeherrscht.

Nun glaubte sie, denjenigen gefunden zu haben, und er war kein Mensch.

Ein Dämon.

Und doch war er alles, was sie sich immer erhofft hatte.

Ich kann es spüren.

Damon ist der Richtige. Für ihn würde ich leben. Für ihn sterben.

Ihr Herz jubelte bei der Erinnerung an sein Liebesgeständnis. Inmitten des Kugelhagels hatte er sie angesehen und ihr gesagt, wie es um ihn stand. Ein wildes Grinsen hatte dabei auf seinem Gesicht gelegen, und dieses Grinsen hatte ihr versprochen, dass die Ewigkeit nicht langweilig werden würde.

Nicht mit ihm.

Sie schaute zur anderen Seite des Piers, konnte aber Grey nicht entdecken.

Hinter den Jollen waren mehrere Motorboote festgemacht, aber alle zu klein, untauglich für den Seegang, der sie erwartete.

Dann blieb sie stehen.

Vor ihr lag eine elegante Jacht, vielleicht zwanzig Fuß lang. Das Glas des Hardtops schimmerte im Licht der Hafenlampen. Dahinter befand sich das Achtercockpit. Genau das Richtige. Sie würden zwar ordentlich nass werden, waren aber den Elementen nicht vollkommen schutzlos ausgeliefert.

Windsong.

Der Name war in schwarzer Schrift am Heck aufgepinselt und ein Zeichen, dass der Besitzer dem Boot einiges zutraute. Eine kurze Planke führte auf das Schiff, kaum zwei Meter lang, aber Amanda musste trotzdem aufpassen, dass sie nicht ausrutschte und ins Hafenbecken fiel.

Sie sprang an Deck und schaute sich um. Das Cockpit war verschlossen, aber etwas anderes hatte sie auch nicht erwartet. In den Bootskisten fand sie Rettungswesten und eine Signalpistole, die sie in den Hosenbund schob. Besser als nichts.

Nachdem sich Amanda davon überzeugt hatte, dass alles an der Yacht für eine Fahrt einsatzbereit war, beschloss sie, Matterson und Damon zu benachrichtigen und im Bootshaus nach dem Schlüssel zu suchen. Hoffentlich war er dort, denn falls der Besitzer ihn mitgenommen hatte, ging die Sucherei wieder von vorn los.

Amanda kletterte von Bord und spähte zur anderen Seite des Hafens. Nichts zu sehen.

Sie steckte zwei Finger in den Mund und pfiff laut. Leise sein hin oder her, hier ging es um Zeit, und sie konnte nicht erst den ganzen Hafen umrunden, bis sie den beiden anderen Bescheid sagen konnte, dass sie ein Boot gefunden hatte. Außerdem mussten sie noch Malcom und Wilbur verständigen.

Amanda lauschte.

Außer dem Wind war nichts zu hören.

Sie pfiff noch einmal.

Da! Schwach, aber hörbar. Jemand antwortete auf gleiche Weise. Sicherlich Matterson, denn dass Damon wusste, wie man auf den Fingern pfiff, konnte sie sich nicht vorstellen.

Amanda gab dreimal hintereinander ein kurzes Pfeifsignal. Der General würde wissen, was sie damit sagen wollte. Sie atmete einmal tief durch, dann rannte sie an der Kaimauer entlang zurück zum Bootshaus.

Sie erreichte es zeitgleich mit Matterson und Grey. Damon lächelte sie an.

»Hast du was entdeckt?«, fragte der General.

»Das perfekte Boot für unser Vorhaben. Nicht zu groß, nicht zu klein. Sieht ziemlich leistungsstark aus. Der Name ist *Windsong*, wir müssen den Schlüssel finden. Ich habe allerdings keine Ahnung, ob das Boot vollgetankt ist.«

Matterson schüttelte den Kopf. »So etwas gibt es im 22. Jahrhundert nicht mehr. Boote dieser Art sind mit Energiezellen ausgerüstet und werden von Turbinen angetrieben, die die Zellen bei Fahrt aufladen. Darüber müssen wir uns keine Gedanken machen.«

»Es hat kein Unterdeck. Sie können Ihr Signal nicht verbergen.«

»Lässt sich nicht ändern. Womöglich wird Snyder es für

einen Systemfehler halten, wenn er etwas empfängt. Das hoffe ich zumindest. Warum sollte ich mich bei Sturm aufs Meer hinauswagen? Für ihn macht es keinen Sinn. Er wird davon auszugehen, dass ich in die Zentrale zurückkehre, um das Kommando zu übernehmen, wenn ich noch am Leben bin.«

»Okay, dann lasst uns den Schlüssel suchen«, sagte Amanda. »Wir ...«

»NICHT BEWEGEN!«

Ein Schemen tauchte aus der Dunkelheit auf. Ein Mann in schwarzem Kampfanzug. Kein Black Force. Ein normaler Mensch. In seiner Hand hielt er eine futuristische Waffe, wahrscheinlich ein Schnellfeuergewehr. Die Mündung zeigte genau auf sie.

»Wenn sich auch nur einer von euch einen Millimeter bewegt, schieße ich. Nehmt die Hände hoch. Langsam.«

»Ich bin General Matterson von der Black Force ...«

»Schnauze. Mir ist egal, wer Sie sind. Ihr nehmt jetzt die Hände hoch und rührt euch nicht. Gleich trifft die Polizei hier ein, denen könnt ihr dann eure Story erzählen.«

»Sir ...«, versuchte es Amanda.

»Wenn bei drei nicht eure Pfoten zum Himmel zeigen, schieße ich. Das ist eine Spread-Needle in meinen Händen, verschießt achtzigtausend Nadeln pro Geschoss mit breiter Streuung, das heißt, dass ich euch alle drei gleichzeitig plattmache. Selbst den Dosenmann, denn ein Teil von ihm ist ja noch organisch und kann bluten. Eins ...«

26

2134

Wilbur hatte die Tür der Küche fast erreicht, als er etwas hörte.

»Da hat doch gerade jemand gepfiffen. Drei Mal«, sagte er leise nach hinten.

»Ich habe nichts gehört.«

»Doch ganz sicher. Das kann nicht der Wachdienst sein, die würden sich ja nicht ankündigen. Ich vermute Amanda, Matterson oder Damon sind fündig geworden. Wir sollten uns beeilen.«

»Alles klar, dann nichts wie raus hier«, meinte Malcom.

Sie durchquerten den Gastraum und öffneten die Tür. Bis zum Bootshaus waren es nur wenige Meter, da das Restaurant aber rechts dahinter lag, konnten sie nicht erkennen, ob die drei dort schon auf sie warteten.

Als sie die Hausecke erreichten, blieb Wilbur abrupt stehen. Im Schein der Bootshausbeleuchtung standen die anderen. Alle hatten die Hände erhoben.

Warum machen sie das?

Jemand musste sie mit einer Waffe bedrohen, aber er konnte aus seiner Position niemanden erkennen und wusste daher nicht, um wie viele Gegner es sich handelte.

Neben ihm tauchte Malcom auf. Wilbur hielt ihn mit ausgestrecktem Arm davon ab, weiterzugehen und deutete nach vorn. Malcom verstand sofort, was los war.

»Warum unternimmt Damon nichts? Und auch Amanda und Matterson stehen einfach nur regungslos da. Da stimmt etwas nicht«, raunte er leise. »Kannst du die Zeit anhalten?«

Wilbur schüttelte wild den Kopf. »Die sind zu weit weg und ich weiß nicht, wo der Feind steht. Fünf Sekunden reichen niemals aus, um es herausfinden und ihn auszuschalten. Außerdem könnten es auch mehrere Personen sein. Das schaffe ich nicht.«

»In Ordnung«, flüsterte Malcom. »Du bleibst hier und beobachtest das Geschehen. Vielleicht bekommst du doch noch eine Gelegenheit einzugreifen.«

»Was hast du vor?«

»Ich umrunde das Gebäude und schleiche mich von hinten an.«

»Und dann?«

»Keine Ahnung.«

»Fuck! Lass mich gehen.«

»Das wäre dumm. Wenn der Feind auf mich aufmerksam wird, verrät er seine Position und du kannst eingreifen. Schleichst du dich an und wirst entdeckt, erschießen sie dich und ich kann gar nichts machen. Und jetzt genug davon.«

Malcom stellte die Wasserflaschen ab, drehte sich um und huschte in die Dunkelheit.

Scheiße! Scheiße! Scheiße!

Sie hatten es fast geschafft und jetzt das. So viele Abenteuer und dann letztendlich doch noch gescheitert. Es war mehr als skurril.

Noch immer verstand Wilbur nicht, warum Damon seine dämonische Macht nicht einsetzte. Wer immer ihm da auch gegenüberstand, konnte nichts von Greys Fähigkeiten wissen. Eigentlich bedeutete es, dass mehre Personen die drei in Schach hielten und sofort schießen würden, wenn Damon etwas unternahm.

Und was zum Teufel hatte Malcom vor?

Ausgerechnet Malcom?

Der Junge wirkte nicht gerade wie eine Kampfmaschine. Er war unbewaffnet, und wenn selbst Grey seine Fähigkeiten nicht nutzte, was zum Geier wollte da Malcom ausrichten? Der Typ würde es mit Sicherheit vermasseln und sie alle draufgehen.

Nein! Ich muss etwas tun. Nur ich kann die anderen retten. Aber wie?

Amanda sah, wie Damon die Zähne bleckte. Wut verzerrte sein Gesicht. Es würde nicht mehr lange dauern, bis Grey seine Fähigkeiten einsetzte. Wenn er es tat, waren sie alle tot.

Der Mann ihnen gegenüber wirkte fit und durchtrainiert. Sein aufmerksamer Blick hielt sie gefangen, und sie war sich sicher, dass er reaktionsschnell genug war, seine Waffe abzufeuern, sollte Damon etwas versuchen.

»Nicht, Damon«, sagte sie leise.

Grey blickte zu ihr herüber. Sie schüttelte den Kopf.

Der Wachmann neigte den Kopf zur Seite und sagte etwas in ein an seiner Schulter befestigtes Funkgerät.

»Die Polizei ist in wenigen Minuten da. Also bleibt ruhig und macht keinen Blödsinn.« Er deutete mit der Waffe auf Damon. »Das gilt besonders für dich, mein Freund.«

»Ich bin nicht dein Freund«, knurrte Grey.

»Hören Sie …«, versuchte es Matterson noch einmal. »Ich bin Kommandant der Black Force …«

»Nein«, kam es hart zurück. »Sie sind ein unbefugter Eindringling. Das hier ist Privatbesitz. Die Black Force hat hier nichts zu melden. Ich nehme einzig und allein von der Polizei Anweisungen entgegen und jetzt genug geplaudert.«

Plötzlich tauchte wie aus dem Nichts ein Schatten hinter dem Wachmann auf. Es gab ein dumpfes Geräusch und der Sicherheitsbeamte sackte bewusstlos zu Boden.

Amanda starrte verblüfft auf Malcom, der mit einem Holzpaddel in der Hand dastand und grinste.

»Wollte ich schon immer mal machen. Das Paddel habe ich hinter dem Haus gefunden«, sagte er.

»Dem Himmel sei Dank, dass du da bist«, sagte Amanda.

»Wo ist Wilbur?«

»Hier«, erklang es neben ihr. Wilbur trat hinter dem Bootshaus hervor. Er ging zu dem ohnmächtigen Wachmann, blickte auf ihn hinunter, dann klopfte er Malcom auf die Schulter. »Guter Schlag. Hätte beim Baseball bestimmt für einen Homerun gereicht.«

Malcoms Grinsen wurde noch breiter.

»Wir müssen uns beeilen. Die Polizei ist auf dem Weg hierher. Lasst uns den verdammten Schlüssel suchen.«

Amanda sah, wie Grey zu dem Bewusstlosen ging und ihm in die Seite trat.

»Hey«, rief sie laut. »So etwas machen wir nicht.«

Der Dämon brummte Unverständliches, ließ aber von dem Mann ab.

»Wohin willst du, Wilbur?«, fragte Amanda.

»Wir haben Wasser und Konserven gefunden. Ich hole das Zeug schnell.«

»Beeile dich und warte dann hier auf uns.«

Sie winkte den anderen. Gemeinsam betraten sie das Bootshaus.

Der durchdringende Pfiff riss Caitlin aus dem Schlaf. Sie ruckte mit dem Oberkörper nach oben und musste sich erst

einmal orientieren. Dann fiel ihr wieder ein, wo sie war und warum.
Je näher die Mission rückte, umso unruhiger wurde Caitlin. Irgendetwas an diesem Einsatz verunsicherte sie, ohne dass sie sagen konnte, was es war. Einfach nur ein Bauchgefühl.
Warum bringen sie uns nach Fire Island und nicht gleich zum Einsatzort?
Hier einen Zwischenstopp einzulegen, bevor es die Küste entlangging, war unsinnig.
Neben ihr rappelten sich andere Soldaten von den Liegen auf. Viele stöhnten übermüdet von dem kurzen Schlaf, seufzten und streckten sich. Irgendeiner ließ hörbar einen fahren, aber selbst das rief keine Reaktion bei den Männern und Frauen hervor. Normalerweise wären lautes Gelächter und Spott die Folge gewesen, doch hier und heute …
Sie spüren es auch. Da stimmt was nicht.
Caitlin ging zum Fenster und schaute hinaus. Der Sturm hatte noch zugenommen. Weit draußen tobte das Meer und der Regen peitschte über das Land.
Bei diesem Wetter können wir doch niemals irgendwohin mit einem Boot übersetzen. Trotzdem hat man uns geweckt.
Snyder betrat den Raum. Im Schlepptau sein unvermeidlicher Schatten Wakefield.
Vegas brüllte »Achtung« und alle Soldaten im Raum nahmen Haltung an.
Beide Offiziere stellten sich neben die Tür und ließen ihre Blicke durch die Unterkunft schweifen. Ganz offensichtlich hatten sie nicht geschlafen, denn jedes einzelne Haar lag ordentlich an seinem Platz.
Snyder nickte Wakefield zu, der »Rühren« befahl.

»Soldaten, das hier wird keine Rede. Wir gehen jetzt gemeinsam zum Essenfassen. Waffen bleiben in der Unterkunft. Um sechs Uhr macht ihr euch bereit für den Einsatz. Dann wird euch auch erklärt, worum es geht.«

In Caitlins Kopf jagten sich die Gedanken. Wakefield hatte gesagt: »… macht ihr euch bereit für den Einsatz.« Nicht, »bringen wir euch ins Einsatzgebiet.«

Was hatte das zu bedeuten? Hatte er sich nur unpräzise ausgedrückt? Caitlin schaute den Mann an. Nein, das war nicht seine Art. Dieses geleckte Arschloch ließ nie Zweifel an dem aufkommen, was er sagte. Daneben stand Snyder. An seinem Gesicht konnte man nichts ablesen. Mit dieser gleichgültigen Miene würde er sie auch in den Tod schicken, wenn es sein musste.

Wird unsere Mission auf Fire Island stattfinden?

Es musste so sein, auch wenn sich Caitlin nicht vorstellen konnte, was es auf der Insel für die Black Force zu tun gab. Fire Island war eine streng gesicherte Anlage, auf der Forschung betrieben wurde. Sie wusste nicht viel darüber, nur, was man so in den Medien hörte. Hier fanden wissenschaftliche Versuche mit dem Ziel statt, die Meere wieder mit Leben zu bevölkern. Was hatten da schwer bewaffnete Elitesoldaten zu suchen?

»Achtung!«, ertönte es wieder. »In Reihe antreten.«

Okay, jetzt ging es also zum Frühstücken. Caitlin nahm sich vor, mit Vegas über die Sache zu sprechen. Zwar glaubte Caitlin, dass er auch nicht mehr als sie wusste, aber vielleicht hatte er eine Idee, um was es hier ging.

Das Boot schaukelte heftig, als Matterson vor Malcom über die Planke ging und dann einstieg.

Klar, dachte Malcom. *Der Typ wiegt mit Sicherheit zweihundert Kilogramm.*

Die anderen waren schon alle an Bord, und er überlegte, ob er sich gleich hier und jetzt ins Hafenbecken werfen sollte, um die Sache abzukürzen.

Ertrinken würde er so oder so, um das zu wissen, genügte ein Blick aufs tobende Meer. Was er da sah, jagte dumpfe Angst in seine Knochen, die sich plötzlich so schwer wie Mattersons metallische Gliedmaßen anfühlten.

Wir werden alle draufgehen.

Etwas Gutes hatte der Gedanke letztendlich: Danach musste er sich keinen Gefahren mehr aussetzen und mit der Angst hatte es auch ein Ende.

Malcom schaute auf die vom Regen nasse Planke, die zum Boot führte.

Wahrscheinlich rutsche ich aus und breche mir den Hals, bevor ich einsteigen kann.

Bei seiner Tollpatschigkeit war das durchaus möglich. Vorhin allerdings, als er den Wachmann niedergestreckt hatte, war er nicht ungeschickt gewesen. Er hatte die anderen gerettet und diesmal nicht mit seinem Verstand, sondern ganz real dadurch, dass er Mut und Willen gezeigt hatte.

Ein Anfang. Vielleicht wird ja doch noch etwas aus mir, aber erst mal muss ich diese Scheiße hier überleben und in meine Welt zurückkehren.

Allein bei dem Gedanken wurde ihm schon wieder schlecht.

»Kommst du?«, rief Amanda. Es klang nicht unfreundlich. Nur ein wenig drängend. Vielleicht hatte sich auch etwas zwischen ihnen beiden geändert, oder es lag an Damon, dass sie nicht mehr ein so gemeines Biest war.

Malcom verzog den Mund.
Geh jetzt aufs Boot.
Weit entfernt zuckten näher kommende Blaulichter durch die Nacht. Die Bullen rückten an. In einer Zelle wäre es jetzt warm und sicher.
Ach, scheiß drauf. Jeder muss mal sterben.
Malcom presste die Kiefer aufeinander und trat auf die Planke. Ohne Schwierigkeiten gelangte er ins Boot.
Na, das war doch mal was.

Die Männer und Frauen saßen in dem nüchternen Raum, in dem lediglich in einer Reihe aufgestellte Tische und Stühle standen. Vor jedem von ihnen befand sich eine selbsterhitzende Mahlzeit, die aktiviert wurde, sobald man den Aluminiumdeckel entfernte.
Armyfraß!
Caitlin blickte zu Vegas, der ihr gegenübersaß und angeekelt auf sein Frühstück sah. Er hatte den Deckel bereits entfernt. Dampf stieg von seinem Essen auf.
»Aus Pulver angemischtes Rührei, Sojaspeck und Sandwichbrot«, knurrte er. »Man sollte doch meinen, dass die Armee ihren Soldaten ein richtiges Essen serviert, bevor man sie in einen Einsatz schickt, von dem es vielleicht keine Rückkehr gibt. Wer will denn mit so einem Scheiß im Magen sterben?«
Caitlin ließ ihre Verpackung unangerührt. In ihrem Bauch rumorte es vor lauter Nervosität und langsam begann sich darin ein Brennen auszubreiten. Wenn sie überhaupt einen Bissen runterbekam, würde sie ihn sofort wieder auskotzen.
»Hey, Vegas.«

»Ja?«
»Was glaubst du, soll das Ganze?«
»Was meinst du?«
»Da stimmt doch was nicht. Ich habe gedacht, dass Fire Island nur eine Zwischenstation auf unserem Weg zum Einsatzort ist, aber inzwischen glaube ich das nicht mehr. Allem Anschein nach findet die Mission auf der Insel statt.«
Er sah sie überrascht an. »Unmöglich. Hier sind nur ein Haufen Zivilisten. Wissenschaftler und so. Da gibt es nichts für uns zu tun.«
»Es muss aber so sein. Wakefield sagte vorhin, dass wir uns nach dem Frühstück für den Einsatz bereit machen sollen.«
»Und?«
»Klingt das für dich so, als würden sie uns irgendwo anders hinbringen?« Sie schüttelte den Kopf. »Für mich nicht. Außerdem tobt da draußen ein mächtiger Sturm. Im Augenblick kommt niemand von der Insel weg, weder mit einem Boot noch mit dem Heli.«
Zum ersten Mal wirkte Vegas nachdenklich. »Du hast recht. Ehrlich, ich habe schon die ganze Zeit ein ungutes Gefühl bei dieser Mission. All diese Waffen, wofür? Für einen Kriegseinsatz sind wir zu wenig Leute, für eine Infiltrationsmission zu schwer bewaffnet. Mit dem ganzen Krempel kommt man ja nicht voran. Ich weiß also auch nicht so recht, was das Ganze soll.« Er nickte in Richtung Snyder und Wakefield, die am Kopfende des Tisches saßen. Beide aßen nichts. Wahrscheinlich hatten sie bereits gefrühstückt. »Die werden es uns schon sagen, wenn es so weit ist.«
Caitlin griff nach dem Glas mit dem künstlichen Orangensaft. Die Flüssigkeit sah unnatürlich grell aus, roch nach

gar nichts, schmeckte aber nach gesüßter Pferdepisse. Egal, ihre Kehle war vor Aufregung ganz ausgetrocknet. Sie nahm einen großen Schluck und verzog angewidert das Gesicht.

»Nicht mal Kaffee gibt es.«

Vegas lachte. »Kaffee? Wann hast du denn das letzte Mal echten Kaffee getrunken? Das Zeug ist auf dem Schwarzmarkt teurer als Gold seit dem Konflikt mit Südamerika, und die Afrikanischen Staaten liefern nichts mehr in die USA.«

Caitlin schaute vielsagend zu den Offizieren. »Glaub mir, die haben heute schon welchen getrunken.«

Vegas schob sein Essen von sich. »Ich krieg das nicht runter.«

»Mann, ich bin echt nervös«, sagte Caitlin.

»Kann ich verstehen, aber hör jetzt auf damit. Die Grübelei bringt nichts. Wir haben eh keine Wahl und müssen die Befehle befolgen, die man uns gibt.«

»Man hat immer eine Wahl, hat meine Mutter früher gesagt. Leider hat sie selbst mit meinem Vater die falsche getroffen.«

»Ist es noch so schlimm?«

Sie nickte. »Er versäuft das ganze Geld, das ich ihnen schicke, anstatt Essen und Medikamente für meine Mutter zu kaufen.«

»Was für ein Arschloch.«

Darauf gab es nichts zu sagen.

Am Tischende wurden Stühle gerückt. Wakefield und Snyder erhoben sich.

»Das Frühstück ist beendet«, sagte der Major. »Zurück in die Unterkunft. Waffen und Munition aufnehmen. Antreten in zehn Minuten vor dem Gebäude. Wegtreten!«

Caitlin warf einen Blick in die Runde. Kaum jemand hatte sein Essen angerührt und allen stand die Anspannung ins Gesicht geschrieben.

Sie erhob sich und stellte sich in die Reihe. Dann ging sie mit den anderen zurück in den Schlafsaal.

27

2134

Die See warf ihnen alles entgegen, was sie zu bieten hatte. Meterhohe Wellen, die über das Boot hereinbrachen wie die Reiter der Apokalypse. Windböen von solcher Stärke, dass die Jacht hin und her geworfen wurde. Donner und Blitze verfolgten sie. Regen prasselte aufs Deck. Alle waren vollkommen durchnässt. Wilbur konnte gar nicht so schnell zittern, wie er fror, während er sich in den Sitz presste und die Reling mit seinen eiskalten Fingern umklammerte.

Neben ihm hockte Malcom und flüsterte unermüdlich irgendwelche Gebete. Er selbst glaubte nicht an Gott. Hatte ihn in all den Jahren im Waisenhaus nicht gefunden. Nur der Stärkste überlebte, also wollte er derjenige sein. *Schlagen oder geschlagen werden, und wenn du kämpfst, dann mit allen Mitteln.* Hier gab es nichts zu kämpfen, und Wilbur fühlte sich noch hilfloser als im alten Weinkeller, in den sie ihn immer wieder gesperrt hatten. Dort war wenigstens sein Leben nicht in Gefahr gewesen. Hier konnte die nächste Welle das Boot zum Kentern bringen und er würde jämmerlich ertrinken. Klar, schwimmen war eine Möglichkeit, aber so wie das Meer tobte, war das keine wirkliche Option, sollte er ins Wasser fallen. Dann ging es sofort in die kalte, dunkle Tiefe des Ozeans, aus der es keine Rückkehr gab.

Er dachte daran, dass er die Fähigkeit besaß, für fünf Sekunden die Zeit anzuhalten. Eine lächerliche Kraft angesichts der Macht der Natur.

Es war schlichtweg so: Sollte das Boot kentern, waren sie alle verloren und mit ihnen die Welt des 21. Jahrhunderts.

Wilbur warf einen Blick zum Cockpit, in dem Amanda breitbeinig stand und das Steuerrad in ihren Händen hielt. Sie war etwas besser vor den Elementen geschützt, als er hier draußen auf dem Achterdeck. Matterson befand sich direkt neben ihr, hielt sich an den Armaturen fest und gab Anweisungen, in welche Richtung sie Kurs halten sollte.

Das Haar der Göttin umwehte ihr Gesicht, und er konnte hören, wie sie den Sturm anbrüllte. Geschickt schnitt sie die heranrollenden Wellen im richtigen Winkel, sodass es ihr immer wieder gelang, das Boot vor dem Kentern zu bewahren.

Das macht sie toll.

Ihm gegenüber saß Grey. Damon hatte den Kopf in den Nacken gelegt und die Zunge rausgestreckt. Der Spinner sah tatsächlich so aus, als würde ihm das Ganze Spaß machen.

Können Dämonen ertrinken?

Bizarrer Gedanke. Sein Körper konnte sicherlich ertrinken. Er hatte Lungen, die sich mit Wasser füllen würden, aber was würde dann mit ihm geschehen? Blieb Grey im verrottenden Körper gefangen oder floh sein Geist zurück in die Welt, aus der er stammte?

Eine neue, noch stärkere Welle überspülte das Schiff. Wilbur hustete und keuchte. Neben ihm röchelte Malcom erbärmlich. Grey lachte.

Na prima.

Dann beruhigte sich die See etwas. Natürlich wurde das Boot immer noch herumgeworfen, aber nicht mehr so heftig, dass man Angst haben musste, über Bord zu gehen.

Wilbur hatte zum ersten Mal seit langer Zeit die Möglichkeit, an Jenny zu denken. Sie war auf der Insel und er auf dem Weg zu ihr. Würde sie ihm diesmal glauben, wenn sie sich begegneten?

Ist sie mein Feind und versucht mich zu töten?
Darauf wusste er keine Antwort. Er hatte die Jenny der Vergangenheit nicht lange gekannt, aber das tiefe Band der Zuneigung gespürt, das sie beide verband. Die Jenny der Zukunft war eine aufgerüstete Kampfmaschine, die Befehle befolgte, und einer der Befehle würde lauten, jeden Eindringling zu töten, der versuchte, die Anlage zu beschädigen.

Jenny war nicht mit den anderen Black Force Soldaten ins alte Ägypten gereist, um Nianch-Hathor zu töten. Irgendetwas war passiert, das sie ins 21. Jahrhundert geschleudert hatte. Ohne Erinnerung an ihre Herkunft und ihr Leben.

Wird sich alles wiederholen oder wird die Geschichte diesmal einen anderen Verlauf nehmen?

Wenn man Malcom Glauben schenkte, war die Zeit ein Kreis, keine Linie, aber dieser Kreis konnte gebrochen und zu einem neuen Kreis werden. Wenn das passierte, würde alles einen anderen Verlauf nehmen.

Nianch-Hathor würde womöglich sterben, bevor Amanda geboren wurde. Malcom niemals das Gottesteilchen aufnehmen. Damon nicht aus der Welt der Dämonen in die der Menschen kommen, und er säße ohne Tätowierungen im Keller und könnte natürlich nicht die Zeit anhalten. Am Ende würde es so sein, dass niemand das Energiefeld aus der Zukunft zerstörte und die Meere leer gefischt werden würden, was für eine unvorstellbare Hungerkatastrophe sorgen würde und zu Krieg, Elend und weltweiter Armut führte. Letztendlich sorgten die Wissenschaftler der Zukunft für eine Apokalypse, die dem Ausbruch des Virus im 21. Jahrhundert in nichts nachstehen würde.

Aber was, wenn es ihnen gelang, all dies zu verhindern?
Was ist dann mit mir?

In der Zeit, aus der er kam, gab es nichts, was das Leben lebenswert machte. Er war ein Waisenjunge ohne Zukunft, mit miserabler Schulbildung und ohne jede Berufsaussicht. *Ich werde die Welt gerettet haben und Parkplatzwächter sein oder bei McDonalds Burger braten. Was gibt es für mich? Was werde ich davon haben, wenn das alles vorbei ist?*

Da die Menschen seiner Zeit nichts von dem Energiefeld wussten, würde es für ihn und die anderen keinen Ruhm und keine Anerkennung geben. Schlichtweg niemand würde erfahren, was Amanda, Malcom, Damon, Jenny und er geleistet hatten, und selbst wenn sie es wüssten, wer konnte so eine Geschichte schon glauben? Wo waren die Beweise? Wo die 4K-Videos in hoher Auflösung?

Nichts von all dem wird jemals bekannt werden. Vielleicht drücken sie uns ein bisschen Geld in die Hand, aber niemals so viel, dass es auffällt und jemand Fragen stellt, wie ein paar Jugendliche an eine Menge Geld gekommen sind.

Die Welt vergaß ihre Helden immer. So war es nach jedem Krieg und jeder Katastrophe. Nach der Krise ging alles weiter wie zuvor und niemand fragte nach denen, die dafür gesorgt hatten, dass es so war.

Neben ihm murmelte Malcom noch immer unablässig vor sich hin.

»Kannst du mal damit aufhören?«, fragte Wilbur. »Du machst mich ganz nervös.«

»Mir ist so kalt. Meine Zähne klappern, wenn ich die Kiefer aufeinanderpresse, darum rede ich mit mir selbst.«

»Ich dachte, du betest.«

»Habe ich auch gemacht. Wir können bei dem, was vor uns liegt, Hilfe gebrauchen.«

Wilbur nickte nachdenklich. Da hatte Malcom recht.

»Ich möchte dir etwas sagen«, fuhr der Junge fort.
»Was denn?«
»Es geht um Amanda und mich.«
»Hä? Ich dachte, ihr könnt euch nicht leiden.«
»Das ist mehr von ihrer Seite aus. Ich mag sie sehr, besonders seitdem ...« Er brach ab und schluckte.
»Seitdem ...?«, kam Wilbur ihm zu Hilfe.
»... ich weiß, dass ich ihr Vater bin.«

Malcom schaute Wilbur direkt an. Er sah die Verblüffung, die Fassungslosigkeit, das Unverständnis. Er hatte mit dieser Reaktion gerechnet, und vielleicht glaubte ihm Wilbur auch nicht, aber irgendjemandem musste er sein Geheimnis anvertrauen, damit Amanda die Wahrheit erfuhr, falls ihm etwas passierte. Dafür kam nur Wilbur infrage. Jenny war nicht hier, Damon für alle Gefühlssachen vollkommen ungeeignet und Amanda selbst ... Mit ihr würde er später darüber reden, sollten sie das alles überleben.

Da aber die Möglichkeit bestand, dass er bei der bevorstehenden Auseinandersetzung mit der Black Force draufging – ein sehr realer Gedanke, da er als Einziger nicht über besondere Fähigkeiten verfügte –, musste jemand wissen, was im alten Ägypten geschehen war.

»Das musst du mir erklären«, sagte Wilbur.

Malcom schaute zu Amanda, aber die würde bei dem Wind nichts hören. Er beugte sich zu Wilbur.

»In der Nacht bevor wir in Ägypten gegen die Silbergötter kämpften, kam Nianch-Hathor zu mir und führte mich aus der Höhle. Wir liebten uns im warmen Sand und in diesem Augenblick ging das in mir existierende Gottesteilchen auf sie über. Indem ich die Prinzessin schwängerte, gab ich unserer Tochter göttliche Fähigkeiten. Ich habe es sofort gespürt. Mein unsichtbarer Bruder, der nur als Geistwesen in mir lebte, war danach verschwunden. All die Jahre hatte er mich beschützt, nun lebt seine Energie in Amanda weiter, die von all dem nichts ahnt.«

»Warum hast du es ihr nicht gesagt?«

»Das ist nicht so einfach. Sie konnte mich von Anfang an nicht leiden. Vielleicht spürt sie unbewusst, dass uns das Schicksal verbindet, und mag mich deshalb nicht. Es ist fast so, als wäre sie wütend auf mich, weil ich als Vater niemals für sie da war. Aber wie könnte ich, davon habe ich ja nichts gewusst.«

»Der Gedanke ist ein wenig weit hergeholt«, sagte Wilbur.

»Ja, sicherlich, aber ist nicht alles auf dieser Mission verrückt? Ich will die ganzen Sonderbarkeiten gar nicht aufzählen, aber schau uns doch mal an: Jenny mitgerechnet sind wir die fünf außergewöhnlichsten Menschen, die jemals gelebt haben, und wir stehen der außergewöhnlichsten Bedrohung aller Zeiten gegenüber. Nichts ist normal, alles denkbar. Ich habe mal etwas über Quantenverschränkung gelesen. Grob gesagt heißt es, dass zwei Teilchen, die einmal miteinander verbunden waren, es über Raum und Zeit hinweg für immer bleiben, egal, wie weit man sie voneinander entfernt.«

»Also ich habe in meiner Kindheit Spiderman gelesen und das war schwierig genug zu verstehen.«

»Es könnte doch sein, dass Amanda und ich diese Verbindung gespürt haben, obwohl wir nichts davon wussten. Ich wollte von Anfang an von ihr gemocht werden und sie konnte mich nicht leiden. Das klingt …«

»Sag jetzt nicht, nach einem Vater-Tochter-Ding.«

»Na, irgendwie schon.«

»Und du bist dir sicher, dass Amanda deine Tochter ist?«

»Ganz sicher.«

»Sie ist so alt wie du und gleichzeitig fünftausend Jahre älter.«

»Verrückt, nicht wahr?«

»Eigentlich müsste ich dir jetzt eine Zigarre schenken.«

»Mhm.«

»Trotzdem fällt es mir schwer, das zu glauben. Ist einfach zu abgefahren.«

»Ich musste es dir erzählen. Wenn etwas mit mir geschieht, soll Amanda erfahren, wer ich wirklich war. Ich denke, die Wut in ihr rührt daher, dass sie zornig ist, nie einen Vater gehabt zu haben.«

»Man kann echt Kopfschmerzen von so etwas bekommen.«

»Kannst du das für mich tun?«

»Dir wird nichts passieren. Wir retten die Welt. Mann, wir sind so weit gekommen, da werden wir uns doch von einem Haufen Elitesoldaten mit schweren Waffen nicht aufhalten lassen.« Er nickte zu Damon. »Außerdem haben wir den da. Grey ist so viel wert wie eine Armee.«

»Auch seine Kraft ist begrenzt und Amandas Gesang wird uns diesmal auch nichts bringen, vermute ich. Ein Ohr der Black-Force-Soldaten ist rein elektronisch. Unempfänglich für psychische Beeinflussung. Da könnte sie auch ihrem Toaster etwas vorsingen, das Brot würde nicht schneller braun werden.«

»Tja, und meine Fähigkeit ist auch nur bedingt nützlich. Fünf Sekunden sind nicht viel angesichts des Gegners, dem wir gegenüberstehen, und mehr als ein, zwei Mal hintereinander kann ich die Zeit nicht anhalten.«

»Alles hängt von Matterson ab. Er muss die Wissenschaftler aufhalten, damit die Meere unserer Zeit nicht endgültig leer gefischt werden. Allerdings denke ich, dass Snyder die Verräterkarte zieht. Wenn wir alle gemeinsam dort auftauchen, kann er gar nichts anderes glauben. Also wird er die Befehle des Generals nicht akzeptieren und ihn im Gegenzug festsetzen lassen.«

»Was für eine Scheiße. Diesmal sieht es echt bitter für uns aus.«

»Ja«, gab Malcom zu. Was sollte er auch sonst sagen? »Kann ich mich auf dich verlassen?«

»Ich werde Amanda die Wahrheit sagen, wenn es so weit ist und keine Sekunde vorher, und du solltest das auch nicht tun«, sagte Wilbur.

»Habe ich nicht vor.«

Malcom schaute sich um. Der Sturm hatte sich während seines Gesprächs mit Wilbur etwas gelegt, war aber immer noch nicht ungefährlich. Nach wie vor rollten hohe Wellen gegen das Boot, aber Amanda schien die Sache im Griff zu haben.

Weit voraus in der Dunkelheit konnte Malcom schwachen Lichtschein ausmachen.

Fire Island.

Die Insel wartete auf sie.

Damon trat neben sie und Amanda schaute ihn an. Das weiße Haar klebte nass an seiner Stirn, aber seine grünen Augen blitzten vor Freude.

»Das war toll«, sagte er. »Können wir das bald wieder machen?«

Amanda spürte, wie ein Grinsen über ihr Gesicht zog.

»Das nächste Mal gehen wir segeln. Das ist noch viel aufregender und in einem richtigen Sturm der absolute Wahnsinn.«

»Ich liebe es, ein Mensch zu sein«, gab Damon zu. »All diese Gefühle. Das Blut rauscht mit Donnerhall durch meine Adern und dieses Herz ...« Er deutete auf seine linke Brustseite. »... schlägt wie wild. Es ist fast so, wie wenn ich dich küsse, nur anders.«

Hitze stieg in ihr Gesicht.

Neben ihr räusperte sich Matterson. »Ich gehe nach Wilbur und Malcom schauen, mal sehen, wie sie die Bootsfahrt überstanden haben.«

Er schwankte davon.

»Du solltest so etwas nicht vor anderen sagen«, meinte Amanda.

»Warum nicht?« Er lachte. »Alle sollen es wissen. Ich liebe eine Göttin.«

»Eine Frau.«

»Das meinte ich nicht.« Er sah sie eindringlich an. »Für mich bist du eine Göttin. *Meine* Göttin.«

»Oh!«

Mehr konnte sie nicht sagen. Irgendetwas schnürte ihr die Kehle zu. Erst hatte sie Damon geliebt, dann wieder nicht und nun überwältigte er sie mit seinen Gefühlen. Bei all dem hatte sie keine Ahnung davon, wie sie damit umgehen sollte.

Damons Wildheit, sein Ungestüm, brachten sie durcheinander, und Amanda wusste nicht, ob er tatsächlich verstand, was er da sagte. Vielleicht begeisterten ihn menschliche Gefühle auch nur und später fiel er in sein altes, arrogantes Ich zurück.

Nein! Als sie ihn anschaute, spürte sie, dass es die Wahrheit war. Damon liebte sie.
Und ich liebe ihn.
»Küss mich«, sagte sie.
Er trat heran, legte seine Hände um ihr Gesicht und zog sie sanft zu sich. Amanda schloss die Augen. Dann berührten seine Lippen die ihren. Es war … es war, als würden sie eins werden. Miteinander verschmelzen. Die Welt verschwand. Der Wind wehte nicht und der Regen fiel nicht mehr vom Himmel.
Damon.
Dann traf eine Welle das Boot schräg von vorn. Die Jacht bäumte sich auf und klatschte aufs Wasser. Gischt sprühte über sie hinweg. Amanda riss die Augen auf und korrigierte den Kurs.
»Hey«, rief Wilbur. »Konzentration bitte. Ich bin nass genug.« Aber er lächelte.
Amanda lächelte zurück.
»Heute wird es sehr gefährlich«, sagte sie zu Damon. »Bist du dafür bereit?«
»Ich gehe, wohin du gehst, und töte alles, was sich uns in den Weg stellt.«
»Wir töten nur, wenn es sein muss.«
»Das sagt ihr ständig, aber die andere Seite hält sich nicht daran. Die versuchen immer alles, um uns zu vernichten.«
»Wir sind die Guten.«
Grey lachte laut auf. »Und das sagst du zu einem Dämon? Der Schöpfer hat uns erschaffen, um die Dunkelheit des Universums zu verkörpern. Wir sind der immerwährende Tod. Ihr seid das Licht. Das ewige Leben.«
»Nun gibt es auch etwas dazwischen. Dich.«

Er grinste, beugte sich vor und gab ihr einen Kuss auf die Stirn. »Was immer du sagst, meine Königin.«

Matterson kam zurückgestapft. Er streckte den Arm aus und deutete nach vorn, wo sich eine schwache Linie über dem Wasser abzeichnete.

»Fire Island«, sagte er und es klang wie ein Omen.

Amanda kniff die Augen zusammen. Ja, dort war Land. Dahinter zeigten sich erste graue Schlieren. Der Morgen brach an.

Plötzlich und unerwartet jagte ein Schemen über das Boot hinweg.

»Das ist eine Drohne!«, brüllte Matterson. »Sie hat uns registriert und im ersten Überflug unsere Signatur mit bekannten Daten verglichen. Da wir illegal hier sind, wird sie keine Berechtigung finden, dass wir uns der Insel nähern dürfen und uns als unbefugten Eindringling ansehen. Diese Dinger agieren vollautomatisch. Sie wird wenden und uns angreifen!«

»Was machen wir jetzt? Können Sie das Ding abschießen?«, fragte Amanda und deutete auf die Spread-Needle, die Matterson dem Wachmann abgenommen hatte.

»Damit nicht. Keine Chance.«

Am Horizont glitzerte ein winziger Punkt im Morgenlicht.

»Die Drohne kommt zurück!«, rief der General.

Amanda blickte sich um. Wilbur und Malcom konnten nichts tun. Ihre Hoffnung ruhte auf Grey.

»Damon.«

»Ja?«

»Du musst dieses Ding abschießen. Kannst du das?«

Er blickte nach vorn. Zuckte mit den Schultern.

»Das schafft er nicht«, meinte Matterson. »Die Drohne ist viel zu schnell. Sie wird Lenkraketen einsetzen, sobald sie in Reichweite ist.«

»Er ist unsere einzige Chance.«

»Ich werde es versuchen«, sagte Grey und stapfte zum Bug. Amanda sah, dass er große Mühe hatte, nicht über Bord zu gehen. Damon hielt sich mit beiden Händen an der Reling fest und zog sich Schritt für Schritt vorwärts.

»Ich richte das Boot genau auf die Drohne aus, damit wir das kleinstmögliche Ziel abgeben«, sagte Amanda zu Matterson. »Vielleicht haben wir Glück und die Rakete trifft uns nicht.«

»Vielleicht«, murmelte der General. »Aber das glaube ich nicht.«

»Halten Sie den Mund!«, schrie Amanda ihn an. Zu sehen, wie viel Mühe Damon allein damit hatte, sich bei dem Seegang aufzurichten, machte sie ganz verrückt.

Das wird niemals gut gehen. Wir werden alle sterben.

Gischt sprühte über den Bug. Wellen klatschten Damon ins Gesicht, und er musste die Augen zusammenkneifen, um überhaupt etwas zu sehen. Nur mit Mühe machte er den heranrasenden silbernen Punkt am Himmel aus, der nun stetig größer wurde.

Blut rauschte in seinen Adern und das Herz schlug wild in seiner Brust.

Ich darf nicht versagen oder wir sind alle verloren.

Damon presste die Zähne aufeinander und blickte sich zu Amanda um. Die Verzweiflung stand ihr ins Gesicht geschrieben. Er grinste sie an, aber sie reagierte nicht.

Eine Welle nach der anderen schlug gegen das Boot, und

auch wenn der Sturm nachgelassen hatte, war der Seegang doch so stark, dass die Jacht immer wieder hochgehoben wurde und zurück aufs Wasser krachte.

Der Wind riss an Damons nassen Haaren und seine Kleidung triefte.

Alles um ihn herum war rutschig, selbst die Reling, an der er sich festhielt. Damon hob den Kopf und starrte wieder nach vorn.

Da!

Die Drohne jagte heran.

Damon ließ die Reling los und richtete sich zu ganzer Größe auf. Dann breitete er die Arme aus und rief die Macht seiner Welt herbei. Seine Hände begannen zu leuchten und Damon streckte sie dem Metallding entgegen, das auf ihn zuflog.

Im gleichen Moment, in dem der Energiestrahl seine Hände verließ, blitzte etwas bei der Drohne auf und zischte mit einer feurigen Spur auf das Boot zu.

Damon sah, wie die Drohne in einem grellen Blitz aufging, und glühende Metallteile fielen wie Sternschnuppen vom Himmel. Dann schlug die Rakete direkt vor dem Bug der Yacht ein.

Damon wurde hoch in die Luft über die Reling geschleudert. Er fiel aus über zehn Metern Höhe in die eisige Beringsee. Als er ins Wasser tauchte, verkrampften seine Lungen und er bekam keine Luft mehr. Silberne Sterne tanzten vor seinen Augen. Umgeben von nachtschwarzem Wasser sank er langsam in die Tiefe.

Ist das der Tod?, fragte er sich.

28

2134

Alle trugen nun volle Kampfmontur und waren bewaffnet. In Zweierreihen marschierten sie hinter Snyder und Wakefield eine Versorgungsstraße entlang. Zivilisten waren nicht zu sehen, aber überall brannten Scheinwerfer, die ihr Licht auf den Weg vor ihnen warfen. Wakefield war nun ebenfalls bewaffnet und trug einen schwarzen Kampfanzug.

Das bedeutet, dass er uns persönlich in den Einsatz führen wird.

Der Sturm hatte nachgelassen und der Regen fiel nur noch in einzelnen Tropfen. Der schwarze Himmel zeigte erste helle Risse. Bald würde die Sonne aufgehen, ein neuer Tag beginnen, und sie wusste immer noch nicht, was ihre Mission war.

Caitlin hatte gedacht, dass die Offiziere sie beim Antreten vor dem Gebäude informieren würden, aber Snyder und Wakefield hatten geschwiegen und lediglich den Befehl zum Abmarsch gegeben.

Ihr Kampfanzug war feucht und kratzte auf der Haut. Zudem ging ein muffiger Geruch davon aus, aber bei all den ungewaschenen Soldaten um sie herum spielte das wohl kaum eine Rolle.

In ihrer Hand lag das schwere Automatikgewehr. Die Gewehrgranaten trug sie im Munitionsgürtel um die Hüfte. Ihre verstärkte Muskelkraft mitgerechnet, stellte allein sie eine Kampfeinheit dar, die es mit jedem Gegner aufnehmen konnte. Es sei denn, er käme aus dem Hinterhalt, wie bei dem Angriff, bei dem Baker gestorben war. Allerdings hatte

Caitlin das Gefühl, dass es so heute nicht sein würde. Ihre Kameraden und sie waren für eine direkte Auseinandersetzung ausgerüstet. Es würde mit Sicherheit zu einem unmittelbaren Kampf mit dem Feind kommen.

Blieb nur die Frage, wer der Feind war.

Und genau darauf hatte Caitlin keine Antwort. Sonderbar war auch, dass man ihnen tonnenweise Waffen und Munition ausgehändigt hatte, aber keine Verpflegung oder Wasser. Der Einsatz würde also nicht lange dauern. Zwar trug jeder Soldat eine Notration bei sich, hochkonzentrierte Proteinriegel, um in anstrengenden Situationen eine Unterzuckerung zu vermeiden, aber lange konnten sie damit nicht durchhalten.

Der Körper eines Black-Force-Soldaten verbrauchte Unmengen an Energie. Im Einsatz waren siebzehntausend Kalorien pro Tag keine Seltenheit. Blieb der Soldat für mehrere Tage unterversorgt, brach er einfach zusammen.

Wir sind zwar hochgerüstete Kampfmaschinen, aber eben nur für begrenzte Zeit, außer sie haben uns wieder Drogen verabreicht.

Nach allem, was Caitlin nun wusste, glaubte sie, dass der Einsatz einen, höchstens zwei Tage dauern würde.

Wakefield gab den Befehl, nach links zu schwenken.

Der düstere Schatten des Atomkraftwerks tauchte vor ihnen auf. Der gigantische Kühlturm schien bis in den Himmel zu ragen. Die ganze Anlage war so groß, dass Caitlin sich nicht einmal annähernd vorstellen konnte, wie viel Energie hier produziert wurde.

Und wofür braucht man so viel Energie?
Für Fischzucht?

Das war doch Quatsch. Hier lief irgendetwas ganz anderes. Warum sonst machte die Regierung so ein Geheimnis um Fire Island?

Niemand, der nicht zum Wissenschaftspersonal gehörte, durfte die Insel betreten. Reportern war sie zu keinem Zeitpunkt zugänglich. Alles lief unter höchster Geheimhaltung, und die Bevölkerung wusste nur, dass hier mit der Neubesiedlung der Meere begonnen wurde.

Wie das alles funktionieren sollte, sagten sie nicht. Schließlich genügte es nicht, einfach ein paar Fische aus Genmaterial zu züchten und sie ins Meer zu setzen. Welche Fischarten waren das überhaupt? Was fraßen diese Fische? Und verloren sie sich nicht in der Weite der Ozeane, wenn man sie später freiließ? Würden diese Fische überhaupt jemals einen Fortpflanzungspartner finden?

Nein! So konnte es nicht sein!

Das maritime Leben war ein hochkomplexes System, das nur in einer funktionierenden Fauna existieren konnte.

Was soll das Ganze?

Und warum ist die Black Force hier?

Amanda schrie auf, als sie sah, wie Damon in die Luft katapultiert wurde. Ohne zu zögern oder auf Mattersons Reaktion zu warten, ließ sie das Steuerrad los, machte einen Satz zur Reling und sprang Damon hinterher.

Das Wasser schlug in einer eiskalten Woge über ihr zusammen, und sie hatte Probleme, Luft zu bekommen. Um sie war bleierne Schwärze, nur unterbrochen durch graue Schlieren, die das Morgenlicht an die Oberfläche zauberte.

In ihren Ohren herrschte ein gigantischer Druck und sie hatte große Schwierigkeiten, sich zu orientieren.

Wo ist er?

Amanda ahnte, dass Damon nicht schwimmen konnte. Woher auch? Er würde nicht wissen, wie man sich unter Wasser verhielt, und in seiner Panik nur herumstrampeln und vielleicht in die Tiefe sinken, anstatt an die Oberfläche zu kommen.

Das Wasser war unvorstellbar kalt und sog alle Kraft aus ihrem Körper. Schon jetzt fühlten sich Arme und Beine an, als wären sie aus Blei gegossen.

Wie lange kann ich das aushalten? Wie lange bleibt Damon am Leben?

Die Angst um ihn machte alles noch schwerer. Panik breitete sich in Amanda aus. Wie sollte sie Damon finden? Hier war alles nur schwarz und grau.

Sie erzitterte. Nicht vor Kälte, etwas rüttelte an ihr. Verzweiflung.

Wenn er stirbt, will ich auch nicht mehr leben.

Der Gedanke kam, wurde aber sofort von einer Stimme in ihrem Inneren verdrängt.

Das Bild Nianch-Hathors erschien vor ihrem geistigen Auge.

Da war dieses unvergleichliche Lächeln, mit dem ihre Mutter sie oft als Kind bedacht hatte. Als wäre alles gut. Als wäre die Welt ein wundervoller Ort.

Niemals wieder hatte sich Amanda so sicher gefühlt wie in diesen Augenblicken, und nun sah sie ihre Mutter, die sie lächelnd anblickte. Dann hörte sie ihre sanfte Stimme:

Wenn der Wind dich findet,
in sternklarer Nacht,
dein Liebster dich hält
und der Mond über euch wacht,

wird die Zeit zum Kind des Glücks
und niemals vergehen.

Und Amanda wusste, die Welt war ein wunderbarer Ort und alles war gut.
Sie schloss die Augen und schwamm in die Tiefe.

»Da ist sie!«, rief Malcom erleichtert auf, als er sah, wie Amandas Kopf die Wasseroberfläche durchbrach. In ihren Armen hielt sie den hustenden und spuckenden Damon.
»Weiter nach rechts«, dirigierte er Matterson, der die Jacht steuerte. »Wilbur, mach dich bereit.«
Der tätowierte Junge lehnte sich weit über die Reling.
»Bei dem Seegang kann ich das Boot nur kurz in den Wind stellen«, rief der General. »Ihr müsst euch beeilen und die beiden an Bord ziehen.«
Malcom streckte seine Hände aus, neben ihm packte Wilbur zu. Gemeinsam hievten sie Damon an Bord.
»Scheiße, ist der schwer«, sagte Wilbur und grinste.
Auch Malcom war erleichtert. Der Schock des Drohnenangriffs, Greys Sturz ins Wasser und Amandas selbstmörderisches Verhalten, ihm nachzuspringen ... Das alles forderte nun seinen Tribut von ihm. Malcom fühlte sich seltsam schwach und seine Hände zitterten, aber nach Damon half er auch Amanda aus dem Wasser zu ziehen.
Sie ließ sich gegen Wilbur sinken und keuchte erschöpft, während Damon die halbe Beringsee ins Boot kotzte. Als das Würgen endlich nachließ, blickte er auf.
»Tut mir leid«, sagte er.
Amanda kniete sich neben ihn. »Du hast uns gerettet, dir muss nichts leidtun.«

»Danke«, sagte Malcom leise.

Wilbur war da weniger verlegen. Er klopfte dem Dämon hart auf die Schulter. »Wenn wir zurück sind, bringe ich dir Schwimmen bei.«

Grey nickte.

»Mir ist so kalt«, sagte Amanda. Ihr Lippen bebten und ihr ganzer Körper schlotterte haltlos.

»Schau mal in die Kiste da, Malcom«, sagte Matterson. »Vielleicht ist dort was drin.«

Malcom wankte hinüber und hob den Deckel an. Taue, Fender und allerlei Krimskrams, aber keine Decke und auch keine Jacke. Aber da war etwas anderes. Eine dicke Plane, von der Malcom nicht wusste, wofür sie gedacht war, aber sie schien winddicht zu sein und war trocken. Malcom zog sie heraus und wickelte sie auf. Dann ging er zu Amanda und Damon und legte die Plane um sie.

»Vielleicht hilft das ein wenig.«

Amanda kuschelte sich hinein. Sie nickte dankbar. Damon rückte ganz dicht an sie heran.

Matterson schaute die beiden an. Dann sagte er: »Wir haben ein Problem. Die Zeit läuft uns davon und wir wissen nicht, ob weitere Drohnen in der Luft sind. Das wird eine ganz enge Kiste.«

Alle starrten ihn an.

»Bessere Nachrichten habe ich nicht. Wir müssen uns beeilen.«

Amanda hatte das Steuer wieder übernommen. Sie fror erbärmlich und hielt es für besser, etwas zu tun. Die Plane lag um ihre Schultern und wirkte vermutlich, als trüge sie ein Zelt, aber immerhin war das Ding trocken.

Damon hatte sich neben sie gestellt und schaute unablässig nach vorn. Die Kälte schien ihm nicht viel auszumachen. Amanda wusste, dass er nach Drohnen Ausschau hielt. Sollte aber noch eine auftauchen, waren sie verloren. Zwei Mal würde es ihm sicherlich nicht gelingen, ein heranrasendes Ding vom Himmel zu holen, und falls doch, wäre er anschließend zu erschöpft, um zu kämpfen.

Amanda spürte einen bitteren Geschmack im Mund. Grey war ihre einzige Chance, wenn es zu einer Auseinandersetzung mit den Black Force kam. Nur er war in der Lage, diesen Kampfmaschinen effektiven Schaden zuzufügen. Vielleicht würde Matterson noch etwas mit seiner Spread-Needle ausrichten, aber Wilbur, Malcom und sie selbst waren den Elitesoldaten hoffnungslos ausgeliefert.

Wenigstens der Sturm hatte sich gelegt und es regnete nicht mehr. Auch die Sicht wurde immer besser und schließlich tauchte vor ihnen im Morgendunst Fire Island auf.

»Halte dich backbord«, sagte Matterson. »Dort drüben bei den Felsen ist ein kleiner Strandabschnitt, da werden wir anlegen und uns dann zu Fuß durchschlagen.«

»Wohin müssen wir?«, fragte Malcom, der neben ihnen stand und zur Insel sah, deren Umrisse sich nun deutlich gegen den heller werdenden Himmel abzeichneten.

»Zwei Meilen ins Inland.« Matterson deutete auf die Insel. »Als ich ein Kind war, standen dort noch Bäume. Windräder versorgten die Menschen, die hier lebten, mit Strom. Das ist lange her. Die Bäume wurden gefällt und die Windräder abmontiert, um Platz für die Anlage und das Atomkraftwerk zu schaffen. Im Augenblick leben und arbeiten hier über fünfhundert Menschen. Alles Zivilisten. Wissenschaftler, Ingenieure und Techniker.«

»Was ist mit Ihrem Geopositionssignal?«, fragte Amanda.

»Wird natürlich gesendet, aber auf der Insel gibt es kein Überwachungssystem dafür, wozu auch? Und von der Zentrale bin ich inzwischen zu weit entfernt.«

»Und die abgeschossene Drohne?«

»Sie wird Aufnahmen gesendet haben, aber bei dem Wetter wird man nicht viel erkennen können. Unsere Wärmesignaturen werden von der Abstrahlungswärme des Bootsmotors überdeckt, aber selbst wenn man sie ausmachen könnte, wüsste doch niemand, wer sich auf dem Boot befindet. Es könnten Zivilisten sein, die der Sturm auf See erwischt hat und die nun versuchen, Fire Island zu erreichen, um sich in den Hafen zu retten. Wie auch immer, es ist müßig, sich darüber Gedanken zu machen. Wir haben nicht mehr viel Zeit. Notfalls müssen wir uns den Weg zur Versuchsanlage freikämpfen. Dort gibt es einen Kontrollpunkt, genannt Point Zero, an diesem Punkt wird der Versuch kontrolliert und auch das Energiefeld am Leben erhalten. Da werden wir Deakson finden. Ich werde mit ihm sprechen, und ihr müsst ihm sagen, wer ihr seid und was ihr wisst.«

Malcom räusperte sich. »Was ist mit der Black Force?«

»Das ist eine gute Frage«, gab Matterson zu. »Das Portal, mit dem sie die Fische aus der Vergangenheit holen, liegt zwei Meilen oberhalb der nördlichen Spitze der Insel direkt im offenen Meer, das hier aber von einem Elektromagnetfeld eingegrenzt ist, damit die Fische nicht sofort in den Ozean entkommen und sich dort verlieren. Deakson plant, durch ständig wachsende Energiezufuhr das Feld so weit zu vergrößern, dass eine lebensfähige Population gerettet werden kann, bevor man sie in die Freiheit entlässt. Dafür wurden drei weitere Kraftwerke an der Küste von Anchorage gebaut.«

Er schaute sie nacheinander an.

»Deakson wird das Portal, durch das die Black Force gehen soll, vermutlich auf dem Land errichten. Es muss ja nur groß genug sein, damit ein Trupp Soldaten es durchschreiten kann. Die Energie, die dafür benötigt wird, ist so groß, dass man New York für eintausend Jahre mit Strom versorgen könnte. Allein daran kann man erkennen, wie wichtig diese Sache ist. Deakson ist kein Monster. Er ist davon überzeugt, richtig zu handeln, also tut ihm nichts. Dasselbe gilt für meine Soldaten. Wenn es sich irgendwie vermeiden lässt, wird niemand getötet!«

Er blickte Damon scharf an. »Damit meine ich besonders dich.«

Grey sagte nichts, aber Amanda war klar, dass es kein Halten für ihn geben würde, sobald der Erste auf den Dämon schoss.

»Sollte sich die Kampfeinheit bei Point Zero befinden, wenn wir dort eintreffen, werde ich versuchen, das Kommando zu übernehmen. Ich denke, Snyder ist dort oder zumindest Wakefield. Vielleicht sogar beide. Sie kennen das Wandbild aus dem alten Ägypten und wissen, was zu tun ist. Sie werden nichts dem Zufall überlassen.«

»Was machen wir, wenn es zum Kampf kommt?«, fragte Malcom. »Unser Befehl lautet, die Anlage oder die Energiequelle, die sie versorgt, zu zerstören.«

»Das darf niemals geschehen. Zum einen könnt ihr ohne Deakson und das Portal nicht in eure Zeit zurückkehren und zum anderen würdet ihr eine atomare Katastrophe auslösen. Der größte Teil Alaskas wäre auf Jahrtausende verstrahlt. Millionen würden sterben und wir wären übrigens auch alle tot.« Amanda konnte sehen, wie der General mit den Zähnen mahlte. »Und was würde es für die Welt eurer Zeit ändern? Nichts! Im Jahr 2021 bricht ein tödliches Virus aus, das alle Fische der Welt und fast alle Meeressäuger vernichtet. Ihr hättet nichts gewonnen.«

»Es gibt nur eine Lösung für unser aller Problem«, sagte Amanda ruhig. »Wir müssen in unsere Zeit zurückkehren und die Welt warnen, sodass es erst gar nicht zum Ausbruch des Virus kommt.«

»Ja, das ist die einzige Option. Also versucht, am Leben zu bleiben.«

Die ersten Strahlen der aufgehenden Sonne erleuchteten den Horizont, als Caitlin mit den anderen Soldaten einen offenen Platz innerhalb der Versuchsanlage erreichte. Snyder und Wakefield hatten sie über mehrere Straßen hierhergeführt und nun war die ganze Truppe in Reihe aufgestellt.

Es war frisch und Caitlin fröstelte ein wenig. Gleichzeitig war sie aufgeregt wie noch nie zuvor in ihrem Leben. Der Wind roch nach Meer und zerrte an ihren Haaren, während langsam der Tag aufzog.

Vor ihr standen Snyder und Wakefield, die mit einem Zivilisten in grünem Parka sprachen. Weitere Personen befanden sich nicht weit entfernt. Viele hatten Funkgeräte, Tablets oder andere Dinge in der Hand, deren Funktion Caitlin nicht erkennen konnte.

Wakefield wandte sich um.

»Soldaten, Sie sind heute hier, um eine wichtige Mission zu erfüllen. Wie Sie vielleicht wissen, dient die Anlage auf Fire Island dazu, die Meere mit neuem Leben zu befüllen.

Der Hunger der Welt wird ein Ende haben und damit werden auch Krieg und Terror verschwinden.« Er deutete auf den Zivilisten neben ihm. »Professor Deakson ist es gelungen, ein künstliches Wurmloch zu erzeugen, das es ihm und seinem Team möglich macht, Fische und Meeressäuger aus der Vergangenheit vor der Katastrophe in unsere Zeit zu retten. Diese sogenannte Einstein-Rosen-Brücke verbindet unsere Welt mit der Welt des 21. Jahrhunderts. Es ist der größte wissenschaftliche Erfolg in der Menschheitsgeschichte, denn nicht nur, dass wir die Meere wieder mit Fischen bevölkern können, ist nun auch Zeitreise möglich. Aber all das ist jetzt bedroht. Kräfte aus der Vergangenheit werden versuchen, diese Anlage zu zerstören.«

Wilbur und seine Freunde.

»Woher wissen wir das?«, sprach Wakefield weiter.

Daten wurden drahtlos an die Soldaten gesendet. Vor Caitlins Augen entstand das Foto einer Wandmalerei.

»Dieses Bild hat man in einem fünftausend Jahre alten ägyptischen Tempel gefunden. Es zeigt den Kampf einer Pharaonin gegen silberne Götter. In den Hieroglyphen, die darauf abgebildet sind, wird sie Amandara genannt. Wie man unschwer erkennen kann, sind wir die Silbergötter, und wie Sie ebenfalls sehen, werden wir von Amandara besiegt. Nun, was hat das mit dem 22. Jahrhundert und uns zu tun? Dass wir dort in Ägypten vor uralten Zeiten besiegt wurden, ist das eine Problem. Ganz offensichtlich verfügte mindestens einer unserer Gegner über Waffen, die nicht in die Zeit der Ägypter passen. Viel prekärer ist jedoch, dass die Inschrift auf eine Pharaonin verweist, die zu der Zeit noch gar nicht geboren war.« Er machte eine Pause und sah in die Runde. Offenbar war er zufrieden damit, wie gebannt die ganze Truppe an seinen Lippen hing, denn er nickte und fuhr fort: »Soldaten, lassen Sie mich zusammenfassen, um die Dringlichkeit Ihrer heutigen Mission zu verdeutlichen: Dank der überragenden Leistungen unserer Wissenschaftler konnten wir einen Tunnel über Raum und Zeit hinweg öffnen, um das Leben der Meere zu retten. Der Feind sieht uns. Er beobachtet uns. Er steht am anderen Ende des Tunnels und versucht, genau das zu verhindern. Er nutzt unsere Technologie, um ebenfalls durch die Zeit zu reisen. Ins alte Ägypten. Und wie uns das Bild zeigt, ist er siegreich. Wir können absolut sicher davon ausgehen, dass früher oder später seine Einheiten in unserer Zeit auftauchen und mit Sicherheit versuchen ...«, er machte eine alles umfassende Handbewegung, »... werden, diese Anlage zu zerstören. Gelingt ihnen das, wird der Hunger für unsere Welt kein Ende nehmen, das Elend weitergehen.« Wakefield ließ die Hände sinken. Die Geste wirkte fast resignierend. »Es gibt also nur eine Möglichkeit für uns, das alles zu verhindern. Wir müssen unseren Gegner vernichten, bevor er uns besiegen kann. Der entscheidende Faktor in dieser Gleichung ist die Ägypterin Amandara. Das bedeutet, wir müssen dafür sorgen, dass sie niemals geboren wird. Deshalb ist es Ihre Mission, durch die Zeit zu reisen und ihre Mutter zu eliminieren. Nianch-Hathor. Wir kennen ihren Namen und ihre Geschichte aus den Inschriften im Tempel. Sie floh vor fremden Kriegern in ein Dorf namens *Bait Challaf*. Wir kennen also den Ort und die Zeit, wo wir sie finden, und dorthin werden wir Sie schicken. Wir werden den Ablauf der Geschichte verändern.«

Namenloser Schrecken durchzuckte Caitlin. Es war alles wahr, was Wilbur zu ihr gesagt hatte. Jedes einzelne Wort.

Die Black Force reist durch die Zeit und tötet Menschen. Im alten Ägypten habt ihr versucht, Nianch-Hathor, die Mutter von Amanda zu töten, damit sie niemals geboren wird. Du selbst warst auch dort, hast uns geholfen, das zu verhindern.

Wenn das stimmte, wenn es wirklich stimmte, dann musste auch alles andere der Wahrheit entsprechen, so unglaublich es klingen mochte.

… die Welt vor dem Untergang retten. Du warst ein Teil des Teams, das durch die Energieportale gegangen ist.

Caitlin war verwirrt. Ihre Gedanken wirbelten durcheinander, während Wakefield unablässig weitersprach.

Wie kann das sein?

Plötzlich sagte Wakefield etwas, das sie aufschrecken ließ.

»Sie dürfen nicht versagen, und da wir nicht wissen, welche Waffen der Feind einsetzt – darunter kann durchaus auch psychische Einflussnahme stehen –, wurde beschlossen, Ihre Selbstmordfunktion zu aktivieren.«

Was?

»Bei Ihrer Umrüstung wurde Ihnen eine Minibombe hinter die Schädeldecke Ihrer Stirn implantiert, die von Algorithmen gesteuert wird, die nach verräterischen Gedanken suchen und auf jede Form der Befehlsverweigerung reagieren. Damit soll verhindert werden, dass Sie unter den geistigen Einfluss Ihres Gegners geraten und sich gegen Ihre Kameraden wenden. Die Minibombe hat sich scharf geschaltet, als Sie auf Fire Island eingetroffen sind.«

Das habe ich nicht gewusst, aber Wilbur hat mir davon erzählt.

Caitlins Gedanken rasten nun. Das hier war alles falsch. Sie musste etwas tun. Wakefield aufhalten. Snyder und dem Professor von Wilbur erzählen. Dass ein Team bereits in ihrer Zeit aufgetaucht war und es nur eine Lösung geben konnte. Kooperation! Hier gab es keinen Feind, nur verzweifelte Menschen in Gegenwart und Vergangenheit, die alle lediglich eines wollten – das Leben auf diesem Planeten retten.

»Professor, aktivieren Sie das Energiefeld!«, sagte Wakefield nun.

Deakson schaute kurz zu seinen Kollegen, nickte ihnen zu, dann hob er sein Tablet an und tippte darauf herum. Zehn Meter entfernt erschien eine schimmernde Kugel aus Licht. Sie hatte einen Radius von drei Metern und leuchtete unnatürlich hell. Zunächst flirrte sie noch wie bei einer Bildschirmstörung, dann wurde das ganze Gebilde stabil.

Das ist also das Portal, durch das wir durch die Zeit reisen sollen. Ich muss das verhindern!

Sie trat einen Schritt vor.

Alle Köpfe ruckten zu ihr herum.

»Sir, ich werde das nicht tun!«, sagte sie laut und deutlich.

»Was?«

In Wakefields Gesicht stand Verwirrung. Offensichtlich hatte er nicht damit gerechnet, dass sich jemand seinen Befehlen widersetzen würde.

»Sir, ich muss ...«

»Wie ist Ihr Vorname, Soldat?«

»Sir? ... Caitlin ...«

»Ich hoffe, ich darf Sie duzen. Caitlin, wir sind dabei, eine wichtige Mission anzutreten. Mir ist klar, dass du, die ganze Sache mit der Zeitreise nicht verstehst und Angst hast. Die haben wir alle, aber wir müssen es tun.«

»Nein Sir, müssen wir nicht ...«

Irgendetwas geschah plötzlich mit ihr. Schwindel überflutete sie. Caitlin begann zu schwanken. Ihre Gedanken wurden trüb. Das Bild vor ihren Augen unscharf.
Was ist hier los?, fragte sie sich verwirrt. Sie glotzte Wakefield verständnislos an.
»Caitlin!«, sagte er laut.
Caitlin schaute sich um. Mit wem sprach der Typ?
»Du musst dich zusammenreißen. Du gehörst zur Black Force. Mehr Ehre geht nicht, du musst dich würdig erweisen.«
Das Bild des Mannes wurde klarer. In seinen Händen hielt er ein Gewehr mit aufmontierter Zieloptik.
Wer ist der Typ?
»Caitlin! Du hast einen Auftrag zu erfüllen. Es geht um das Schicksal der ganzen Welt. Wenn wir dich und dein Team durch das Tor schicken, gibt es kein Zurück mehr, nur die Mission.«
Ja, ja, ja.
»Du musst sie finden und töten!«
Was?
»Sag ... mir ... deinen ... Namen«, röchelte sie.
»Was soll der Scheiß, Caitlin?«, knurrte er sie an. »Du kennst meinen Namen. Konzentriere dich auf die Mission.«
»Ich ... fühle mich nicht ...«
»Das ist die Droge, die sie dir verabreicht haben. Zunächst löst sie Schwindel aus, aber dann steigert sie die Adrenalinproduktion deines Körpers. Du musst fünf Tage lang nicht mehr schlafen, kannst stundenlang marschieren oder kämpfen, ohne müde zu werden.«
»Was? Ich kann keinen Schritt mehr gehen.«
»Für diesen Blödsinn habe ich keine Zeit!«, brüllte er sie

an. »Der Countdown läuft. Tritt jetzt ins Feld! Erfülle deinen Auftrag! Finde und töte sie!«

Nein ... nein ... ich werde niemanden ...

Caitlin sackte auf die Knie. Sie keuchte, bekam kaum noch Luft, aber langsam wurden ihre Gedanken wieder klarer.

Sie haben mir Drogen verabreicht. Wahrscheinlich war das Zeug im Essen oder in den Getränken. Mit Sicherheit irgendein Mittel, das unseren inneren Widerstand und klares Denken unterdrückt. Ich muss einen Moment warten, bis ich die Wirkung verarbeitet habe, dann stehe ich wieder auf und rede noch mal mit Wakefield. Er muss einsehen ...

»Lassen Sie sie liegen. Schicken Sie jetzt den Trupp ins Portal«, befahl Snyder.

»Soldaten! Achtung!«, brüllte Wakefield. »Rechts um! In einer Reihe Marsch!«

Caitlin hob den Kopf an.

Nein, ich muss das verhindern.

Der erste Soldat erreichte das Energiefeld, trat hinein und verschwand.

Ihm folgte der nächste.

Caitlin erhob sich schwankend. *Warum haben die anderen nicht mit den Nebenwirkungen der Droge zu kämpfen? Warum fällt nur mir alles so schwer ...?*

Bei dem dritten Soldat, der ins Feld trat, handelte es sich um eine junge Frau. Dann war auch sie weg.

Weitere Soldaten schritten ohne Zögern hinterher.

In Caitlins Geist tobte ein Sturm, ihr Körper fühlte sich wie aus Gummi geformt an. Sie streckte eine Hand aus.

»Ihr ... dürft das ... nicht tun. Es ist ... falsch.«

Etwas Heißes begann in ihrer Stirn zu brennen.

Die Selbstmordfunktion hat sich aktiviert. Wie viel Zeit bleibt mir?

Sie taumelte nach vorn auf das schimmernde Energiefeld zu. Es war ihre einzige Chance zu verhindern, dass die Minibombe in ihrem Kopf explodierte.

Als sie nach links sah, bemerkte sie, dass Wakefield verächtlich lächelte.

Heiß! Es ist so heiß!

Caitlin stürzte sich nach vorn, warf sich ins leuchtende Portal. In ihrem Kopf zündete die Killfunktion, aber sie spürte nichts mehr.

29

2134

Damon, Malcom, Wilbur, Amanda und Matterson waren, so schnell sie konnten, von der Küste zwei Meilen landeinwärts marschiert, ohne jemandem zu begegnen.

Ihr Weg führte sie an grauen Bauten vorbei, die drei Stockwerke in den Himmel ragten. Laut Matterson befanden sich darin die Anlagen, die die ankommende Energie regulierten und das Feld mit Strom versorgten.

Unter der Erde verliefen meterdicke Starkstromkabel, hatte er ihnen erklärt. Seit Wilbur das wusste, hatte er das Gefühl, ein Kribbeln auf der Haut zu spüren, aber das war sicherlich Einbildung.

Während sie den Straßen folgten, die zum Zentrum der Versuchsanlage führten, dachte Wilbur an Jenny.

Wie wird es sein, wenn wir ihr gegenüberstehen? Ist sie dann unser Feind oder bereit, uns zu glauben? Wie werden sich ihre Kameraden verhalten? Und ihre Befehlshaber? Und was ist mit dem Professor, werden wir ihn davon überzeugen können, keine Soldaten durch die Zeit, sondern uns zurück in die Vergangenheit zu senden, damit wir die Welt vor dem Virus warnen können?

So viele Fragen. So viele Möglichkeiten. So vieles konnte schiefgehen. Die Welt stand im wahrsten Sinn des Wortes einen Schritt vor dem Abgrund, und nur sie konnten die Katastrophe verhindern.

Während sie sich dem Zentrum immer weiter näherten, riss der Himmel endgültig auf und der neue Tag begann. Das goldene Licht gab Wilbur etwas Hoffnung, die gleich wieder gedämpft wurde, als Matterson ihnen sagte, dass sie zu langsam waren und sich noch mehr beeilen mussten.

Wilbur wusste nicht, wann er das letzte Mal geschlafen hatte. Von der Rennerei zum Hafen, der anstrengenden Bootsfahrt und nun vom Marsch war er vollkommen erschöpft. Wenn es nicht um die Rettung der Welt gegangen wäre, hätte er sich einfach auf die Straße gelegt und geschlafen. Neben ihm beschleunigte Malcom nun ebenfalls seine Schritte. Der Junge sah total fertig aus. Bleich und ausgemergelt. Schweiß lief ihm unablässig über die Stirn und er schnaufte hörbar.

Selbst Amanda und Damon war anzumerken, dass auch sie an ihren körperlichen Grenzen angekommen waren. Einzig Matterson wirkte so ausgeruht, als wäre er gerade aus seinem Fernsehsessel aufgestanden.

Okay, dann rennen wir mal wieder.

Es wurde ein Traben. Zu mehr war er nicht fähig und auch die anderen nicht.

An der nächsten Kreuzung wandte sich der General nach links, dann hob er die Hand.

Alle blieben stehen.

Er drehte sich zu ihnen um.

»Da vorn ist es.«

»Was ist das für ein Leuchten?«

»Ich nehme an, es stammt vom Energiefeld«, sagte Matterson.

»Dann sind wir zu spät«, keuchte Malcom.

»Nicht unbedingt. Deakson hat mir gesagt, es dauere einen Moment, das Feld zu stabilisieren. Vielleicht sind die Soldaten noch nicht hindurchgegangen. Wir müssen uns dem Platz vorsichtig nähern. Es ist wichtig, zu Deakson durchzukommen. Wenn man uns zu früh entdeckt, nimmt man uns unter Beschuss und hält uns auf, während das Kommando durch das Portal geht. Das sollten wir unbedingt verhindern. Bleibt dicht hinter mir.«

Er huschte davon, überquerte die Straße und presste sich an die Mauer eines hohen Gebäudes.

Amanda und Damon folgten ihm sofort. Dann lief Malcom hinüber. Wilbur kam als Letzter hinzu.

Kaum war er da, duckte sich der General und schlich um die Ecke des Hauses.

Alle hinterher.

Im Schatten eines weiteren hohen Gebäudes erreichten sie schließlich den Rand des Zentrumplatzes und spähten aus der Deckung auf das Geschehen. Wilbur zuckte zusammen.

Mit einem Blick erkannte er, dass sie tatsächlich zu spät waren. In dreißig Metern Entfernung taumelte gerade ein Soldat auf das schimmernde Feld zu. Alle beobachteten ihn stumm. Da er von dem Black Force nur den Rücken sah, konnte er nicht ausmachen, ob es ein Mann oder eine Frau war.

Die Szenerie war makaber, denn der Soldat schwankte hin und her, dann warf er sich plötzlich nach vorn ins Energiefeld.

Hinter ihm befand sich nur noch ein halbes Dutzend seiner Kameraden.

Die meisten sind wahrscheinlich schon durchgegangen.

Zwei Black Force, Wilbur vermutete, dass es Offiziere waren, und mehrere Zivilisten beobachteten das Ganze.

»Vegas, Sie sind der Nächste«, sagte einer der beiden.

»Aber ...«

»Kein Wort mehr. Sie haben gesehen, was mit Soldaten geschieht, die meine Befehle verweigern. Los jetzt!«

Wovon spricht der Kerl da? Und wo ist Jenny?

Vegas nickte. Kurz darauf war er verschwunden.

Matterson trat hervor. Er hob beide Hände und rief: »Stopp! Sofort aufhören!«

Hinter ihm kamen Amanda, Malcom, Damon und Wilbur aus der Deckung.

Alle Köpfe ruckten herum.

Der Offizier mit der Waffe hob sein Gewehr.

»Bleiben Sie da stehen! Nehmen Sie die Hände hoch.«

»Ich bin Ihr Kommandant und befehle Ihnen, die Waffe runterzunehmen.«

»Das wird er nicht tun«, sagte der andere. »Wakefield, nehmen Sie den General fest. Wie ich sehe, hat er sich mit dem Feind verbündet. Das hier ist ein Hochsicherheitsgebiet, der General hat keine Befugnis, Fremde auf die Insel zu bringen und schon gar nicht Personen, die wir als unsere Feinde ansehen. Das ist Verrat.«

Sein Blick fiel auf Amanda.

»Du?«, stieß er verblüfft hervor. »Dann stimmt alles, was Deakson gesagt hat. Ihr kommt durch die Zeit, um das Portal zu zerstören.«

»Es ist nicht so, wie Ihr ...«

Snyder ließ ihn nicht aussprechen. »Wakefield, erschießen Sie die Frau!«

Plötzlich jagte ein gleißend heller Energiestrahl an Wilbur vorbei und traf den Offizier mitten in die Brust. Die Waffe fiel klappernd zu Boden, während Wakefield mit grenzenloser Verblüffung auf das Loch in seiner Brust starrte. Dann kippte er stumm nach vorn.

Matterson blickte die sechs Black-Force-Soldaten an, die noch nicht durch das Feld gegangen waren. »Macht jetzt keinen Fehler und rührt euch nicht, während ich das mit dem Colonel kläre.«
Er wandte sich um. »Und nun zu Ihnen, Snyder.«

Malcom und Wilbur standen am Hafen von Fire Island und blickten hinaus aufs Meer, während Amanda und Damon noch mit Matterson sprachen. Man hatte ihr Boot hierhergebracht und Amanda checkte, ob alles okay war. Dort draußen auf dem tiefen Blau des Ozeans schimmerte das Energiefeld des Portals, das sie ins 21. Jahrhundert zurückbringen würde. Der Wind hatte sich gelegt und warme Sonnenstrahlen fielen auf Wilburs Gesicht. Es war überstanden und doch war er nicht glücklich. Jenny war nicht bei ihnen. Vielleicht würde er sie niemals wiedersehen. Sein Herz war schwer bei dem Gedanken.

»Du denkst an sie«, sagte Malcom. Es war keine Frage.

»Ja.«

»Sie wird da sein, wenn wir in der Vergangenheit ankommen.«

»Woher willst du das wissen?«

»Weil es so sein muss. Unsere Reise durch die Zeit begann auf Attu Island, dort wird sie auch enden. Es ist alles ein Kreis. Alles kommt wieder zusammen.«

»Ich hoffe, dass es so ist, aber es fällt mir schwer, daran zu glauben. Weißt du, ich …«

»Ja?«

»Ich liebe sie. Wir haben nicht viel Zeit miteinander verbracht, aber ich spüre es.«

»Eure Seelen sind miteinander verbunden, seit ihr euch

das erste Mal auf der Insel begegnet seid, auch wenn du dich an vieles, was danach passierte, nicht mehr erinnern kannst.«

»Malcom, echt, ich verstehe es immer noch nicht.«

»Deine Seele bleibt die gleiche und wenn dir das zu hochtrabend ist, dann so: dein Wesen ist, was es ist, auch wenn sich die Form ändert. Und manchmal muss man eben durch die Zeit reisen, um sich selbst zu finden. Darum konnte Deakson auch keine Männer in unsere Zeit senden, um den Ausbruch des Virus zu verhindern. Ihre Existenz war nicht mit dem 21. Jahrhundert verknüpft, denn das Universum lässt dich nur dahin reisen, wo sich dein Schicksal erfüllt.«

Wilbur spürte, wie ein Lächeln seine Lippen verzog. »Alles, was du sagst, klingt immer logisch, aber ich kapiere nur die Hälfte. Wenigstens hast du Deakson davon überzeugt, dass wir seine beste Option sind, das Schicksal dieser Zeit zu ändern.«

Malcom klopfte ihm auf die Schulter. »Wir haben die Welt gerettet.«

»Stimmt nicht ganz, denn wir müssen noch dafür sorgen, dass das Virus nicht ausbricht und das Leben im Meer nicht ausstirbt.«

»Ja, aber wir wissen jetzt, wonach wir suchen müssen. Ich glaube fest daran, dass es Rettung gibt.«

Wilbur nickte in Richtung Amanda, die mit Damon scherzte. »Was ist mit ihr? Du weißt, dass du ihr die Wahrheit sagen musst.«

»Ja.« Malcom nickte. »Nach unserer Rückkehr werde ich mit ihr sprechen.«

»Sie sieht glücklich aus.«

Malcom grinste. »Sie hat auch allen Grund dazu. Grey

ist ein gut aussehender Bursche und total verknallt in sie. Für einen Dämon aus einer anderen Dimension ist er inzwischen ziemlich menschlich geworden.«

»Ich wünsche den beiden Glück«, sagte Wilbur. Er schaute Malcom tief in die Augen. »Und du?«

»Was ist mit mir?«

»Du bist allein. Wir alle haben jemanden gefunden.«

Malcom senkte den Kopf und sagte leise: »Das habe ich auch und ich werde Nianch-Hathor in meinem Herzen bewahren. Irgendwann wird es vielleicht ein anderes Mädchen geben, aber vorerst muss ich mich mal um mich selbst kümmern. Mein Leben auf die Reihe kriegen. Im Retten der Welt bin ich ja ganz gut, aber der Alltag muss auch bewältigt werden.«

»He, ihr zwei. Wir sind so weit«, rief Amanda herüber. Wilbur hob die Hand und winkte ihr, dann sagte er zu Malcom: »Gehen wir?«

»Ja. Unsere letzte Reise durch die Zeit liegt vor uns. Danach wartet für dich und mich ein ganzes Leben darauf, gelebt zu werden. Du wirst es mit Jenny verbringen.«

Malcom wandte sich ab, aber Wilbur hielt ihn am Arm fest.

»Was ist?«

»Ich wollte dir danke sagen.«

»Wofür?«

»Dafür, dass du der bist, der du bist.«

Malcom grinste ihn an. »Du hast mir geholfen, es zu werden.«

Dann ging er zu den anderen.

EPILOG

2021

»Hier hat für uns alles begonnen und hier endet es.«

Matterson schaute sie der Reihe nach an. Damon stand dicht neben Amanda, die beiden berührten sich fast. Auf dem Gesicht der Göttin lag ein sanftes Lächeln. Wilbur hielt Jennys Hand, während Malcom selbst aufs Meer hinaussah.

Ja, auf Attu Island hat unser Abenteuer begonnen. Ein Abenteuer, das uns durch verschiedene Zeiten und Welten geführt hat. Aber es ist gut ausgegangen.

Sie waren alle fünf auf der Ölplattform erwacht. Es hatte eine Weile gedauert, bis sie Matterson im Helikopter durch Winken auf sich aufmerksam machen konnten und ein Boot sie abholte, das sie zur Küste brachte.

Matterson hatte zunächst geglaubt, die Mission wäre gescheitert, da seit ihrer Fahrt ins Portal nur wenige Minuten vergangen waren, aber dann war ihm bewusst geworden, dass das Energiefeld nicht mehr existierte. Es war erloschen. In Zukunft würden keine Fische und andere Lebewesen mehr aus den Meeren der Welt verschwinden.

Einen ganzen Tag lang hatten sie ihm Bericht erstattet. Von den Abenteuern berichtet, die sie erlebt hatten, aber auch vor dem Ausbruch des Virus gewarnt.

Matterson war mehr als erstaunt gewesen, als er gehört hatte, dass sein Nachfahre ihnen in der Zukunft geholfen hatte und ein aufgerüsteter Mensch wie Jenny war, der zu einer Spezialeinheit gehörte, die sich Black Force nannte.

Deakson hatte, wie versprochen, das Energiefeld abgeschaltet, nachdem sie hineingefahren waren. Nun lag es in ihrer Hand, die Welt der Gegenwart und die der Zukunft zu retten.

Malcom schaute aufs Meer hinaus und beobachtete einen Schiffskutter, der sich langsam durch die Wellen schob und auf die offene See zuhielt. Sechs Monate waren seitdem vergangen.

»Das Virus ist unter Kontrolle«, sagte Matterson in diesem Moment. »Durch eure Warnung konnten wir ihn rechtzeitig in einer Zuchtlachsfarm in Kanada entdecken. Die dortigen Behörden haben sofort reagiert und die Anlage geschlossen. Bisher gibt es keine Meldungen über infizierte Fische weltweit, daher gehen wir davon aus, dass die Meere sicher sind. Aber wir bleiben wachsam. Nun zu euch.«

Er grinste.

»Der Präsident der Vereinigten Staaten hat mir ein Dankesschreiben mitgegeben.« Er hob einen Umschlag hoch. »Darin werden euer Mut und eure Leistung gewürdigt. Ich bin berechtigt, diesen Brief vorzulesen, kann ihn euch aber nicht aushändigen, denn letztendlich darf niemand wissen, was geschehen ist. Nicht davon, wie nahe die Welt am Abgrund war, und auch nichts über eure Existenz. Nur so ist gewährleistet, dass ihr ein normales Leben führen könnt.«

Und ihr wollt bestimmt nicht, dass die Menschen davon erfahren, dass Zeitreise möglich ist. Vielmehr forscht ihr heimlich weiter, um diesen Vorteil eines Tages wirtschaftlich oder militärisch zu nutzen.

»Da ich mir denken kann, wie ihr zu unserem Präsidenten steht, ist es wohl besser, ich lese den Brief nicht vor. Ist eh nur Geschwafel.«

Alle lachten.

»Aber in einem hat er sich nicht lumpen lassen. Jeder von euch erhält fünf Millionen Dollar auf das Konto seiner Wahl. Ihr könnt mit dem Geld machen, was ihr wollt. Es stammt aus den Schwarzkassen der CIA und das Finanzamt wird niemals etwas davon erfahren.«

Matterson sah Jenny an.

»Du bist sicher, dass du dich nicht operieren lassen willst?«

Sie schüttelte den Kopf und drückte Wilburs Hand fest.

»Wir haben beschlossen, alles so zu lassen, wie es ist.«

»Du weißt …«

»Ja, so etwas wie ein normales Leben wird es für uns nicht geben. Wilbur und ich haben darüber geredet und beschlossen, dass wir eine kleine Insel vor der Küste Kanadas kaufen und dort zurückgezogen als Selbstversorger leben werden. Wir haben beide keine guten Erfahrungen mit den Menschen gemacht, und denken, es ist besser, wir bleiben für uns.«

»Ist dein Gedächtnis jetzt wieder vollständig da?«

»Ja, aber natürlich erinnere ich mich nur an meine eigene Welt und meine eigene Zeit. Ich denke oft an meine Familie und frage mich, wie es ihnen geht. Als ich in das Energiefeld stolperte, zündete die Minibombe in meinem Kopf. Sie tötete mich nicht, da ich in diesem Moment nur ein Haufen Atome war, die durch den Zeitstrom geschickt wurden, aber sie löschte fast mein gesamtes Gedächtnis aus. Den Rest der Geschichte kennen Sie.«

»Ihr wollt also eine Insel kaufen?«

»Ja«, sagte Wilbur.

»Wie wäre es mit dieser hier? Attu Island?«, fragte Matterson lächelnd. »Wir haben keine Verwendung mehr für sie.«

Beide schüttelten den Kopf. »Etwas gemütlicher und landschaftlich abwechslungsreicher sollte es schon sein.«

»Wie wolltet ihr eigentlich den Kauf finanzieren?« Er schaute Wilbur eindringlich an, dann hob er beide Hände. »Ich glaube, das will ich gar nicht wissen.« Matterson wandte sich an Amanda und Damon. »Was habt ihr vor?«

»Wir haben beschlossen, in meine alte Heimat zurückzukehren. Damon möchte mehr über Ägypten erfahren, und da er sich ebenso wenig wie Jenny an unser Abenteuer dort erinnern kann, werden wir eine Nilreise unternehmen. Das komplette Touristenprogramm mit den Pyramiden, der Sphinx und dem Tal der Könige. Danach ...« Sie zuckte mit den Schultern, »... wird man sehen, was kommt.«

»Und du Malcom?« Matterson schaute ihn gütig an.

»Ich werde Physik studieren. So wie meine Mutter auch. Ich möchte in ihre Fußstapfen treten und in die Forschung gehen. Die Schweiz hat mir immer gefallen, vielleicht versuche ich es nach meinem Abschluss mal bei CERN. Die haben da einen tollen Teilchenbeschleuniger, mit dem man interessante Dinge machen kann.«

»Okay, ich sehe, ihr alle habt euren Weg gefunden. Ihr seid durch die Zeit gereist und habt Unglaubliches geleistet. Die Welt ist euch zutiefst zu Dank verpflichtet. Stellvertretend für die Milliarden Menschen da draußen möchte ich mich bedanken. Danke, dass ihr uns alle gerettet habt. Nun geht ihr erneut auf Zeitreise, aber diesmal Schritt für Schritt, Tag für Tag in die Zukunft. Ich wünsche euch Glück auf all euren Wegen.«

Matterson nahm nacheinander jeden von ihnen in den Arm und drückte ihn. Als er bei Malcom ankam, hielt er ihn ganz fest und flüsterte: »Ich weiß, dass du deinen Eltern Ehre machen wirst.«

Dann löste er sich und ging zum wartenden Hubschrauber. Kurz darauf hob er ab, aber Malcom ahnte, dass sie sich nicht zum letzten Mal gesehen hatten.

Für sie selbst stand ein weiterer Heli bereit. Dort wartete Haydn, die Pilotin, die ihn vor vielen Wochen hierhergebracht hatte.

Es kommt mir vor, als wäre all das in einem anderen Leben geschehen.

Wehmütig beobachtete er, wie Jenny und Wilbur Hand in Hand hinübergingen. Damon und Amanda wollten ihnen folgen, aber Malcom trat vor sie und fragte leise: »Amanda, kann ich dich kurz sprechen?«

Sie sah ihn an. Eindringlich, aber nicht zornig oder wütend, sondern mit einer Sanftheit, die er nie zuvor an ihr entdeckt hatte.

Amanda nickte Damon zu, der sich abwandte und den beiden anderen nachging.

»Können wir ein Stück den Strand entlangspazieren?«, fragte Malcom.

»Sicher.«

Der Wind wehte von der See heran und zerzauste ihre Haare. Es roch nach Tang und Algen. Eine kleine, weiße Krabbe floh vor ihren Schritten, als sie nahe der Brandung durch den Sand stapften. Malcom sog tief die Luft ein. Das, was nun vor ihm lag, war schwerer als alles, was er während ihrer Abenteuer geleistet hatte. Lieber hätte er sich noch einmal anschießen lassen, als dieses Gespräch zu führen.

Aber es half ja nichts.

»Amanda.«
»Ja.«
»Ich muss dir etwas sagen.«
Sie blieb stehen. »Was ist?«
»Ich … ich bin dein Vater.«
Mehrere Sekunden lang schwieg Amanda, sah auf ihre Turnschuhe, die nur Zentimeter von der hereinströmenden Brandung entfernt waren.
»Ich habe es mir schon gedacht«, flüsterte sie.
»Was?«
Malcom hatte mit Spott, Verachtung, Ungläubigkeit oder Gelächter gerechnet, aber nicht damit. Sprachlos starrte er Amanda an.
»Ich habe dich und meine Mutter in Ägypten beobachtet, habe gesehen, wie gut ihr euch verstanden habt, gespürt, dass ihr füreinander bestimmt seid, aber ich wollte es nicht wahrhaben. In der Nacht, bevor wir gegen die Silbergötter gekämpft haben, seid ihr beide nach draußen verschwunden, habt die Höhle verlassen. Ich konnte mir denken, was da geschehen ist, aber ich brachte es nicht mit mir in Verbindung, dachte, es wäre einfach nur eine Romanze zwischen euch. Dann aber wurde mir im Lauf der Zeit klar, dass es viel mehr als das war. Ich habe gesehen, wie du gelitten hast, als du dich von Nianch-Hathor verabschieden musstest, und auch danach ist die Traurigkeit nicht mehr von dir gewichen. Ich habe es gesehen und hatte kein Mitleid mit dir. Ich war wütend auf dich. Immer schon. Vom ersten Tag, an dem wir uns begegnet sind, hat mich deine Anwesenheit rasend gemacht, aber ich verstand nicht, warum. Erst in der Nacht, als wir uns im Sturm über das offene Meer kämpften, wurde mir bewusst, dass es eine Verbindung zwischen uns

gab. Dass es sie immer gegeben hatte. Ich wollte es nur nicht wahrhaben.«

Amanda trat vor ihn. Sanft legte sie ihre Hand an sein Gesicht. Malcom spürte, wie die Tränen kamen, aber er konnte sie nicht aufhalten. Und er wollte es auch nicht.

Er öffnete seine Arme und Amanda sank hinein.

Malcom roch den Duft ihrer Haare, spürte ihre weiche Haut an seiner Wange.

Und war zum ersten Mal in seinem Leben mit sich selbst im Reinen.

»Ich habe meine Mutter früh verloren«, sagte Amanda leise. »Jetzt habe ich wenigstens einen Vater.«

DANKSAGUNG

Beastmode ist das ungewöhnlichste Projekt, das ich jemals geschrieben habe. Für Malcom, Amanda, Wilbur, Damon und Jenny war es eine Reise durch die Zeit, für mich eine Reise durch die Fantasie und die Wissenschaft.

Das Prinzip der Zeitreise wird teilweise durch die Quantenverschränkung vorgegeben, aber ich habe mir die Freiheit genommen, dieses Prinzip im Sinne der Geschichte für meine eigenen Zwecke abzuwandeln. Dabei bin ich aber stets nahe am Stand der heutigen Wissenschaft geblieben und habe mit vielen Experten über meine Theorien gesprochen. Oftmals haben sie mir erklärt, dass manches so vorstellbar wäre, anderes aber nicht funktioniere. Nun, zumindest in meiner Geschichte hat es funktioniert, das ist doch schon was.

Die Wissenschaftler, mit denen ich gesprochen habe, bleiben hier ungenannt. Ich möchte nicht, dass meine eventuellen Denk- und Logikfehler auf sie zurückfallen, denn mir ging es weniger darum, eine Zeitreisetheorie zu formulieren, als vielmehr darum, ein spannendes Buch zu schreiben.

Danken möchte ich aber in jedem Fall den Menschen, die mich beim Schreiben von Beastmode unterstützt haben. Silke Kramer, Ute Scholer, Larissa Rupp, Anna Wittich, Caterina Katzer, Bärbel Dorweiler und natürlich ganz besonders Claudia Pietschmann.

Diese Reise ist zu Ende und ich danke dir, lieber Leser, dafür, dass du meine Helden bis zum Ende begleitet hast.

Auch du bist in deinem Leben auf einer Reise zu dir selbst und kannst werden, was du sein möchtest. Ich wünsche dir, dass deine Träume wahr werden.

Rainer Wekwerth:
Beastmode – Gegen die Zeit
ISBN 978 3 522 50631 1

Umschlaggestaltung: Alexander Kopainski
Lektorat: Claudia Pietschmann
Satz und Innentypografie: Kadja Gericke unter Verwendung eines Motivs von shutterstock.com
Reproduktion: DIGIZWO Kessler + Kienzle GbR, Stuttgart
Druck und Bindung: CPI Books GmbH, Leck

Copyright © 2020 by Rainer Wekwerth
Copyright Deutsche Erstausgabe © Planet!
in der Thienemann-Esslinger Verlag GmbH, Stuttgart
Alle Rechte vorbehalten.